悪党一家の愛娘、転生先も乙女ゲームの極道令嬢でした。

最上級ランクの悪役さま、その溺愛は不要です！

雨川透子
TOUKO AMEKAWA
イラスト 安野メイジ
キャラクター原案 轟斗ソラ

AKUTOUIKKA NO MANAMUSUME,
TENSEISAKI MO OTOMEGAME NO
GOKUDOUREIJOU DESHITA.

TOブックス

contents

I

極悪非道の婚約者

イラスト　安野メイジ
デザイン　諸橋藍

I

極悪非道の婚約者

AKUTOVIKKA NO MANAMUSUME,
TENSEISAKI MO OTOMEGAME NO
GOKUDOUREIJOU DESHITA.

1章　悪党一家の愛娘

自分の運命を恨んだことなんて、一度もなかったと言い切れる。

だけど、『どうして』という気持ちも拭えない。だって前世の自分自身は、『生まれ変わったら平凡で、平穏な人生を送りたい』と願っていたからだ。


「はあっ、は……!!　くそ、どうなっていやがる……！」

王都の片隅にある路地裏で、ふたりの男性が石畳の上に蹲《うずくま》っていた。

困窮した身なりの男たちは、何が何だか分からないという顔をしている。彼らを一瞬で倒してしまったのが、ひとりの少女だったことが原因だ。

ドレスを纏《まと》ったその少女は、薔薇《ばら》のように赤い髪をなびかせ、凛《りん》とした声で言い放った。

「強盗なんて、もう二度と計画しないと約束してくれますか？」

十七歳くらいの外見をした彼女は、長い髪のサイドを編み込んでいる。

瞳はぱっちりと大きくて、鼻筋は人形のように通っており、柔らかそうなくちびるは愛らしかった。

少しだけ気が強そうな表情をしているものの、それ以外は非力な少女にしか見えない。

けれど、彼女が男たちを追い詰めたのだ。

「ガキのくせに、なめやがって……！」

「おい、もうやめよう……。どの道こんなこと無理だったんだ。馬鹿な俺たちが、何をしたって成功するはずもない」

「でもよお!!　いま治療費を稼げなきゃ、チビ共の医者代も払えなくなるんだぞ!?」

辛そうに顔を顰めた男たちを前に、少女はほっとして息をついた。

「考え直してくださって、本当に良かった。……この辺りはカルヴィーノ一家の縄張り。あなたたちのような部外者が犯罪行為を行えば、一家が黙っていませんから」

「そんなことは百も承知なんだよ！　だが俺たちは、どうしても金が必要なんだ……!!」

「どのような理由があっても、人を傷付けて金銭を奪うようなことは許されません。……だけど」

少女はぽつりと小さく呟く。

「そんなことをしなくては、生きていけない人がいる。——それは、この縄張りを牛耳《ぎゅうじ》っている我が家の責任ね」

それは、この場にいる誰にも聞こえない声だった。

「フランチェスカお嬢さま。お待たせしました」

「ありがとう、グラツィアーノ」

フランチェスカと呼ばれた少女は、路地に入ってきた青年に手を伸ばす。

青年から受け取ったのは、一通の書簡だ。フランチェスカはその内容を確かめると、更には青年からナイフを受け取り、自らの親指に傷を付けた。

「な……!?」

ぴっと小さく走った傷から、粒のような血が滲《にじ》む。男たちが唖然《あぜん》とする中、彼女は書類の隅に指を押し付けた。

「うん。これでよし！」

満足そうにしたフランチェスカが、水色の瞳で男たちを見下ろす。

「強盗を止めるためとはいえ、手荒なことをしてごめんなさい。だけど、裏社会の住人に目を付けられたら、きっとこの程度では済みません」

外見だけは可憐なフランチェスカは、自らの血がついたナイフを青年に渡しながら、よく通る声で言い放った。

「――大切な人を守るためなら、どうか悪党には成り下がらないで」

「……っ！」

言葉を詰まらせた男たちに、跪いたフランチェスカが書類を差し出した。

「受け取って下さい。この紹介状を持って地図に書いてある病院に行けば、治療費はかかりません」

「……なんだって……？」

男がぽかんと口を開ける。

フランチェスカが立ち上がると、青年がすぐ指に止血の布を巻いてくれた。フランチェスカは青年に預けていた礼装用の長手袋を受け取ると、それを嵌めながらきっぱりと言う。

「この病院の経営者は、『この一帯で貧しさに苦しむ人がいるのなら、必ず手を差し伸べる』と誓った家《ファミリー》です。その院でなら怪我だけではなく、あなたたちが話していたチビちゃんたちの分も、治療代なしで診てもらえるはず」

そして路地裏から去ろうとするフランチェスカを、ふたりの男が呼び止めた。

「待ってくれ‼　あんたは一体……⁉」

「ご、ごめんなさい！　門限なので、そろそろ失礼します‼」

慌てて駆け出したフランチェスカを追いながら、一緒にいる青年が溜め息をつく。

「……またいつもの悪癖。お嬢、正体を隠す気ないでしょ」

「あるよ、ある！　だってこんなの仕方ないじゃない、怪しい人たちを見付けちゃったんだもの‼」

「普通の貴族のご令嬢は、挙動不審な通行人を見て『銀行強盗を企んでる』なんて予想を立てたりしないんですよ」

青年にそう言われ、走りながらもうぐぐと顔を顰《しか》める。

「はあ……。もういい加減、堂々と振る舞っちゃったらどうなんすか？」

青年はフランチェスカを見て、つまらなさそうに言い放った。

「この国を裏で牛耳る五大ファミリー、カルヴィーノ家。――あんたはその当主の愛娘で、裏社会を知り尽くした人間なんですから」

「絶対に、嫌！」

青年の言葉に、フランチェスカはぶんぶんと頭を振る。

「私は王立学院に転入したら、貴族令嬢として当たり前の日常を謳歌するんだから‼」

「あーあ、まったく……」

（だってずっと夢だったんだもの、生まれ変わったら別の人生を送るんだって‼　自分が、前世で遊んでいたゲームの世界に転生しちゃったのに気付いたときは、本当にびっくりしたけれど……)

誰にも話していない秘密について、心の中で考える。

(私が望んでいたのはごく普通の、平凡な暮らしだけなのに!!　まさか転生先が、裏社会の巨大ファミリー、そのひとり娘であるヒロインだなんて……)

そして、ぎゅっと目を瞑る。


(このままじゃ前世の、『極道一家の孫娘だった私』と同じ、友達のいない運命を辿っちゃう……!!)


それだけはどう考えても阻止したい。今世では、絶対に友達が欲しい。

フランチェスカは心に誓い、表通りに停めてある馬車へと急ぐのだった。路地の頭上にある窓から、ずっと彼女を見ていた男がいることなど、いまはまだ気付かない。

「……随分とお人好しな人間なんだな。フランチェスカ」

黒い髪、そして金色の瞳を持つ美しい男は、手摺《てすり》に頬杖をついて暗く笑った。

「面白い。君と戯《たわむ》れるのも、なかなか楽しみになってきた」

そして青年は、獲物を見定めるかのように目をすがめる。

「……あれが、俺の婚約者……」

＊＊＊

フランチェスカが『前世』を思い出したのは、いまから十二年前である、五歳のときだった。

きっかけは日常のささやかな事件だ。父を狙う敵対ファミリーの人間に誘拐されかけ、ごちんと頭をぶつけた。そのときに、前世の記憶が蘇ったのだ。

（小さい頃に死んじゃったパパとママ。ふたりの代わりに育ててくれて、大好きだったおじいちゃん。おじいちゃんは、いつもびしっとした不思議な形の服を着ていて……あれはたしか、『キモノ』っていう名前の服だった）

ぐるぐる回る視界の中で、フランチェスカは次々に思い出していく。

（馬車よりも速く走る乗り物、あれはクルマ。大きくて、中は広くて、シートもふかふかで……。運転手がいるおじいちゃんの車は、窓硝子《がらす》の縁が黒かったけど、普通の車はそうじゃないなんて小さい頃は知らなかった……）

着物を纏った祖父と一緒に、前世の自分が車を降りる。

超豪邸とも呼べる日本家屋には、ずらりと並んで頭を下げる黒スーツの集団がいた。

『親父!!　お嬢!!　お帰りなさいませ!!』

『お帰りなさいませ!!』

『おう。帰ったぞ』

そんな異様な光景に、前世の自分は疑問も持たない。幼い手をぶんぶんと振って、彼らの出迎えに喜んでいた。

『みんなー、ただいまあー！』

厳めしい顔つきの男たちが一斉に笑顔になって、幼い自分に膝をつく。

『お嬢、はじめての幼稚園はどうでしたか？』

『楽しかったあ！　明日ね、クレヨンで「かぞく」の絵を描くことになったから、みんなのことを描くんだあ。「かぞく」がたくさんいるから、いちばんおっきな紙をちょうだいねって、せんせいにいったの！』

『お嬢……!!』

感動して大喜びしてくれる彼らは、確かに家族の一員だった。だが、自分の『家』が何かおかしいことにはすぐに気が付く。

幼稚園で、『かぞく』として祖父と組員全員の絵を描いたその日から、誰も遊んでくれなくなった。

『――大変！　また来たわよ、あの子』

公園まで遊びに行くと、母親たちが次々と子供を抱き上げる。そして、こんなことを囁《ささや》き合うのだ。

『あの子と遊んじゃ駄目。近付かないように、気を付けてね』

『ずっと噂はされてたけど、あの子やっぱりあの家だったのね……。組長の孫なんでしょ？』

『……？』

小さなスコップを握り締め、一緒に来てくれた組員を見上げると、組員は憤慨《ふんがい》した。

『お嬢を仲間外れにしようたあ、どういう了見だ……!!　お嬢。俺がすぐに言って……』

『わああ！　だ、だめだよやめて！』

そんなことをすれば、きっとあの人たちは怖がってしまう。慌てて組員のシャツを引っ張った。

『わたし平気だよ！　おともだち、いなくて大丈夫。おうちにいれば、ヤスやみんなが遊んでくれるでしょ？』

『……お嬢……』

『ほら、お砂場に行こ！　………やっぱ帰ろ。ほかの子たちが、お砂場で遊びたいもんね』

それ以来、前世の自分の周りに同年代が近付いてくることはなかった。加えて、あることに気付いたのだ。

（普通の家の子は、幼稚園の送り迎えで、『抗争相手にいつ誘拐されるか分からないから』って理由で送迎が五人もついたりしない）

ましてやその送迎が、屈強に鍛え抜かれて、林檎くらいなら片手で握り潰せる男たちでもない。

（万が一のために、小さい頃から徹底的に護身術を叩き込まれたりもしない。本当に誘拐されちゃうことも普通はない。──覚えた護身術で相手を倒して、ひとりで家に帰るなんてことも、多分ない）

そんなことがしょっちゅう起こるのは、送り迎えの組員が恥ずかしくて、彼らの目を逃れて登下校したことが原因だ。

（世間には言えない武器が、縁の下に隠されていることもない。毛筆で住所と名前が書かれて、謎の血判が捺《お》された紙が保管されていることもない）

家の中でかくれんぼをしようとすると、大騒ぎになっていた理由はこれなのだ。

（知らなかった。……平穏で普通な人生、全然想像がつかない……！）

成長するにつれて分かったことは、自分の祖父がいわゆる『任侠《にんきょう》の大親分』だということだ。

いまどき珍しいと言われる昔気質《むかしかたぎ》の極道で、仁義の無いことを心から嫌う。その結果一部の同業からは疎まれているものの、裏社会では一目置かれている任侠なのだと、引退した刑事に教えられた。

それについて祖父に尋ねてみたのは、高校二年生の冬だ。

『──はは、馬鹿言え』

祖父は寒空の下、庭の鯉に餌をやりながら、自嘲気味に言った。

『なにが任侠だ。いくら内輪でそんな胡麻《ごま》擂《す》りしたところで、そんなのァ世間さまに関係ねえやな』

『おじいちゃん……』

『俺がこんな稼業の所為《せい》で、ひとりっきりの孫にこんな思いをさせてる。……まさか十七歳の女の子が友達も出来ず、クリスマスにやることもなくて家でゲームとは……』

『こ、これは楽しんでやってるんだもん!!　いまはイベント期間だから、課金がちょっとしか出来ない学生にとっては頑張りどころなの!!』

横画面にしたスマートフォンをぎゅっと握りつつ、心の中で考える。

（……本当は、クラスでいますごく流行ってるゲームだから、『遊んでいれば仲間に入れるかな』と思って始めたんだけどね……）

だが、当然そんなことを言えはしない。

（仕方ない。極道の家の孫娘なんて、怖くて当然だもん。なにが普通でそうじゃないか分からない環境で育ってるから、いまさら無理だ。……だけど、育ててくれたおじいちゃんやみんなには感謝してるし、心配させたくない）

そんな風に思いながら、ゲーム画面を指先でタップした。

『フレンド』と書かれた画面には、ゲームの協力プレイで繋がった相手が登録される仕組みなのだが、求めている友達とは意味合いが違う。

（――来世で作ろう。友達）

そんな風に、心に誓った。

（生まれ変わったら、平穏で普通の人生を過ごすんだ！　恋は出来なくてもいいから、今度こそ友達を作ろう……!!　うん、決めた！）

そこに、組員たちが声を掛けに来る。

『親父、お嬢！　夜のクリスマスパーティーの下準備が大分進みましたよ、料理もばっちり！』

『え。みんなが作ってくれたの!?』

『はい、朝から気合入れたッス！　若い衆がチキン料理をネットでレシピ調べてくれて。夕方まで寝かせる必要あるんすけど、お嬢の大好きな味付けに出来たと思うんで、楽しみにしてて下さい！』

『ありがとう、楽しみ！　おじいちゃん、そろそろコタツでアイス食べよ？　お庭にいるのも冷えてきたし……』

『ああ、そうだな』

残りの餌を池に撒《ま》いた祖父が、縁側から上がるべくこちらに歩き始めた、そのときのことだ。

『……？』

誰かが塀を乗り越えて、庭に飛び込むのを見た。

組員たちの罵声が聞こえるが、その人物は止まらない。懐に手を伸ばし、何か取り出そうとした。

『――おじいちゃん！』

祖父を庇うために、反射的に飛び出す。

『……っ!?』

お腹にひどい痛みが走って、呼吸が出来なくなった。眩暈《めまい》の中、それでもなんとか手を伸ばし、祖父が無事であることを確かめる。

『おい!! おい、しっかりしろ!!』

『……よかった……』

安堵の息を吐いたのが、前世における最期の記憶だ。

その記憶を取り戻したフランチェスカは、救出されたあとに三日間寝込んだ。

そして、前世の記憶を照合した末、いまの自分が置かれた状況を確信したのだ。

（……前世の私は死んじゃって、いまの私はフランチェスカ。おうちの家名はカルヴィーノ家……ひとり娘の誘拐未遂が日常茶飯事の、物騒な家）

ベッドの中、高熱に魘《うな》されながらその事実をなぞっていく。

これはどう考えても、死ぬ直前までやっていた乙女向けソーシャルゲームの、その世界のお話だ。

（私……。ゲームに出てくる、裏社会巨大ファミリーのひとり娘であるヒロインに、転生しちゃったんだ……！）

境遇が前世と変わらない。

それを認識した瞬間、再び意識が遠のいて、フランチェスカはしばらく目を覚まさなかった。

＊＊＊

フランチェスカが生まれ変わったこの世界は、スマートフォン向けのアプリゲームとしてリリースされている、女性が主力ターゲット層のゲームだ。

西洋風の世界観で、馬車やドレスが日常のもの。汽車などはまだ存在しておらず、剣よりも銃が主流で、一部の人々だけが『スキル』と呼ばれる力を持っていた。

特色としては、メインで登場する男性キャラクターの大半が、『裏社会の住人』であるという点だ。

ゲームの舞台であるこの国は、長年の王政を続けている。しかし、その王を陰の忠臣として支えるのは、裏社会を牛耳る五つの貴族だった。

メインストーリーに出てくるのはこの裏社会の貴族家、『五大ファミリー』だ。入手可能《プレイアブル》キャラクターは、ヒロイン以外の全員が男性キャラで、みんな眉目秀麗に描かれている。

プレイヤーは課金などで手に入れた彼らを育成し、メインストーリーの攻略やイベントに挑みながら、ゲームの世界を楽しむのだ。

そのゲームにおいて、デフォルト名『フランチェスカ・アメリア・カルヴィーノ』なる少女こそが、プレイヤーの代役となるヒロインだった。

（やっぱり、私がその『フランチェスカ』で間違いない）

記憶を取り戻した五歳のフランチェスカは、寝込んでいたベッドで手鏡を握りしめる。

（薔薇みたいに赤い髪。水色の目。まだ五歳なのに、びっくりするくらいの美少女っぷりだけど……）

カードイラストでヒロインの顔がはっきり描かれることは無かったのだが、テキストで特徴の描写が出てくる。髪色も目の色も、シナリオの通りだ。

こんな極上の見た目を得ても、未来が不穏では意味がない。

（……困るのは、『フランチェスカ』の境遇だよ……）

フランチェスカは、腕を組んでううんと考えた。

（五大ファミリー、カルヴィーノ家のひとり娘。裏社会の強大な一家に生まれた女の子……。当然周りはカタギじゃないし、攻略キャラたちも裏の人間!!　子供の頃は確か、『あまりに誘拐されるから』っていう理由で裏社会から遠ざけられて、十七歳までは平凡な環境で育つんだよね）

メインストーリーに出て来た回想を思い出し、溜め息をつく。

（『フランチェスカ』の転換期は、ゲームのメインストーリーが開始する十七歳。生まれたときから一度も会ったことの無い婚約者、レオナルドの目論見《もくろみ》で、無理やり裏社会の戦いに巻き込まれるんだ）

一度死んで生まれ変わったにしては、なかなかしっかり記憶が残っている。フランチェスカは自画自賛しつつ、もう少し思い出してみることにした。

（あの極悪婚約者レオナルドの所為で、メインストーリーのフランチェスカは大変な目に遭う。下手に裏社会から遠ざけられて育った所為で、戦いに巻き込まれても何も出来なかったんだよね。……家から出される後押しになったのって、私が記憶を取り戻した今回の誘拐事件かな？）

誘拐された回数が多いので、絶対に今回だという自信はないが、恐らくはその前提で良いだろう。

（このままゲームシナリオに従う生き方もあるけど……中途半端に裏社会から離れたら、メインストーリーが始まったとき、一般人として育った私に出来ることはないよね。使えるのは私の固有スキルだけだ。そのスキルと引き換えに他のキャラたちに助けてもらって、彼らに私の問題を解決させることになる）

フランチェスカにとって、その展開は避けたいことだった。

（自分に降り掛かることへの責任は、自分で取れる人間になれ。――そうだよね、おじいちゃん）

祖父がいつも、組員たちに言い聞かせていたことだ。傍らで聞いていた前世のフランチェスカも、自然とそれを覚えてしまった。

どうせ巻き込まれるのなら、自分で何とかする力が欲しい。

そう奮起するも、祖父の言葉を思い起こしたことで、悲しい気持ちにもなってくる。

（……おじいちゃん、みんな……）

自分がいなくなったあと、みんなはどんな気持ちになっただろうか。たくさんの愛情を注いでくれた人たちに、心から申し訳なくなった。

（死んじゃって、ごめんね）

じわっと涙が滲んだものの、慌ててそれを拭う。

『辛くなったら、いつでもこの家を離れていいんだぞ。俺たちにゃあ、お前が幸せに成長してくれることが何よりなんだ』

祖父がそう言ってくれたことを、お守りのように心に抱いた。

（ごめんね。忘れないからね。……おじいちゃんが言ってくれたように、生まれ変わった先で幸せに暮らすことが、いまの私に出来る唯一のことだ）

そうと決まったら、いつまでも泣いてはいられない。

（幸せに過ごすために、前世からの夢をかなえる。私は友達を作って、平穏で平凡な人生を送るんだ。だから……）

フランチェスカは寝台に立ち上がり、両手を大きく掲げて誓いのポーズを取った。

（十七歳から始まるメインストーリー。そのいざこざに巻き込まれても、自分の考えで動くことができる、そんな力を身に付けておこう！）

そして、十二年が経ったのである。

長い日々だった。環境改善のための工夫も、自分自身が強くなるための努力もたくさんした。

そしてフランチェスカは無事、十七歳になれたのだ。

(いつかメインストーリーの事件に巻き込まれる日のために、自分に出来ることをやってきたつもり。

……それもすべて、今度こそ平凡に生きるためなのに。それなのに……)

王立学院の転入手続きを終えて帰ったフランチェスカは、目の前の光景にくらくらした。

「──お帰りなさいませ、お嬢さま!!」

「お帰りなさいませ!!」

大きな屋敷のエントランスには、黒い正装を纏った男たちが、絨毯《じゅうたん》の左右に分かれて並んでいる。

エントランスの床面には、カルヴィーノ家を象徴する家紋である赤薔薇が大きく描かれていた。そこに集まった大男たちに頭を下げられ、一斉に挨拶をされる光景は、見慣れた異様さだ。

絨毯の道筋が延びた先には、ひとりの男が背中を踏みつけられている。

男の背に足を乗せ、ぎりぎりと踵《かかと》を捻じ込んでいるのは、フランチェスカと同じ薔薇のような赤色の髪を持つ男性だ。

「な……何してるの、パパ……」

「戻ったな、フランチェスカ。道中何事もなかったか?」

「なんにもないよ。むしろ、何か事件が起きてるとしたら今だよ。どうしてシモーネを踏んでるの?」

「決まっている、この男が罪を犯したからだ。愚鈍な男が……」

娘から見ても美丈夫である父は、その冷たいまなざしを部下に向けて口にする。

「お前の制服を運ばせている際に腹を撃たれ、制服を血で汚した」

「……………………」

真っ赤なはずの絨毯の一部が、どす黒く汚れているのを見付けた。腹から赤い雫を流している男は、心底申し訳なさそうにフランチェスカを見上げる。

「申し訳ありませんお嬢さま……!! お嬢さまの大切な制服に、汚い血をつけてしまったこと……いくらお詫びしても償いようがなく、うう……っ!! 晴れ着だというのに、なんてことを……」

「お嬢さま、ご安心を。お父上の振る舞いは当然です」

「お嬢さまの輝かしい学院生活に水を差したのですから。本来なら死を以ってお詫びすべき事態」

「…………」

父や構成員たちどころか、踏み付けられている当人すらなんの疑問も持っていないらしい。フランチェスカは額を押さえながら、ゆっくりと口を開く。

「……から……」

「はい。なんですか、お嬢さま」

構成員に丁寧に聞き返されて、はしたなくも大声でこう叫んだ。

「制服なんかどうでもいいから!! いますぐ治癒スキルを持っている人を連れて来てーーーーっ!!」

「はい! お嬢さまの仰せのままに!!」

フランチェスカは既に、失敗している。

平凡に生きるための作戦で、『まずは自分の家の情報を』と動いた結果、いまや完全に悪党の一族へと溶け込んでしまったのだ。

ゲームでは冷淡で無関心だったはずの父親は、フランチェスカを無表情に溺愛してくる。腫れもの扱いや侮辱ばかり向けて来る設定の構成員も、フランチェスカを『カルヴィーノ一家の大切な跡取り』として扱う。

そんな毎日を「どうして」と嘆きつつも、メインストーリー対策をこなしているのだった。

(だけど、計算違いを嘆いてる場合じゃない)

父を押し退けて怪我人の介抱をしながらも、フランチェスカは気合を入れる。

(いよいよ来週は学院への転入。その前日こそメインストーリー開始のきっかけ、私が悪役レオナルドに誘拐される日なんだから……!!)

＊＊＊

レオナルド・ヴァレンティーノ・アルディーニは、ゲームにおける最大の悪役だ。

漆黒の髪に、月のような金色の瞳。

男性キャラながら睫毛《まつげ》は長く描かれ、目をみはるほど整った顔立ちに、やや細身だが高身長という体格をしている。

立ち絵では不敵な笑みを浮かべ、強者でありながら底が知れないその振る舞いは、入手不可能な敵キャラクターでありながらも圧倒的な人気を誇った。

『ほらどうした?　このままだと大切なものが壊れるぞ、フランチェスカ。……ははっ、そうそう、そういう表情が見たかったんだ!』

『俺が憎いか？　安心しろよ、その憎悪もいつか終わる。――俺がそのうち、ちゃんとお前を殺してやるから』

強いカリスマ性を持ち、人の懐にすぐに入るのに、彼のそれはすべて目的のためだ。

（前世では、本当にすごい人気だったんだよね……）

ひとりで街を歩くフランチェスカは、過去の記憶を辿って考えた。

この日はお忍び用のドレスを纏い、つばの広い帽子をかぶった格好で大通りを歩いている。こっそり屋敷を抜け出してきたから、お付きの護衛はついていない。

（都内の駅に大きなゲーム広告が出るときも、レオナルドひとりだけのバージョンがあったくらい。ゲームを始める前の私ですら、レオナルドの立ち絵イラストだけは見覚えがあったもんなあ。入手可能《プレイアブル》キャラじゃ無いのに）

レオナルドは、この国で王家の次に権力を持つ五大ファミリーのうち、『強さ』を重んじるアルディーニ一家の若き当主だった。

年齢は、フランチェスカと同じ十七歳だ。レオナルドが当主になったのは七年前、彼の父と兄が死んだときで、ほんの十歳の頃だったらしい。

そんな幼さで当主を継承する場合、通常ならば後見人がついてお飾りの当主となる。

けれどレオナルドは、裏社会を生きるために必要な才能を、すべて持ち合わせていた。

明晰な頭脳、何者をも恐れない度胸、冷静に見極める慎重さ。人を惹きつける振る舞いをしながらも、彼自身は誰にも頼らないという冷徹な心。レオナルドは、幼い頃からそんな性質を発揮していた。

一家に所属する大の大人たちを、当主として、たったひとりで率いてきたのだ。

（そして、そんなレオナルドの婚約者が『私』……）

ふっ、と遠い目をしてしまう。

（それもこれも、私のおじいさまとレオナルドのおじいさまが、『両家の間に性別の違う子供が生まれたらふたりを婚約させる』って約束をしていた所為なんだけど……）

そんなわけでフランチェスカは、物心つく前から将来の夫が決まっていたのだ。

（婚約者なんて変な感じ。ゲームでは五歳から遠くの町に住み始めるし、いまの私は徹底的にレオナルドから逃げているから、この年齢になるまで一度も会ったことが無いのにね）

フランチェスカは帽子が風に飛ばされないよう、片手で押さえながら人混みを歩いた。

四月の風は暖かく、人々もどこか浮き立っていて、街はとても賑やかだ。歩道の横の馬車道では、大きな馬車が何台も行き交っている。

（――大きな町）

石畳の大通りを見渡して、フランチェスカは思わず足を止めた。

（この国が大陸で栄華を誇って、すごく豊かなのも、王家とそれを支える五つの家門があるお陰……）

そしてフランチェスカは、そのうちのひとつであるカルヴィーノ家のひとり娘だ。

家は権力を持っている一方で、たくさんの恨みも買っている。本来なら、その当主に溺愛されているフランチェスカが、ひとりで出歩くことを許されるはずもない。

それでもお忍びで屋敷を抜け出したのは、とある目的があるからだった。

フランチェスカは目を瞑り、そっと集中力を研ぎ澄ます。

（……見てる。遠くもなく、近くもない場所から、ずっと私のことを）

屋敷を出た直後から、その気配はしっかりと感じていた。

どんな目的を持った何者なのかは、考えるまでもなく分かっている。

だって今日は、メインストーリーの開始日だ。

（……来る……！）

ぱちりと目を開いた。その瞬間に、隣を通りすがった馬車から、いきなり大男の手が飛び出してくる。

「――っ」

馬車から出て来たその腕が、フランチェスカの腰のリボンを引っ掴んだ。

体の重心を捉えられて、フランチェスカの体が呆気なく浮く。馬車内にはカーテンが引かれており、その中へ強引に引きずり込まれかけた。

「わああっ、なんだ⁉」

「おい、女の子が攫《さら》われそうだぞ‼」

往来の人々が声を上げ、慌てて駆け寄ろうとしてくれる。けれども馬車は猛スピードで、決して追い付けそうもない。

（――シナリオの通り！）

ただひとり、攫われそうなフランチェスカ本人だけが冷静だった。

（ゲームの私はモブに攫われる。レオナルドの指示によって）

馬車へ容易に引きずり込まれないよう、足を馬車の扉に押し付ける。そして、自分を引っ張ろうと四苦八苦している男の手を見遣った。

（これ！　これが確かめたかったの！　十二年前に思い出したゲームの記憶が、本当にすべて正しかったのか……ようやく確信が持てた、シナリオの出来事は実際に起こるんだって！）

メインストーリーの冒頭は、フランチェスカの誘拐事件から始まる。レオナルドが仕組んだその策略により、ここから事件が幕を開けるのだ。

（目標は達成！　このエピソードはプロローグ。『敵』がレオナルドだと分かるのは一章の終わりだ）

「くそ、この餓鬼《がき》……！　抵抗するな、痛い目を見るぞ！」

（私はこのプロローグで、怪我もせず無傷で帰れる代わりに、五大ファミリー同士が争う事件の幕開けに利用されるわけだけど……）

「抵抗するなって言ってるのが、聞こえないのか！」

男の焦るような声が聞こえる。だが、知ったことではない。

（馬車の中には構成員だけで、レオナルドは居ない。……このエピソードにはもう、用はないよね）

被っていた帽子が飛んでいった。そのことはひとまず無視しておいて、フランチェスカは作戦を実行する。

「えいっ」

手を伸ばしたのは、自身の腰のリボンだった。

つまりは男に掴まれている部分だ。

「あ⁉」

「よいしょ」

リボンをしゅるりと解いた瞬間、フランチェスカは男の手から解放された。

「ば、馬鹿な!!」

凄まじい速度の中でのことだ。普通ならこうして飛び降りても、着地の時に大怪我をする。

けれど、この日のために幼い頃から対策を練ってきたフランチェスカは、受け身を完璧に取ることが出来た。

「……っとと」

ヒールのない靴を履いてきているから、そのまま軽やかに着地する。ドレスの裾が翻り、はしたなくないように手で押さえた。

「おお……!!」

見ていた人たちが戸惑いつつも、思わずといった雰囲気で拍手をし始める。

(よし、帰ろう！　シナリオの内容が現実に起きるんだって分かったから、やりたいことはいっぱいある。普通の人生を送るためにレオナルドを回避して、学院でたくさん友達を作ろう！)

そんな決意を新たにし、辺りをきょろきょろと見回す。唖然とする人々の中に、飛んで行った帽子の行方を確かめた。

(風の向きは南南西。馬車の速度を考えると、帽子、あっちの方に飛んで行っちゃったかなあ……？)

そう思って振り返った、そのときだった。

「捜しているのはこれか？」

「……!!」

フランチェスカが息を呑んだ瞬間に、再び体が浮き上がる。

(っ、一体なに……!?)

近付く気配すら感じなかった。

首根っこが呆気なく捕らわれ、引っ張り上げられる。そうかと思えば、高い場所にすとんと横向きに座らされて、手綱を握った人物と向かい合わせになった。

「あ…………」

引っ張り上げられたのは、石畳を走る馬の上だ。ぐっと腰に回された腕によって固定され、思わずその人物にしがみつく。そのあとで、思わず息を呑んでしまった。

フランチェスカを捕らえたその男が、記憶に描いていたよりも圧倒的な容姿を持っていたからだ。

吸い込まれそうな漆黒の髪に、陶器のような白い肌。長くくっきりした睫毛に、通った鼻筋、酷薄そうなくちびる。

たとえこんな状況であろうとも、彼の姿は呆然とするほどに美しい。


「――つかまえた。俺のフランチェスカ」


男が笑い、フランチェスカの頭に帽子を被せてくれる。

そこだけ見れば紳士的な仕草だ。けれども冷たい瞳には、窺い知れない思惑が秘められていた。

（……私の敵、『レオナルド』……!!）

フランチェスカを真っ向から見据えるのは、満月をそのまま象ったような金色の瞳だ。

ふっと息を吐くように笑ったレオナルドは、馬に横乗りするような体勢のフランチェスカをぎゅっと抱き締めた。

「わあっ⁉」

「ほら、帽子をちゃんと押さえてろ。また飛ばすぞ？」

「まっ、待って待って！」

なにがなんだか分からないのに、そんなことを言われても追い付けない。

挙句、フランチェスカを馬から落とさないためなのか密着状態だ。彼は香水をつけているらしく、なんだか良い香りがするのが余計に困った。

レオナルドはフランチェスカを片手で抱き締めたまま、馬の速度を上げる。

「わっ、わわわあああああ‼」

「ははは っ！　元気が良いな。久々に、生きた人間の相手をしてるって感じがする」

「怖い怖い怖い！　この人、笑顔なのに言ってることがなんか怖いーーーー‼」

フランチェスカの悲鳴を気にもせず、レオナルドはそのまま馬を走らせるのだった。

＊＊＊

ようやく解放されたその場所は、王都の外れに建てられている、煉瓦《れんが》造りの小さな家だった。

「さあ、到着だ。お手をどうぞ」

（つ、疲れた……）

先に馬を降りたレオナルドが、馬上のフランチェスカに手を差し出す。紳士ぶった振る舞いをしても、いきなり馬に乗せて攫ったのはこの男なので、帳消しにはならない。

とはいえ何か言う気力も失せていたフランチェスカは、その手を借りて鞍から降りた。レオナルドは、その美しい顔に笑みを浮かべる。

「急にこんなところまで連れて来られて、怖かったよな。どうする？　逃げようとしても構わないが」

「しないよ。そんな疲れそうなこと」

「へえ」

大体、ここまで連れて来た本人が「怖かったよな」なんて言わないでほしい。フランチェスカは溜め息をついて、レオナルドを見た。

「そんなことより、さっさと本題に入りましょ。レオナルド・ヴァレンティーノ・アルディーニさま」

「やっぱり、俺の素性に気付いてたんだな」

彼はどうしてか嬉しそうに笑うと、門の柵に手を掛けた。

「ようこそお嬢さま。初めて顔を合わせた婚約者同士、互いの理解を深め合おうじゃないか」

（絶対に、心にも思ってなさそう）

そんなことを考えつつも、フランチェスカは彼の後についていった。

外から見ると蔦に覆われていたその家だが、室内は綺麗にされている。通された部屋にはソファーがあり、フランチェスカはそこに座るよう指示された。

（えへ、ふわふわ。……ゲームよりも、ちょっと良い環境で捕まっちゃった……）

そう思い、なんとなく得したような気がしてほっこりする。

なにせゲームでは港の倉庫に連れていかれ、地面に直《じか》に転がされて、怖いお兄さんたちに恫喝《どうかつ》されたのだ。ゲーム的な理由なのだろうが、そこで怪我のひとつもさせられないのが奇跡である。

（ここ、レオナルド個人の隠れ家なのかな？　ゲームには出て来なかったよね。もしかしたら、前世

の私が死んだ時点では配信されてなかった、六章以降に登場したのかもだけど）

この十二年間の癖で、ついついゲームと現実の状況についてすり合わせを始めてしまう。

レオナルドは、ふむ……と顎に手を当てながら、そんなフランチェスカのことを眺めていた。かと思えば、当然のように隣に座る。

「なあ、フランチェスカ」

肩同士が触れ合うほどの、初対面にあるまじき距離感だ。

レオナルドは何処か色っぽい微笑みで、間近にフランチェスカを覗き込んで来た。

「この状況が怖くないのか？　訳も分からずに連れ去られて運ばれたんだから、絶叫して『助けて』って泣き喚くものだろう？」

「それ、攫った当の本人がにやにやしながら被害者に聞く？」

「ははっ！」

いきなり機嫌が良さそうにされたので、フランチェスカは素直にドン引きする。だが、彼が怖いとは思わない。

「誘拐されるのは慣れてるの。対処方法の心得はあるし、相手の殺気を読む程度なら出来る」

「殺気を読む『程度』ねえ……」

（落ち着いていられる理由には、ゲームシナリオを知っているからっていうのもあるけど……教えてあげない）

フランチェスカは、小さく息を吐き出した。

「だけど良かった。あなたに会えたら、話したかったことがあるんだ」

「へえ？　言ってみな」

「私と婚約破棄してほしい」

そう告げると、レオナルドは楽しそうに喉を鳴らす。

「面白いことを言う。じいさん同士の勝手な約束とはいえ、利点しかない結婚なのに？」

かつて盟約を交わした祖父たちは、両家の未来を考えていたのだろう。

フランチェスカの家門であるカルヴィーノ家は、五大ファミリーの中でもっとも王家と縁の深いファミリーだ。

家は『忠誠』を重んじる信条で、王室と強く結ばれている。だが、そういった性質を持つ以上、人道から大きく外れた荒稼ぎは出来ない。

一方、レオナルドの家門であるアルディーニ家は、『強さ』を重んじる信条だった。

そのやり方は豪快で、華やかだ。圧倒的な武力をもって、あらゆることを実現してみせる。

五大ファミリーの中で、もっとも莫大な利益を生み出し、将来性もあるのが彼の家だった。しかし、家門が興されてからの歴史は最も浅く、それだけで他家から軽んじられることもある。

由緒正しいフランチェスカの家と、華やかで稼ぎの良いレオナルドの家が結ばれるのは、両家にとって必要なこと。それが、いまは亡きお互いの祖父の考えだったのだろう。

（……だけど）

フランチェスカは口を開く。

「あなたはそんなこと、思ってないでしょ？」

「――……」

その瞬間、レオナルドが今までの笑みを消し、無表情でフランチェスカを見下ろした。

この男が、『由緒』などという形だけの名誉を欲しがるはずもない。ゲームでのレオナルドのやり方は、もっと現実主義で合理的だ。

「どうせお互い要らないものなんだから、婚約なんて破棄しちゃおうよ。ね？」

月の色をした彼の瞳が、静かに細められる。

「駄目だ」

「っ、だけど……」

「それに、俺の本題はそんな内容じゃない」

レオナルドは、淡々とした声音でこう言った。

「……いまから、可愛い君に暴力を振るう」

「！」

彼の手が、フランチェスカの首に伸ばされる。

レオナルドは再びそのくちびるを微笑ませ、瞳に暗い影を落としながら囁いた。

「君は大いに傷付くだろう。その後でちゃんと解放してやるから、辛かったことを父親に話してくれないか？　なるべくなら泣きじゃくって、より悲愴な雰囲気を出してくれると嬉しい。女の子が可哀想な目に遭っていれば、他家もきっと同情する」

「……」

レオナルドの指が、フランチェスカの喉元に押し当てられ、つー……っと肌の表面を上になぞった。

（――――あ。この人）

その仕草が、ナイフの動きを連想させる。

（自分の手で、意図して人を殺したこと、あるんだ）

ただ首に触れられているだけなのに、そんなことまで悟らされた。ゲームでははっきり明言されていなかったことなのに、彼の持つ雰囲気が雄弁に語る。

「君の役割はそれで終わりだ、その後のことはどうでもいい。まだ使い道がある可能性を考慮して、婚約破棄はしないいんだが」

「…………」

「理解できたか？　こういう説明は、君がまだ正気のうちにしておかないとな」

レオナルドは、長い睫毛に縁取られたその目を伏せるようにして微笑む。

「ここからは、良い子にしていなくても構わない。むしろ、なるべくたくさん抵抗して……」

「──あなたの計画は上手くいかない」

「！」

フランチェスカが言い放つと、レオナルドがぴたりと言葉を止めた。

彼は僅かに面食らった顔をして、フランチェスカを見下ろす。

「……いま、なんて言った？」

「私を攫い、危害を加えることで、均衡を保っている五大ファミリーの関係を滅茶苦茶にすることが狙いでしょ？　だけど、その計画は失敗するの」

「……」

レオナルドが『説明』をしている間、フランチェスカは表情を一切変えなかった。

恐怖で動かせなかったのではない。ただただ、無意味だと感じていただけだ。

「私はあなたに何をされたって、パパに泣き顔のひとつも見せない。たとえ実の父親であろうとも、私にされたことへの報復で、人を頼るような真似は絶対にしないから」

告げながら、フランチェスカの首を緩く絞めようとしていたレオナルドの片手を払う。

そしてその仕返しに、今度はフランチェスカが手を伸ばし、レオナルドの顎を指で捕らえた。

「自分に降り掛かることへの責任は、自分で取る」

それこそが、前世の祖父から教わった仁義だ。

まるで口付けをするときのように、レオナルドの顔をこちらに向かせる。フランチェスカは、月色の瞳を逃さないまま、真っ直ぐに睨んで言い切った。

「――あなたに復讐をするときは、私ひとりの手で下すわ」

「…………っ」

レオナルドはこれで激怒して、残虐《ざんぎゃく》な本性を見せるだろうか。

フランチェスカが内心で考えた、その次の瞬間だ。

「……ふふ。ふふふっ、はは……！」

突然レオナルドが笑い始めたので、フランチェスカは顔を顰めた。

「いいな、君！　度胸があって、凛としてて。美しいのは、その可愛い外見だけじゃあないらしい」

彼は言い、自らの懐に手を伸ばす。

レオナルドの纏う衣服は、一目で仕立ての良さが分かるものだ。上着の下は白いシャツに、ストライプのベスト姿だが、グレーのボタンに縫い付けられた糸だけが赤い。

そういった細部のさりげない意匠が、全身あちこちに散りばめられていた。

「君の心を傷付けるのは、一筋縄ではいかないようだ」

上着の裏から出てきたのは、一丁の銃だ。

フランチェスカは当然、自分に銃口が向くのだろうと考えた。そのための対策を取ろうとしたものの、レオナルドは思いも寄らない行動を取る。

彼は、フランチェスカの手を取ったのだ。

かと思えば、ゲームヒロインらしく華奢な手に拳銃を握らせる。フランチェスカの手を上からやさしく包むと、その銃口を、レオナルド自身の左胸に押し当てた。

そして、やさしく微笑んでみせる。

「引き金を、引いてもいいぞ」

「――……」

レオナルドの声は、ハスキーで気怠げなニュアンスを帯びており、どこか甘ったるい。まるで恋人に愛を囁くかのような声音で、フランチェスカの指を引き金に掛けさせる。

「ここで俺を殺しておかないと、何度も君を害そうとするかもしれない。君の強い心を折って、俺の目的に利用するために」

「…………」

「さあどうする？　カルヴィーノのひとり娘。いま俺を殺しておいた方が、君の人生は平穏だ」

その言葉には心底同意する。

ゲームヒロインの運命は、メインストーリー五章の時点で散々だ。そんな事件を巻き起こす黒幕《レオナルド》が、フランチェスカの隣に座り、無防備に「殺していい」と微笑んでいる。

けれど、フランチェスカは溜め息をついた。

「馬鹿言わないで」

「おやおや。悪党一家の愛娘といえど、さすがに人を殺すのは怖いか」

「……それ以前に」

フランチェスカは拳銃を持たされた手を引き、レオナルドのやさしい拘束から逃れる。トリガーガードに指を残したまま、手にした銃を回転させた。手の中でひゅるひゅると回る銃を、ある一点でぴたりと止める。

それは、フランチェスカ自身のこめかみだ。

レオナルドの目から視線を逸らさずに引き金を引いた。次の瞬間に響いたのは、銃声ではない。

「──……」

かちん！　という小さな音と共に、レオナルドは緩やかな瞬きをする。

フランチェスカは、くだらない度胸試しに目を細め、レオナルドに拳銃を返した。

「……すごいな。精巧に作られた偽物なんだが」

「いくら精巧でも、本物の銃がこんなに軽いはずない。持ち運び用の見せ銃だから、軽い金属を使ったんでしょ？」

これが本物だというのなら、金属の強度が足りるはずもない。

（こっちはこの世界に生まれる前、前世から嫌というほど銃を見てきたんだもの。この世界の銃と前世の銃は、いくつかの構造が違ってるけど……）

思い出すのは前世での日々だ。中学校から帰宅したとき、広間にいた組員たちが大騒ぎで何かを隠し始めた。

『……みんな。いま背中に隠したの、まさかそれ……』

『お嬢！　違うんですこれは、今度やる露店で使う射的の銃！　モデルガンなんです!!』

『絶対嘘だもん!!　ほら貸してみて!!』

『ご、ご無体な……！　ああーっ!!　お嬢ーー!!』

大慌ての組員たちをよそに、通学鞄からあるものを取り出す。続いてそこにあった拳銃を掴むと、手にしていた磁石をくっつけた。

『ほら、銃は黒いのに磁石が反応する！　本当にモデルガンで金属製なら、銃の色は黒にしちゃいけない法律でしょ!?　黒いモデルガンを認められるのは樹脂製だけ、磁石は付かない。これのどこがモデルガンなの！』

『ああ、お嬢……。いつのまにか、立派に銃の見分けがつけられるようになって……』

『こんなところで私の成長を実感しないでよ！　言ったでしょ、うちに堂々と銃を持ち込むのは禁止って!!　持ち込むならせめてコソコソする、見せびらかさない！　ただでさえご近所さんに怖い思いをさせてるのに、これ以上ご迷惑をお掛けしてどうするのーーーーっ!?』

懐かしいことを思い出しつつ、フランチェスカはまっすぐにレオナルドを見据える。

「次に他人を脅すときは、銃に触らせない方がいいよ。偽物でも、本物でもね」

「――……っ、は！」

レオナルドの口元が、笑みの形に歪んだ。

「ははは、は！　なんだ君、本当に面白いな！」

（なんでご満悦なの。こわ……）

ゲームの通りの底知れない言動だが、目の当たりにするとやはり不気味さがある。フランチェスカが引いていると、レオナルドは不意に目を細め、フランチェスカの持っていた銃を奪い取った。その銃を、部屋の窓へと叩き付ける。

「！」

窓硝子がこなごなに砕け散り、がしゃん!!　と大きな音を立てた。

レオナルドはフランチェスカを見詰めたままで、一向に逸らす気配もない。つまり、窓の方は一切見なかったのだ。

それなのに、窓の外で短い悲鳴と共に、誰かが倒れるような音がした。

外にいた何者かが、拳銃を頭にぶつけられ、気絶したらしい。

「まったく。覗き見なんて、品がないと思わないか？」

「……外に居たの、あなたの配下じゃなかったんだ」

誰かが気配を殺し、この部屋の様子を窺っていたことには気付いていた。アルディーニ家の構成員だと思っていたのだが、違ったようだ。

レオナルドはわざとらしく肩をすくめた。

「婚約者と初めての逢瀬《おうせ》だっていうのに、それを見せつける趣味はないさ」

「息をするように嘘ついてる……」

実際は、フランチェスカが彼の配下に捕まらなかったからレオナルドが出てきただけで、顔を見せるつもりもなかったはずだ。

(だけど、災い転じて福となす？　これくらい可愛げのない態度を取れば、レオナルドも婚約破棄してくれるかも)

そんな期待に胸が膨らむ。レオナルドはフランチェスカと密着していたソファーから立ち上がると、投げた拳銃で叩き割った窓辺に歩き始めた。

その途中でこちらを振り返り、その美しい顔で笑う。


「――気に入った。俺の可愛い婚約者《フランチェスカ》」

「え……」


窓からの逆光になっているお陰で、レオナルドの笑顔が一層暗く見える。

「君を使い捨てるのは惜しくなった。だから、婚約破棄はしてやらない」

「――……」

その発言に、フランチェスカは目を丸くする。

「ぜ、絶対にろくでもないことに私を使う気だ……!!」

「ははは!!　俺に向かって怯まずにそんな発言を出来るところも、最高に可愛いな」

レオナルドは割れた窓の方に歩きながら、フランチェスカとの話を続ける。

「そもそも通ると思っていたのか？　こんな家の生まれとはいえ、俺たちは仮にもこの国の貴族。政略結婚は義務のうちだろう」

「だからこそ、双方合意の『円満な婚約解消』を目指したいの！　パパは私の我が儘を聞いてくれるけど、うちから一方的に婚約破棄を申し出たら、それを口実に抗争沙汰を起こすでしょ」

「素晴らしい女性だ、初対面なのに俺のことをよく理解してくれている。それほど賢明な婚約者殿が、利点を捨ててでも俺と結婚したくない理由とは？」

硝子の割れた窓枠に肘をつき、庭に倒れている人物を見下ろして、レオナルドは笑った。

「ああ……ひょっとして俺じゃなく、他のファミリーの男と結婚したいのか？」

その表情は、先ほどまでのどんな笑顔よりも不穏な雰囲気を帯びている。

「それは良い手だ。カルヴィーノ家と他家が手を組めば、我が家を潰すことも夢じゃないかもな」

「そんなの絶対有り得ない。どこのファミリーの誰とも結婚したくないよ！　だって……」

フランチェスカは息を吸い、渾身の力で叫んだ。

「――裏社会の人の妻になったら、平穏で普通な生き方が出来ないもん‼」

「…………は？」

こちらを振り返ったレオナルドは、目を丸くした。

「私はごく普通に生きたいの！　平凡な日々を送って、憧れの『友達』を作るんだから！」

「…………」

今度こそ、そういう人生を送りたい。

そもそもが、レオナルドに事件に巻き込まれることだけでなく、メインストーリーの出来事すべてを回避したかった。

だってゲームの通りなら、フランチェスカが学院で親しくなるのは、裏社会に深く関わる美青年ばかりになってしまう。そんな学院生活は、きっと絶対に『平穏で普通』ではない。

第一に、友達が欲しいのであって、ゲームのような恋人が欲しいのでもなかった。

（裏社会の住人と結婚したら、どんな人生が待ち受けているか……！）

思い出すのは、前世で組員と結婚していた女性たちのことだ。

極道の妻は夫の緊急時や長期不在になると、あらゆることで夫の代理を務める。舎弟の面倒を見たり、夫の面倒を見たり、時には仕事の手伝いだって発生した。

この世界でもきっと変わらない。その上、離婚という制度はあまり浸透しておらず、よほどのことがなければ夫とは離れられないのだ。

（レオナルドの事件に巻き込まれないこと。レオナルドとの婚約を破棄すること。他の攻略対象ともお近付きにならないこと！　これが平穏に学院生活を過ごして、友達を作るための最低条件!!）

フランチェスカが手でバツを作り、レオナルドを睨んで『断固拒否』の意思を表現していると、レオナルドはくすくす笑い始めた。

「つまり君は、表の世界で生きたいということか？　思ってもみなかった意見だな。どう見たって、骨の髄まで裏の世界の住人なのに」

（骨の髄までって言われた……！）

があん、とショックを受けるものの、すぐさま気を取り直した。

「本心なんだけど、信じてくれてないよね？」

「なぜ？　君は俺の、大切な女の子になったのに。信じるに決まっているだろう？」

あまりに白々しい言葉だった。フランチェスカは彼をじとりと睨み、ソファーから立ち上がる。

「もう帰るよ。あなたが悪巧みに私を使おうとしても無駄だから。これでお別れ」

「嫌だ、また会いたい。迎えに行くさ、フランチェスカ」

「……私と結婚したところで、なんの意味もないって教えてあげるよ」

フランチェスカは溜め息をついたあと、レオナルドに告げた。

「私、スキルをひとつも持ってないの」

「……」

「貴族家の血筋なのに、珍しいでしょ？」

この世界の一部の人々には、『スキル』と呼ばれる力が備わっている。

フランチェスカの感覚では、『魔法が使える』という言い方のほうが馴染んでいた。しかし、ゲームの世界だからこそなのか、その力には前世のゲーム内と同じ、『スキル』という名前がついている。

王族や貴族の血を引く人間は、必ず固有スキルを持つのだ。

（たぶんこれも、ゲームシステムの関係なんだよね）

ゲーム内では、課金によって入手できるキャラクターカードのレア度が高いほど、使えるスキルの数が多かった。

前提として、レア度1や2のキャラクターは、スキルを使うことが出来ない。レア度が3になってきて、初めてスキルをひとつ所有する。レア度4のキャラクターは、スキルの数はふたつだ。

最高レアリティであるレア度5のキャラは、三個目のスキルを持っている。

そういったゲームでの『レア度』という概念は、この世界において『血の貴さ』に置き換えられているようだった。つまり、庶民はスキルを使えない。

高位貴族になっていくほど、スキルの数が増えていく。レア度5のキャラクターは、各ファミリーの当主や跡継ぎ、王族といった人物のみだ。

（レオナルドが入手可能《プレイアブル》キャラとしてゲームに実装されていたら、間違いなくレア度5だ。敵として出てくるだけだから、プレイアブルになったときのステータスは確かめようがないけど、絶対に最上級ランクのはず……）

前世のクラスメイトたちも、常々教室で予想していた話題だ。『レオナルドは絶対！　メインストーリーが完結したあと、満を持して最上級ランクで実装されるはず!!』などと盛り上がっているのを、遠くからそわそわと見ていた日々を思い出す。

（思い出すと悲しくなってきた……とにかく！）

フランチェスカは、レオナルドに告げる。

「私、本来なら十歳のときに覚醒するはずのスキルが、なにも発現しなかったんだ。パパたちは気にしなくていいって言ってくれるけど」

「……」

「私と結婚なんかしたら、跡継ぎにも遺伝するかもしれないでしょ？　そうなったら、相当後ろ指を指《さ》される。これは実体験だから」

レオナルドは静かにフランチェスカの話を聞いている。これは彼にとって大打撃だっただろう。

五大ファミリーの当主一族にとって、体面はとても重要なものだ。

（――といっても、本当はちゃんとスキル持ちなんだけどね!!）

そのことを知っているのは、フランチェスカと父だけだった。

ゲーム通りのスキルに目覚めてしまった際、フランチェスカから父に相談したところ、無表情の父は即答で言ったのだ。

『何が何でも隠し通すぞ。…………このままでは、ただでさえ可愛らしく日々誘拐の危険に晒されているお前が、世界中の人間から狙われてしまうからな……』

『ぱ、パパ……。ありがとう、でもそれは心配しすぎだよ……！』

だが、その言葉に甘えておいて本当によかった。

レオナルドには、アルディーニ家の若き当主としての立場がある。スキルの無い女性との結婚は、たとえ貴族家の娘相手であろうと、身分差がある庶民との結婚くらいに難しい。

（私はレオナルドの策略には乗らない。その上、カルヴィーノ家のひとり娘としての価値もほとんど無い。いくら変人でも、こんな結婚は興が乗らないはず！）

フランチェスカは勝ち誇った顔をし、黙り込んでいるレオナルドに宣言した。

「だからさよならね！　誘拐『未遂』があったことは、パパには秘密だから安心して。ばいばい！」

フランチェスカは部屋を出ると、ぱたぱたと廊下に駆け出した。

「……本当に可愛いんだな。フランチェスカ」

残された部屋で、レオナルドが笑いながら呟いた声など、当然聞こえるはずもない。

フランチェスカは外に出て、レオナルドと乗ってきた馬が繋がれているのを見上げる。勝手に連れて来られたのだから、馬くらい借りたいところだが、それで今後の縁を作るのは避けたかった。

（仕方ない。歩いて帰ろう）

不測の事態に備えるため、ヒールの低い靴を履いて来たのだ。フランチェスカは石畳の道をてくてく歩き始めながら、今後の作戦を考えた。

（『フランチェスカ誘拐』のシナリオ。ゲームではプロローグかつ、操作説明《チュートリアル》になる出来事）

本来ならば、この時点でゲーム上にレオナルドが出てくることはない。

フランチェスカを攫ったのは、無法者を装ったレオナルドの配下だ。港の倉庫に攫われたフランチェスカは、そこで危ない目に遭いかける。

だけど、実際には怪我ひとつ負うこともない。シナリオでは、フランチェスカを救うため、男性キャラクターが現れるからだ。

（プレイヤーはここで、四つの家からひとつを選ぶ。操作説明《チュートリアル》だから無課金で十連のシリンダーを回すことが出来て、選んだファミリーの構成員を入手する……レア度4以上のキャラクターが、確定でひとりは手に入るんだよね？）

画面をタップすると、回転式拳銃のアニメーションが現れる演出だ。

レア度4ならば銃弾は銀色、5ならば金色に光っている。課金をしなくてもレアリティの高いカードが手に入る機会のため、ここで狙いのキャラクターを引き当てるべく、何度もゲームをインストールし直す人もいるポイントだ。

（ここで手に入ったカードが、操作説明《チュートリアル》の戦闘で使うキャラクター……つまり、フランチェスカを助けに来てくれる人物になる）

フランチェスカは記憶を再現し、ぐっと両手を握り締めた。立ち止まり、喜びに打ち震えながら天に掲げる。

「……やった……!!」

独り言なのに、ついつい声にまで出してしまった。

「本当なら、入手キャラの誰かに助けられる強制イベント！　誰にも会わず、接点を作らずに回避できた〜〜〜〜……っ!!」

ぴょんぴょんと跳びはねたいのを堪え、震えるだけに留めておく。レオナルドとは会ってしまったが、あれだけ婚約破棄の利点を主張しておいたし、これで問題ないだろう。

（それだけじゃない！　メインストーリーのシナリオ上、フランチェスカの転入するクラスは操作説明《チュートリアル》で選んだファミリーの人たちがいるクラス。だけど！　私はどの家も！　選ばなかった！）

もちろん、ゲーム上の演出で『ファミリーをひとつ選ぶ』となっている画面が、この現実世界でどのようなものに置き換えられているかは分からない。

それでもなにも選ばなかった以上、ゲームでフランチェスカが転入する四つのクラスのうち、どこにも所属させられずに済むはずだ。

（誘拐事件が本当に起こるのか、それさえ確かめられれば十分だったのに、まさかこんなに上手く話が進むなんて……。攫ってくれてありがとう、レオナルド……！）

誘拐犯に感謝すらしながら、フランチェスカはそっと目尻を拭う。十二年の努力がついに実を結んで、本当に良かった。

（学院には、亡くなったママの家名で通うんだもん。カルヴィーノ家の娘であることを隠し通せば、学院に通っている他のファミリーの跡継ぎたちとも関わらずに逃げ切れるはず……！）

そんなことを思いながらも、ふと頭に過ぎる。

(なんか嫌な予感がするけど、大丈夫だよね。『レオナルドは当主として忙しくて、学院には籍があるけど通っていない』が公式設定。メインストーリーでも描かれてて、学院を捜し回っても会えないエピソードがあるくらいだし、大丈夫だよね……?)

自分にそう言い聞かせた、翌日のことだ。

＊＊＊

「…………」

転入初日、『なんの変哲もない伯爵家の娘』として自己紹介したフランチェスカは、茫然と教室の後ろを見詰めていた。

そこにいるのは、昨日出会ったばかりの美青年だ。彼はフランチェスカを見つめながら、ひらひらっと軽く手を振ってみせる。そして、くちびるの動きだけで言った。

『おはよう。俺の大切な婚約者』

(…………どうして…………)

座り込みたいのを堪えながら、ぎゅうっと目を瞑る。

(どうして、特例で通学しなくても良いはずのレオナルドがここに居て、私はそのクラスへの転入生に――……!?)

こうしてフランチェスカの学院生活は、幕を開けたのだった。

2章　フラグは回避できたはず（できてない）

今朝のフランチェスカは、今日から始まる新生活にわくわくしていたはずだった。

なにしろ記念すべき転入初日だ。さまざまな懸念はあるものの、友達作りのための偉大なる第一歩である。

（教室に入ったら、一生懸命に自己紹介をしよう……！　好印象を与えることを意識するんじゃなくて、まずは聞いてくれる人たちに聞きやすく、丁寧に話すよう頑張るんだ。はあ、緊張する……！）

けれどこの緊張感は、決して嫌なものではない。よく晴れた寒い日の朝みたいに、気合を入れてくれるような性質のものだった。

（友達、できるかな）

四月の花が舞う馬車道で、窓から外を眺めつつ思いを馳せる。

（他のファミリーの人たちを、全力で回避できるように頑張らなきゃ。大丈夫！　クラスの通知が昨日の夜に届いたけど、ゲームのメインストーリーに登場するどのクラスでもなかったし……！）

そんなフランチェスカのわくわくする心を、初日から華麗に折ってくれたのが、教室の最後部に座っていたレオナルドなのだった。

＊＊＊

「……なんで……⁉」

一限目の授業が終わったとき、フランチェスカはほとんど半ベソで声を上げていた。

教室に入ってから授業中も、ずっと頭の中に渦巻いていた言葉だ。休憩時間になり、諸悪の根源が隣に座ってきたことで、ついつい口をついて出てしまった。

「ん？　なんでって……」

目の前にいるのは、あまりにも整った容姿を持つ男子生徒だ。

少し癖のある黒髪に、満月のような金色の瞳。制服の黒いネクタイは緩められ、白シャツのボタンをふたつ開けている。鎖骨まで晒されているのだがだらしなく見えず、むしろ妙に色っぽい。

しかし、フランチェスカにとってはどうでもよかった。

「俺が元々いたクラスに転入してきたの、君だろう？」

（だから、その状況に困ってるの！）

レオナルドはフランチェスカを楽しそうに観察しながら、机に頬杖をついて笑った。

この学院の教室は、講堂のような造りになっている。後ろに行くにつれて高くなる階段状の床にカウンター型の長机が設置され、生徒は授業のたびに好きな席へと座れるようだ。

レオナルドから遠い席を選んだのに、隣に来られては意味がない。周りのクラスメイトは、フランチェスカたちを遠巻きに眺めている。

「驚いた。まさか彼が、本当に登校してきてるなんて……」

「久しぶりに見ても格好良い、このクラスに入れて良かった……！　せめて一秒だけでもいいから、レオナルドさまこっち見てくれないかなあ……」

「馬鹿、やめとけよ！　関わると何されるか分からないぞ」

「気まぐれに帰っちゃう前に、他のクラスの子も呼んで来てあげないと!!　――それにしても」

がやがやと騒いでいる面々が、フランチェスカに視線を注ぐ。

「あの転入生、レオナルドさまとどういう関係……？」

（それはもう、当然こうなるに決まってるよね……!!）

いま浴びている注目が、好意的なものではないのは明白だ。

どちらかといえば腫れもの扱いである。なるべく椅子の端っこに移ろうとするのだが、その分だけレオナルドもこちらににじり寄ってきた。

「お、お願いだから離れてよお……!!」

フランチェスカは小さな声で、必死にレオナルドへと懇願する。

「つれないな。君と俺の仲だろう？」

「そんなの築き上げてない！　大体！　私に何の用事なの!!」

レオナルドに昨日告げた通り、彼の企みに巻き込まれてあげるつもりはなかった。けれどレオナルドはけろりとして、懐から何かを取り出す。

「そう怯えるなって。俺はただ、君に返したいものがあっただけさ。ほら」

レオナルドはフランチェスカの眼前に、ひらりと何か布を垂らしてみせた。

「……これは……」

確かに見覚えのあるものなのだが、すぐには答えが出てこない。レオナルドはフランチェスカの耳元にくちびるを寄せ、意地の悪い内緒話をする。

「……君が着ていたドレスの、ほどいた腰リボン」

「あわーーーーーーっ⁉」

ざわっ、と周囲がどよめいた。

レオナルドは囁き声だったから、内容が聞こえたわけではないはずだ。いきなり教室で密着状態になったために、みんなを驚かせてしまったのだろう。悲鳴を上げたフランチェスカは、それを咄嗟に誤魔化した。

「わっ、わ、わ……ワーッ、それにしても今日は良い天気!! こんな四月の陽気ならアルディーニさんも眠くなって、隣の席の人の肩に凭《もた》れ掛かりそうになったりしちゃいますよね!! 仕方ない！ 私も眠気覚ましのお散歩に行こーっと!!」

早口で大きな独り言を言い、レオナルドを押し退けて立ち上がる。

これ以上クラスメイトに不審がられたくなかったのだが、レオナルドにそんな振る舞いをすること自体が悪目立ちするのだと、いまのフランチェスカは気付かない。

「フラーンチェースカ。待てって、俺も一緒に行く」

（ついてきたあ……!!）

廊下に出たあともレオナルドに呼ばれ、早足で校舎の外に出る。

それでもレオナルドを撒けそうにはなかったので、校舎裏まで行ったところで足を止めた。

「おっと。危ない」

「アルディーニさん!!」

涙目で振り返って憤慨すると、レオナルドはふっと嬉しそうに笑う。

「泣きそうな顔も、すごく可愛い」

「っ、あのね!!」

女性の泣き顔を褒める男性なんて、絶対にろくでもないに違いない。

「なにもかも計算尽の言動なの、ちゃんと分かってるんだから！　あなたたちの誘拐から逃げるために解いたリボンなのに、意味深な言い方をするのもどうかと思う!!　でも！　返しに来てくれたのはありがとう!!」

「ははは。怒りながら泣きそうになりながらお礼を言ってくれるの、訳が分かんなくて最高だな」

レオナルドはそう笑ったあとで、目を伏せるように微笑む。

「謝るよ、フランチェスカ。……大切な君を、意地悪で泣かせて悪かった」

彼は言い、フランチェスカの目に滲みかけた涙を拭おうとしてくれたようだ。しかしフランチェスカはむすっとくちびるを結んだまま、レオナルドの手首を掴んで止めた。

「そういうの、結構なので」

すん……とした気持ちで言い切った。レオナルドは新鮮そうにこちらを見る。

（いま廊下を歩いてみたことで、大体の原因も分かった）

主人公が転入するクラスは四つあり、そのうちのいずれかになる設定だ。だが、廊下に並んでいた教室は全部で五つだった。残るひとつのクラスは、シナリオ上で省略されていたのだろう。

レオナルドは『学院に在籍しているものの、頭脳明晰で通う必要がなく、特例的に自由登校を認められている』という設定だ。そんな彼も、名目上はどこかのクラスに所属しているのが当然で、それがシナリオに登場しないクラスだったのだろう。

フランチェスカは、操作説明《チュートリアル》にあたる誘拐事件でどのファミリーも選ばなかった。

必然的に、その中のどれでもない、『シナリオで描かれなかったクラス』の所属になったということなのだ。

（今後のメインストーリーで、レオナルドが学院に登場する予定だったのかも。シナリオ上でそういう余地が残されてたんだ……！　ぶあああああ……）

両手で顔を覆って嘆く。顔色がどんどん変わるフランチェスカのことを、レオナルドは面白がるように眺めるばかりだ。

「君はさっきの自己紹介で、カルヴィーノの姓じゃなく、『フランチェスカ・アメリア・トロヴァート』を名乗っていたな。家のことを隠したいのか？」

「……察してたくせに。そうだよ、トロヴァートはママの家の苗字」

フランチェスカの母は、他国の伯爵家の令嬢だった。名目上、フランチェスカは留学生となる。

「随分と面倒なことをするな」

「面倒って？」

「家のことを秘密にして学生生活を送りたいなら、王都の学院に入る必要はなかっただろうに。他国にでも行って、そこで『平穏な暮らし』とやらを楽しめばよかったんじゃないか？」

（誰の所為だと思ってるの！）

心の中で悪態をつくが、口には出さなかった。レオナルドの意見はもっともだからだ。

（……この学院と王都で、あなたがこれから事件を起こすから）

フランチェスカは、じっとレオナルドの目を見詰める。

（『レオナルド』の目論見は、学院や五大ファミリーを巻き込んで、王都全体を揺るがす大問題に発展する事件になる。ゲームのストーリーでは、『主人公フランチェスカ』が仲間と奮闘して、それでようやくなんとかなる）

フランチェスカが関わらないと決めた場合、物語の結末はどうなってしまうのだろうか。それが予想できないからこそ、捨て置くという選択肢は選べなかった。

自分のスキルも公表せず、ストーリーを無視することを決め込んだフランチェスカには、お話を捻じ曲げてしまった責任がある。

（メインストーリーなんかに関与せず、平穏に生きたいって願ってる。……だけど、私《ヒロイン》の力で解決しなくちゃいけない事件が起きるなら、それを無視することも絶対に駄目。ストーリー通りに進めてさえいればハッピーエンドが保証されている世界を、自分の都合で捻じ曲げるのは私だから）

思い出されるのは、前世の祖父が教えてくれたことだった。

（――悪党は、無関係の人だけは巻き込んじゃいけない）

そう思ったからこそストーリーに従い、二年生のこの時期に転入をすることにしたのだ。

一年生としての学院生活も、叶うなら過ごしてみたかった。だけど在学期間が長いほど、他のファミリーの令息たちに接触する恐れも高くなる。

（この学院、メインストーリーに関係のなさそうなところでも物騒だし）

フランチェスカは、先ほどから気になっている一点をちらりと見遣る。

レオナルドは、これに気付いた上で何も言わないようだ。

（私の色んな覚悟は、レオナルドが考え直してくれるだけで不要になるんだけどなあ……）

そう思い、ついつい目の前の美青年に向ける表情が険しくなる。

フランチェスカの眉間に寄った可愛げのない皺《しわ》を、レオナルドは興味深そうに見下ろした。

「俺が嫌いか？　フランチェスカ」

「え……？」

どこか寂しげな、甘えるような微笑みだ。レオナルドの問い掛けに、フランチェスカは恐る恐る尋ねた。

「私があなたに好感を持つポイント、出会ってから今までにひとつでもあったと思う……？」

「ははははっ！」

「ぜんぜん笑うところじゃないから！」

レオナルドは何せこの容姿だ。極上の見た目を持つからこそ、多少の横暴は大目に見られるのが日常なのかもしれない。そういえばゲームプレイヤーである前世の同級生も、『レオナルドにならば殺されてもいい』と大真面目に言っていた。

レオナルドはひとしきり笑ってみせたあと、フランチェスカの顔を上から覗き込んだ。

「そんなに結婚したくないなら、やっぱり俺を殺しておいた方がいいんじゃないか？」

「……またそんなこと言ってる」

フランチェスカは溜め息をついて、レオナルドのネクタイを掴んだ。そして、ぐっと自分の方に引き寄せる。

「！」

「伝えておくね」

レオナルドの瞳は、月のような金色だ。

そんなはずはないと分かっているのに、ほのかに発光しているのではないかと思うような色合いだった。不思議な透き通り方をしているその満月色を見上げ、宣言する。

「私はたぶん、あなたの願いをひとつも叶えないよ。——そのことは、ちゃんと覚えていて」

「——……」


レオナルドは目を細め、どうしてか嬉しそうに微笑んだ。

「君のそういうところが、心底可愛い」

「ほ、ほんとに話が通じない……」

そのとき、授業開始五分前の予鈴が鳴り響いた。

「はっ授業！　戻らなきゃ」

レオナルドのネクタイから手を離し、彼にも声を掛ける。

「ほら、アルディーニさんも早く！　遅刻しちゃうよ！」

そう言うとレオナルドは僅かに目を丸くしたあとで、にやりと笑う。

「……俺と一緒に戻ったら、確実に目立つんじゃないか？」

「そうだった!!　置いて行こう!!」

すぐに決断したフランチェスカは、レオナルドに「じゃあね」と告げ、急いで教室に戻るのだった。

その途中、そっと心の中で考える。

（……校舎裏に出たときからの妙な気配。レオナルドも絶対に、気付いてたよね）

恐らくは、その上であそこに残ったのだろう。

（レオナルドが自分で残ったなら、下手に関わっても邪魔かなあ。転入初日からサボったなんて、友達作りには悪印象だし）

けれども教室に戻ってから、フランチェスカはクラスメイトに微妙な距離を置かれていた。

こうして転入一日目の友達作りは、失敗に終わったのである。

＊＊＊

「フランチェスカお嬢さま」

「……グラツィアーノ……」

放課後、とぼとぼと校舎を出たフランチェスカは、歩いてきた青年の名前をしょんぼりと呼んだ。

ふわふわとした茶色の猫っ毛で、それを短く切り揃えた青年は、赤い瞳でフランチェスカを眺める。

細身で背が高く、甘やかに整った顔立ちの彼は、立っているだけで女子生徒の注目を浴びているようだ。特に上級生である三年生がはしゃいでいるが、彼はそんなことを気にする様子もない。

意気消沈したフランチェスカを見ながら、青年は眉根を寄せた。

「ひっどい顔ですね。どうせ転入早々、『友達作り』に失敗したんでしょ」

「し、してないよ！　だって今日はまだ一日目、始まったばかりだもん！」

このグラツィアーノは、フランチェスカより一歳年下の十六歳で、幼い時からの世話係だ。

お互い子供の頃からの仲なので、姉弟あるいは幼馴染のようなものでもある。

「さっさと諦めた方がいいですよ。表で普通に生きるなんて」

「うぐう……」

フランチェスカの『平穏な人生計画』について、グラツィアーノは幼い頃から否定的だ。「どうせ無理でしょ」という冷めた目をして、論理的に説き伏せようとしてくる。

「だってお嬢、骨の髄までこっちの世界に染まってますもん。生まれる前から裏社会にいたんじゃないかってくらい。学院通うより次期当主になるための教育受けた方が、よっぽど効率いいでしょ」

(また骨の髄までって言われた……！)

ショックを受けつつ、ぶんぶんと頭を振る。

「絶対ここで頑張るの！　私は何があっても家を継がないし、平穏な人生を送るんだから！」

「はいはい、まあ俺にはどうでもいいんすけど。今日から授業はじまってて、すっごい疲れたんで、さっさと帰りましょう」

「あれ？　そういえば」

ふと気付き、顔を上げる。

「一年生って今日は入学式の翌日だから、二年生より早く授業が終わるんじゃなかったっけ。私を待っててくれたの？」

「待つってほどじゃないっすけど」

そして彼は、ふいっとそっぽを向く。

「……ただ、雨が降りそうだったんで。校舎から馬車のロータリーまで歩くけど、お嬢は傘持ってなかった気がしただけです」

見れば、グラツィアーノは大きな傘を一本手にしていた。

確かに空は曇っていて、どんよりと雨が降り出しそうだ。グラツィアーノは住み込みなので、帰りもフランチェスカと同じ馬車に乗る。

フランチェスカのことなんか気にせず、先に馬車で待っていても良かったはずなのに、校舎前で注目を浴びながらも残っていてくれたらしい。その気遣いが嬉しくて、フランチェスカは笑った。

「ありがと！　いつも頼りになるね。グラツィアーノ」

「…………別に」

グラツィアーノは眉根を寄せ、ちょっと不機嫌そうな顔をする。これは彼の照れ隠しであることも、フランチェスカはよく知っていた。

（ゲームのメインストーリーでは、家から遠ざけられていた十七歳のフランチェスカと初めて会って、壁のあるクールな態度を取るんだよね。私の幼馴染な今のグラツィアーノも、いつも冷静な性格だけど……）

ふふっと小さく笑いつつ、フランチェスカは傘を受け取る。

（本当は、すごくやさしい）

口に出して誉めると怒るので、心の中で考えるだけに留めておいた。

「降ってきたね。傘、私が差してあげる」

「は？　いえ。俺はいらないので、その傘はお嬢おひとりでどうぞ」

「言うと思った！　駄目だよ、一緒に入るの。グラツィアーノは背が高いから、ちょっと屈んで」

「……屈みながらお嬢に傘差してもらうくらいなら、俺が持ちます……」

渋々と傘を持ってくれるので、ありがとうと笑った。グラツィアーノはばつが悪そうな表情のあと、フランチェスカに傘の大部分を傾けてくれながら、馬車までの道すがらに教えてくれる。

「お嬢が一昨日病院に紹介した連中、子供抱えて診察に来たらしいです。あの病なら薬が効くっぽいんで、一週間くらいで持ち直すだろうって」

「ほんと⁉　よかったあ！　ね。今度お見舞いに行こうか」

「どーせそう言うだろうと思って、栄養のつく食べ物を手配するよう言っておきました」

「さっすがグラツィアーノ‼」

そんなことをふたりで話しながら、馬車に乗り込んだ。

態度が雑な弟のように接してくれるグラツィアーノだが、出会ってすぐに仲良くなれた訳ではない。初対面のときは、ゲーム本編の『壁のある年下美青年』モードよりも心を閉ざされていた。

あれはフランチェスカが七歳で、グラツィアーノが六歳のときだ。

『この子供にあまり近寄らない方がよろしいかと。お嬢さま』

カルヴィーノ家の屋敷に連れられてきた日のグラツィアーノは、フランチェスカよりもずっと小さくて、全身傷だらけだった。

ほっぺにも大きなガーゼを貼られて、その表情は暗い。生気のない濁《にご》ったようなまなざしで、何も言わずに俯いている。構成員はこの傷だらけの男の子から、フランチェスカを守るように立っていた。

『他家の縄張りで窃盗を繰り返していた子供です。手酷い仕置きを受けたらしく、カルヴィーノの縄張りに逃げて来たところ、当主が保護なさいまして』

『……』

『いまは多少大人しいですが、他家の構成員を数人倒しているようです。大切なお嬢さまに何かあってからでは遅いので……お、お嬢さま!!』

『こんにちは、グラツィアーノ。私はフランチェスカ、七歳だよ』

『……』

微笑みかけても、グラツィアーノはぴくりとも表情を動かさない。彼とは初対面のフランチェスカだが、その事情は前世のゲームで知っていた。

(孤児の庶民だと思われているグラツィアーノだけど、本当はお父さんが侯爵だ。お母さんは街の娼婦で、グラツィアーノが四歳の時に亡くなってる)

ゲームでは入手キャラクターとの絆を深めていくにつれ、そのキャラの固有エピソードが開放されていく。グラツィアーノのエピソードで明らかになるのは、彼の出自に関するものだ。

(グラツィアーノはそれからずっと、貧民街でひとりぼっちのまま生きていた。だけど六歳のとき、自分のお父さんを偶然見つけるんだよね)

亡くなった母が繰り返し話していた特徴と、父の名前。それを覚えていたグラツィアーノは、子供の足で一生懸命に、父の乗った馬車を追いかける。

金銭や、食べ物が目当てだったわけではない。

母が死ぬ間際に言っていた、『あの人に出会えて幸せだった』という言葉を伝えたかっただけなのだ。それが言えたなら、また貧民街の端に戻り、泥まみれで生きていこうと思っていた。

けれどグラツィアーノの父は、かつての恋人の面影を残している子供の姿を見るなり、言い放った。

『我が屋敷の周辺に、こんな汚い子供がうろついているのは迷惑だ。――ラニエーリ家に遣いを出せ！　貴殿たちの縄張りで盗みを働いている孤児がいるとな！』

『………………！』

そして幼いグラツィアーノは、他家の構成員に手酷く折檻《せっかん》をされて、必死に逃げてきたのだ。

（……大人になったグラツィアーノが、ゲームで絆を結んだ主人公にだけ教えてくれること。私が知っているのは、ちょっとズルくてひどいかもしれないけど……）

目の前にいる小さな男の子の姿に、フランチェスカは胸が痛くなった。

手を伸ばすと、グラツィアーノが怯えたように体を竦める。叩かれることに慣れ過ぎて、反射でそうなってしまうのだろう。

ガーゼが貼られていない方の彼のほっぺに、手のひらでそっと触れてみた。

『……？』

困惑した表情のグラツィアーノが、フランチェスカの顔を見て目を丸くする。

フランチェスカは、彼の頬に手を添えながら、ぼたぼたと涙を零してしまっていたのだ。

『お、お嬢さま⁉』

グラツィアーノと構成員が、ふたり揃って驚いている。こんな姿を見せるつもりはなかったのだが、どうしても止められそうになかった。

『痛かったよね。グラツィアーノ』

『……？』

体に出来た傷だけではない。その深い悲しみを想像するだけで、フランチェスカまで悲しかった。

彼の姿や表情、物語るものすべてが、テキストで読んだ事実よりもさらに重たく伸し掛かる。

この傷ついた子供は、ゲームの登場人物ではなく、目の前にいる現実の人間だ。

『これからはもう、怖くないよ。いっぱいご飯を食べて、あったかいお風呂に入って、誰にも怒られないところで眠ろう』

『……っ』

フランチェスカは自分の目を擦り、泣きじゃくりながら必死に告げた。

『こ……ここにいる人は、みんながあなたを守るからね』

『…………』

『私もだよ！　絶対に、あなたのことを守るから……』

『っ、う……』

グラツィアーノが泣くのを見たのは、後にも先にもそのときだけだ。

それ以来、グラツィアーノは少しずつ心を開いてくれるようになった。

フランチェスカに縋り付いて泣くような可愛らしさがあったのは、最初のほんの数か月だけだ。彼はすくすく大きくなって、いまではフランチェスカの身長もさっさと追い越し、カルヴィーノ家の若手でもっとも期待されている。

貴族の血を引いているためスキルの保有数も三個であり、ゲームでのレア度は最上級ランクの5だ。

前世では、レオナルドに並ぶ人気キャラクターなのだった。

「それでね。レオナルドと同じクラスになっちゃって……ん？」

「――……」

馬車の中、グラツィアーノとふたりでぴたりと口を噤《つぐ》む。

カーテンの端を指でつまんだグラツィアーノは、怠そうに窓の外を覗き込んだ。

「あー……。ふたりくらい居るみたいっすね、銃もありそう」

ふたりが察知したその気配は、この馬車を狙う何者かのものだった。

「家のことが学院に知られないよう、家紋の赤薔薇が描かれてない馬車で迎えに来てもらったんだけどなあ……」

「家から尾行されてんのかも。俺が行くんで、お嬢はここにいて。間抜けな御者についてどう報告するか考えといてください」

制服の上着を脱いだグラツィアーノに、フランチェスカは慌てて声を掛ける。

「私も戦うよ。狙われてるのは私だろうし」

「女子の制服、上着を脱いでもスカートで学院生徒だってバレるでしょ。変な噂で友達作り失敗したくなかったら、ここは引っ込んでてください」

「う……」

申し訳ないとは思いつつも、その気遣いは有り難い。

「ごめんね。グラツィアーノ」

「別にいいですよ。一昨日はお嬢に『病院への紹介状を作りに行け』って言われたお陰で、俺は暴れられなかったたし」

グラツィアーノは脱いだ上着をフランチェスカに放り渡すと、馬車の扉を開けた。透き通って長い睫毛に縁取られたその双眸《そうぼう》で、じっとフランチェスカを見詰めて言う。

「――たまには黙って、俺に守られといて下さい」

「！」

グラツィアーノが馬車を降りると、往来の陰にいた男たちふたりが懐に手を突っ込んだ。銃を取り出すつもりなのだろう。グラツィアーノはわずか二歩ほどで間合いを詰めると、撃たれるよりも早く男たちの懐に飛び込んだ。

「え……⁉」

「――……」

そして、彼らを拳で殴り飛ばす。

銃を持っていたはずの男たちは、素手のグラツィアーノに一瞬で負けて気を失った。それはいっそ、舞台上の演目であるかのような鮮やかさだ。

（強くなったなあ、グラツィアーノ……）

窓越しにその大暴れを見守りながら、フランチェスカは成長にしみじみする。

グラツィアーノのスキルのひとつは、身体強化《バフ》だ。

攻撃力と防御力、そして速度に高倍率の強化が掛かる。ゲーム世界では、高火力ダメージに加えて先制攻撃、複数ターンに亘る戦闘でもＨＰがほとんど削れないという仕様だった。

現実であるこの世界では、銃を持った相手と素手で戦うことも、弾の回避も可能な身体能力という形で発揮されている。

「お嬢。終わりました」

気絶した男ふたりの首根っこを掴み、グラツィアーノがずるずると引きずってきた。

まるで、外での狩りを終えたネコ科の生き物が、獲ってきた獲物を自慢しに来るかのような光景だ。

「怪我はない？　大丈夫だった？」

「誰に聞いてんです？　こんな雑魚《ざこ》相手、無傷で当たり前でしょ」

「そうだね、分かってる。それでもありがとう、グラツィアーノ」

「……」

フランチェスカがお礼を言うと、いつも気だるげな表情をしているグラツィアーノが、誇らしげに目を細めて笑うのだった。

「ふ」

グラツィアーノの笑顔なんて、フランチェスカから見ても珍しい。

「まあ、あんたに心配されるのは悪くないんで、いいんですけど」

それはもう、心配するに決まってる。

なにしろグラツィアーノは、お世話係である前に弟分なのだ。強いスキルを持っていたって、何があるかは分からない。

「とりあえずこの人たち、馬車に押し込めて家に運ぼっか」

「いいっすけど、その場合は帰りはこっから徒歩ですよ。お嬢と同じ空間に敵を置いたなんて知られたら、俺が当主に殺されるんで」

そんな話をしつつ、御者にも手伝ってもらいながら敵を収監する。一時的な檻になった馬車の外鍵を掛けたあと、先に出発した馬車を見送った。

「じゃ、面倒だけど帰りましょう」

「待ってグラツィアーノ。どうせ歩いて帰るなら、寄り道してクレープ買おうよ」

「あー賛成。ごちそうさまでーす」

「何言ってるの、パパから貰ってるお小遣いはお互い同額でしょ！　半分こするの！」

そんなことを言いながらも、弟分と歩き始める。

ゲームの主人公《フランチェスカ》は、グラツィアーノとなかなか距離を縮められず、冷たい態度を取る彼に怯えていたこともあった。グラツィアーノの方も、主人公《フランチェスカ》を見れば悪態をついていたため、絆レベルが深まるまではぎこちない関係性だ。

（ゲームシナリオで描かれた関係も、私の行動によっては変えられる。そのことは、パパやグラツィアーノと生活してきた十二年で、きちんと分かっていたつもりだけど……）

それにしても、と密かに溜め息をついた。

（まさか、レオナルドの振る舞いまで変わるだなんて）

昨日や今朝のことを思い出し、頭が痛くなる。

フランチェスカと校舎裏で話したあと、レオナルドは教室に帰ってはこなかった。担任やクラスメイトたちは、どこかほっとしたような空気でもあったのだ。

（ゲームのレオナルドは、『フランチェスカ』の敵。もっと明確な敵意と殺意を持って、シナリオの各所で現れる）

ゲームの中で現れるレオナルドは、はっきりと告げて来る。

『いつかお前を殺してやるよ、フランチェスカ』

だが、レオナルドがいまのフランチェスカに繰り返すのは、それとは逆の言葉たちだ。

（歪んでるなあ……。レオナルドの人格形成に影響したのは、過去の出来事のはずだけど……）

その過去は、レオナルドの口から語られたものではない。レオナルドが起こす数々の事件、それを解決しようとゲームの主人公が動くうちに、さまざまな人物から少しずつ教えられる。

この国の裏社会を牛耳る存在は、いまでこそ『五大ファミリー』と呼ばれるものだ。

けれど七年前、レオナルドやフランチェスカが十歳だったときには、大きな組織が六つ存在していた。

そして、いまは消えてしまっているその家が、レオナルドの家であるアルディーニ家と激しい抗争を繰り広げていたのである。

（レオナルドが十歳のとき、敵対ファミリーに拉致される事件があった。そのときの被害者は三人で、レオナルドのお父さんとお兄さん……つまり、アルディーニ家の先代当主とその跡継ぎが攫われたんだ）

その拉致をきっかけに、レオナルドは十歳で当主になる。

父と兄が敵対組織に殺され、レオナルドひとりが生き残ったからだ。

（——ゲームでは、この拉致事件についての憶測が語られてるんだよね）

画面を思い出し、フランチェスカは俯く。

『あの拉致事件は、すべてレオナルドが仕組んだことだ。当主になるため、敵対ファミリーと手を組んで、邪魔だった父と兄を排除した』

『敵が父と兄を殺したあと、レオナルドは本性を現した。そのまま敵のファミリーも皆殺しにしたのは、口封じをしたかったんだろう』

十歳のレオナルドによって、敵対組織は壊滅した。

六大ファミリーと呼ばれていたうち、ひとつが消滅した結果、現在は五大ファミリーの呼び名に変わっているのだという。

『レオナルドの目的は、アルディーニ家の当主になること』

ゲームの人物は、はっきりとこう言い切った。

『――レオナルドは、やがて他のファミリーを残らず壊滅させ、自分が陰の王になるつもりだ』

五大ファミリーは裏でこの国の国王に仕え、王室や政治にも関わっている。その役割をひとりで負うことは、この国の王権を陰から操るにも等しい行為だ。

ゲームのレオナルドは、今後すべてのファミリーを敵に回す。

その始まりが、昨日のフランチェスカ誘拐事件なのだった。

(私が生きているときに配信されたのは、メインストーリーの第五章まで)

運営からの生放送イベントによる発表では、全七章の構成とされていた。つまり、フランチェスカが知っているのは途中までだ。

(五章から先の出来事は分からないし、レオナルドが本当にお父さんとお兄さんを殺したのかも明らかになってない。……分からないことは、他にもあるけど……)

それは、レオナルドの持つはずのスキルだ。

(メインストーリーのシナリオ上で使われたから、スキルのうちひとつは分かってる。気になるのは、残りふたつ)

レオナルドが今後起こす事件を止めるには、このスキルが肝要になってくるだろう。

(……唯一分かっているスキルも、『最上級ランク確実のキャラクター』で『最強最悪の敵』として描かれているレオナルドのスキルにしては、ちょっと単純すぎる気はするし……）

ゲームシナリオで明らかになっている内容を、そのまま信じるのは危険かもしれない。この世界で出会ったレオナルドには、そう思わせるだけの底知れない雰囲気が秘められていた。

「そういえば、お嬢」

「わ！　な、なに？　グラツィアーノ」

歩きながらクレープを食べているグラツィアーノが、フランチェスカに声を掛けた。

「さっきの話の続き。アルディーニの当主が、お嬢と同じクラスだったんでしょ？」

「うん、そうなの。登校してみたら教室にいたから、顔を見た瞬間に絶望しちゃったよ……」

「え。お嬢、アルディーニ当主に会ったことありましたっけ？」

「…………」

フランチェスカはぴたりと止まり、そのあとで笑顔を作る。

「……ないけど、肖像画は見たことあるよ！　ほら、仮にも生まれたときからの婚約者同士だし!?」

「……？　まあ、そうっすね。でも気を付けて下さい。あの男相当手が早いらしくて、一年の校舎にまで噂が回って来てました」

なんとか誤魔化せたようなのでほっとした。昨日のレオナルドによる誘拐未遂事件は、誰にも口外していない。

レオナルドの最初の目的は、五大ファミリーの関係性を引っ掻き回し、その均衡を崩すことだ。

ゲームの主人公はレオナルドを打倒すべく、ここから一章につき一家ずつ、他ファミリーの面々と絆を深めていく。そんなイベントを起こさないためにも、昨日のことは隠し通したかった。

「アルディーニと婚約破棄したいと思ったら、いつでもお父君に言って下さいね。お嬢」

「う、うん……」

グラツィアーノはいつも通りの無表情で、けれども目にだけは本気の迫力を漂わせながら言う。

「そのときはアルディーニを殺してでも、俺たちがお嬢を自由にしてみせますんで」

「……わあー、頼もしいなあ……」

そう言いながらも内心は、だらだらと冷や汗をかいていた。

(――パパやグラツィアーノたちが、こんな調子だから！　婚約破棄をするための選択肢が、『レオナルドを説得して、双方からの円満な婚約解消を進める』以外に無くなるの!!)

フランチェスカが結婚したくないと宣言し、レオナルドがそれを拒否すれば、抗争勃発は確実だ。

それを回避するには、レオナルドにも婚約解消に同意してもらうしかない。

(明日も学校に来るかな。レオナルド)

苺と生クリームのクレープを頬張りながら、フランチェスカは考える。

(あまり接触しない方がいいんだけど、もう一度婚約解消したいってお願いしてみた方が良いかもしれない……。せっかく学校で会えるなら、この機会を逃すのは勿体無い気がするもん)

何しろゲームでは、神出鬼没の悪役さまだ。敵地であるアルディーニ家の屋敷に、死を覚悟した上で乗り込む以外、レオナルドにこちらから接触する手段は無いとされていた。

(うぐー……っ！　そうだよね、話をしよう。レオナルドに婚約解消してもらうために、もう少し対話を続けよう……!!)

そう誓い、もくもくと顎を動かしながらも目を輝かせた。

（目指せ、迅速な平穏生活!!　レオナルドが私に変な興味を持っていて、安全に会話が出来そうなうちに……!!）

「お嬢、口周り大変なことになってますよ。……あーあーもー……」

＊＊＊

翌日、フランチェスカが誰よりも早く登校した教室に、ひとりきりのレオナルドの姿があった。

クラスの誰にも見られずに話せるなら、これほど幸運なことはない。フランチェスカは廊下をきょろきょろ見回し、誰もいないことを確かめると、教室に入ってレオナルドの家名を呼ぶ。

「おはよう！　あの、アルディーニさん！」

「…………」

最後部の席につき、ほとんど机に突っ伏すように頬杖をついていたレオナルドは、眠そうな目をこちらに向けた。

（あれ？）

その温度に違和感を抱きつつも、フランチェスカは急いで彼のところに向かう。

「あのね。婚約の件、また話したくて……」

「——悪いが」

体を起こしたレオナルドは、その表情に意地の悪い笑みを浮かべる。その目にはどこか仄暗い、静かな殺気のようなものが宿っていた。

「今日の俺は、とても機嫌が悪い」

「え」

ぱちぱちと瞬きをしている間に、フランチェスカの手首が掴まれる。

「だから」

「!!」

ぐっと彼の方に引き寄せられ、ぶつかりそうになった。なんとか留まったフランチェスカを、金色の瞳が間近に見据える。

「俺には近付かない方が良いな。聞き分けてくれないか？　可愛いフランチェスカ」

（な……。な、な、な……）

レオナルドの指が、フランチェスカの頬に触れる。

「……君を殺しそうになる前に、俺の視界から消えてくれ」

（なんか、変なイベントが始まっちゃった……!!）

一瞬愕然とするものの、すぐに気が付いてはっとする。

（違う違う。こっちが素のレオナルドなんだった！）

この世界のレオナルドが、なぜかやたらとフランチェスカに甘ったるい言動をしてみせるだけで、ゲームでは割とこういう人だったように思う。

無関係な人を大勢洗脳したり、人の屋敷に火を付けさせたり、その振る舞いは悪役そのものだ。クラスメイトに対し、『殺してしまうからどこかに行け』と笑うくらい、たぶん普通なのだった。

「分かった。離れるね」

無表情になったレオナルドが、手首を離してくれた。

現実離れしているほどに整った顔立ちは、真顔になるととても冷たい。美し過ぎて人形のようだから、感情が見えないと無機質に見えるのだ。

フランチェスカは、続いて彼にぺこんと頭を下げた。

「それと、自分の用事があるときにだけ都合よく話し掛けようとして、ごめんなさい」

「………………」

近付くなと言われているからには、さっさといなくなった方がいいのだろう。教室の最高段にいるレオナルドの対角線上、前側の入り口に近いところに鞄を置く。

今日は朝一番に登校して、誰かが入ってきたら「おはよう」の挨拶をしてみようと思っていた。けれど、レオナルドがフランチェスカに居てほしくないようなので、それはやめておく。

（私が視界に入らない方がいいよね。中庭にでも行こうかなあ……）

そんなことを思い、教室を出ることにする。その前に、もう一度だけ振り返った。

レオナルドは、再び机に突っ伏している。眠っているようにも見えるが、はっきりとは分からない。

フランチェスカは始業時間まで、校内を散歩することに決めるのだった。

＊＊＊

この日のレオナルドは、ずっと教室に居ることを決め込んだらしい。一番後ろの窓際で、とろとろと微睡《まどろ》むように眠っている。

その様子はとても寛いでいて、無防備な雰囲気だった。机の上に腕を置き、そこに突っ伏して、安らかな寝息を立てている。

それを叱るべき立場の教師たちは、レオナルドを完全に腫れもの扱いしていた。

ホームルームを始めた担任は、レオナルドが返事をしないにもかかわらず、即座に出席扱いでチェックを付けている。授業が始まって以降も、担当教師がやってくる度に、レオナルドの姿を見てぎょっとする始末だ。そのうちに、とうとう状況に気が付いていない男性教師が、教室に入るなりレオナルドを咎《とが》める。

「おい、そこの君。本鈴が鳴っているぞ、起きなさい！」

「せ、先生……！」

生徒のひとりが制止したが、そのときはもう遅かった。

レオナルドは、もそりと怠そうに体を起こすと、掠れた低い声で返事をする。

「…………あ？」

「ひいっ⁉」

その低い声に、教師が身を竦めた。

「そ……それでは授業を始めるぞ！　新学年最初の授業だ、まずは教科書を……」

（……うーん……。さすが、五大ファミリーアルディーニ家の当主っていう身分を、一切隠していないだけはあるなあ……）

この学院に通う裏の人間は、フランチェスカとグラツィアーノ以外、みんな素性をおおっぴらにしている。

（貴族も平民も一緒に通う学校だけど、みんな五大ファミリーの恩恵を受けたり協力関係にあったりする。前世よりは裏社会に寛容だけど……やっぱり一線は引かれてるよね）

クラスの雰囲気はどこか浮付いていて、落ち着かなかった。

みんなレオナルドを窺って、距離を置いている。しかし、怖がられているばかりではないようだ。

「レオナルドさま、寝てるところも格好良い……」

他学年の女子までもが、休み時間のたびにレオナルドの姿を見に来ている。

「授業にほとんど出てないのに、試験はいつも学年最上位クラスなのよね！　運動神経も良いし、なによりあの美しいお顔!!」

「でも、やっぱりちょっと怖くないかしら？　だってあのアルディーニ家の、それも一番偉い人なんでしょう……？」

「でも、危険な香りがしてどきどきしない？　おまけに当主よ、当主！」

「やめておきなさいよ。裏社会の人なんて、結局は人に迷惑をかける犯罪を犯して、それで生きている下劣な人種だわ」

（う……っ）

フランチェスカの心にも、女の子たちの言葉がさっくりと刺さる。

「でもうちのお父さまは、五大ファミリーが国内のあらゆる経済を回してるって言ってたわ」

「そんなことよりレオナルドさまよ！　近付いても、いまなら気付かれないかもしれないわ」

そんなひそひそ話を聞きながら、フランチェスカはそっと考える。

（……やめておいた方がいいと思うんだけどな）

みんなには、レオナルドがただ机に突っ伏し、四月のひだまりで午睡をしているように見えるのかもしれない。だが、実のところ全く違うのだ。

（眠ってなんかない。――レオナルドは、なにかを待っている）

恐らくは、昨日の中庭で感じた妙な気配が原因だ。

そのとき、レオナルドがむくりと眠そうに体を起こしたので、クラス中が女子を中心に色めき立った。

レオナルドは緩慢に立ち上がると、ひとつ大きなあくびをしたあと、上着のポケットに手を入れて歩き始める。廊下に出る彼を呼び止めるため、ひとりの女子が駆け寄った。

「レオナルドさま！」

「……ん？」

「おはようございます。もしかして、次の移動教室に行かれるのですか？　でしたら僭越《せんえつ》ながら、私がご案内させていただきますけれど」

「いや、いいよ。ありがとう、ばいばい」

「あ!!　お待ちになって!!」

慌てた女子が、レオナルドの腕を強く掴んだ。あれでは爪が食い込んで、レオナルドが痛いのではないだろうか。

「れ……レオナルドさまはご存じないかもしれませんね。うちの父は昔から、アルディーニ家の方々と懇意にさせていただいているそうですの」

「ふーん」

「それはもう深い縁ですのよ！　私が生まれた直後には、父がご相談に行ったくらいなのです！　なにかと申しますと、私とレオナルドさまとの婚約を……」

レオナルドはその女子を見下ろして、ふわりと柔らかい笑みを浮かべる。

けれど、その目は笑っていなかった。

「ちょっと黙ってもらえるか？」

「!!」

口振りだけは軽やかなのに、重たい声だ。

女の子が、さっと青褪《あおざ》めて手を離す。レオナルドは皺の寄った服を手で払うと、あとは女の子の方を見もせずに、そのまま廊下に出てしまった。

「ふ……ふん、何よ……!!」

あしらわれた女子を心配して、仲のいいらしき面々が集まってくる。教室はしばらくざわついていたが、すぐに五分前の予鈴が鳴り、みんな慌てて移動教室への準備を始めた。

（レオナルド、もしかして……？　でも、私が変にしゃしゃり出ても……）

そんなことをぐるぐると考えつつ、教科書を揃えて立ち上がる。するとそこに、数人の女子がやってきた。

「あの、トロヴァートさん」

「⁉」

女子のひとりが呼んでくれたのは、フランチェスカの偽名である母の苗字だ。

「わっ、わ、私⁉」

「次の時間、音楽室でしょ？　転入生だから、場所が分からないんじゃないかと思って。よかったら、一緒に行かない？」

「………………!!」

フランチェスカの視界が、ぱああ……っと晴れ渡った。

（クラスメイトに話し掛けられた……!!　すごい。すごい、すごい……!!　家の環境が知られてなかったら、こんなに素敵な出来事が起こるの⁉）

あまりにも幸せな出来事を前に、思わず泣きそうになってしまう。

「あ、ありがとう！　そんな風に気に掛けてもらえて、すごく嬉しい……！」

だが、フランチェスカはきゅっとくちびるを結んで俯いた。

「で……でも、ごめんなさい」

「トロヴァートさん？」

「……私、音楽用のノートを買い忘れちゃったみたいなの。授業が始まる前に、購買に行かなきゃ」

クラスメイトたちに深く頭を下げて、名残を惜しみながらお礼を言う。

「本当に、本当にありがとう!!」

「あ！　……行っちゃった」

フランチェスカは教室を飛び出すと、大急ぎで廊下を駆けた。

（いまのが友達を作るための、絶好の機会だったことは分かるけど……!!）

ここでこの状況を捨て置くのは、フランチェスカの信条に反する。

不穏な気配のある場所は、校舎の中ではないようだ。廊下の窓が開いており、ちょうどその下で何かが起こっていることを察して、窓から身を乗り出した。

「――アルディーニさん！」

見下ろした校舎裏には、上着を脱いでシャツ姿になったレオナルドが居て、複数人の男たちに囲まれていた。

「フランチェスカ」

（やっぱり、殺し屋に狙われていたんじゃない……!!）

レオナルドの周囲にいるのは、制服を着た男性たちだった。

一時的に生徒のふりをしているか、殺し屋が生徒として入学しているかのどちらかなのだろう。

いずれにせよ、学院には教員のスキルによって、『学院内に銃の持ち込みは出来ない』という結界が張られている。

（学院内にいれば、銃での狙撃はされない。されないけど……）

「……」

レオナルドが、フランチェスカからふいっと視線を逸らす。それと同時に、男たちが一斉に彼へと襲い掛かった。

（――やっぱり、ナイフを持ってる！）

授業でも使うことのある刃物は、隠せば持ち込めてしまうのだ。

切っ先は、レオナルドの首や胸に定められている。けれどもレオナルドは涼しい顔をして、最初のひとりの凶刃を躱《かわ》した。

体の重心を右にずらし、的を外した男の手首を掴む。そのままくるっと身を返し、敵の腕を捻りあげると、悲鳴を上げる男を背負うようにして投げ飛ばした。

「ぐあっ！」

レオナルドは別の敵の懐に飛び込み、手刀でナイフを叩き落とす。続いて胸倉を掴むと、軽やかに頬を一発殴った。

それだけで鈍い音がして、ふたりめの敵が気を失う。レオナルドはその敵を地面に捨てると、気軽な調子で伸びをした。

「っ、はは！　あー、久々に体を動かすとすっきりするな」

「くそ、なんだこいつ……!!　こっちは十人掛かりだってのに……」

「仕方ない、どいてろ！」

殺し屋のひとりが、レオナルドに向かって手のひらを翳《かざ》した。

水色の光が渦を巻き、男の周りに集まってゆく。レオナルドはそれを見て、つまらなさそうに目を閉じた。

「なんだ。肉弾戦が楽しかったんだが、結局はスキル勝負になるのか」

「死ね、アルディーニ!!」

殺し屋が、力を放とうとした瞬間だ。

「――……」

レオナルドが、閉じていた目をゆっくりと開いた。

そして男の方を見る。直後、その場にいた大勢の男たちが、どしゃりと地面に膝をついた。

「な……っ!?」

「ぐっ、うわああ!!」

何が起きたのか分からないとでも言うような悲鳴が上がる。

「体が……！　体が、動かない……!!」

（駄目だ、行かないと!!）

フランチェスカは窓枠から手を離すと、急いで階段を駆け降りた。

（あれがレオナルドのスキルのひとつ。ストーリーで明らかになっているのは、他人の自由を奪って強制的に動きを止めるもの……！）

先ほど発動させたのは、恐らくそのスキルだ。

メインストーリーのバトルでは、レオナルドに強制敗北するイベントが何度も起こる。開幕で発動されるのが、こちらが三ターン動けなくなるスキルなのだった。

（スキルを一度使用すると、もう一度同じスキルを使えるようになるまでは、時間が掛かる）

これもまた、ゲームのシステムが影響しているのだろう。

ゲームではひとつのスキルを発動させると、次の使用までには所定のターンが必要になっていた。

それが反映されたこの世界でも、スキルの連続発動は出来ない。次に使えるようになるまでの時間は、強いスキルであればあるほど長いのだ。

（あそこにいたレオナルドの敵は、全員動けない。だけど……！）

フランチェスカは校舎を飛び出し、息を弾ませながら、レオナルドのいる裏庭へと走った。

校舎裏に回り込むと、だんだんその光景が近付いてくる。

地面には、何人もの男が倒れていた。

レオナルドはそのうちのひとりの背に座り、別の男の胸倉を掴んでいる。やがて、こちらに走ってくるフランチェスカの姿に気が付いたようだ。

「……おっと。来たのかフランチェスカ」

レオナルドの頬は、返り血らしきもので赤く汚れている。

みんな腹や腕を押さえ、中には口から血を零す者もいた。フランチェスカが二階から下りてくるまでの数十秒で、ここまで凄惨な状況になるものだろうか。

「近付かない方がいい。こんな所を誰かに見られたら、君に友達が出来なくなるぞ?」

「……っ」

「さっさといなくなれ。——言っただろう、俺が君を殺す前に離れてくれと」

だが、フランチェスカはそのまま足を止めない。

立ち上がったレオナルドに狙いを定めると、そのまま勢いを付けて彼の元へと飛び込んだ。

「……!?」

さすがに面食らった様子のレオナルドが、それでも抱き止めてくれる。

フランチェスカは、抱き付いたレオナルドに『ある行為』を行うと、そのまま顔を上げて叫んだ。

「もう一度さっきのスキルを使って! 今回だけは連続で使えるから!!」

「は……?」

突然こんなことを言われても、恐らく訳が分からないだろう。それに、同じスキルが何度も連続で使えないのは、この世界では当たり前の事実だ。

レオナルドに説明する時間が惜しく、フランチェスカは呼吸を継ぎながら叫ぶ。

「いまは黙って私を信じてほしい……! あそこ、三階!!」

フランチェスカが指さしたのは、先ほどフランチェスカが覗いていた窓のその上だ。

「投げナイフ! ……あなたを狙ってる——……!!」

「――――……」

そこからは、一秒も数える暇はなかった。

「ぐ……っ!!」

頭上から、澱んだ悲鳴が聞こえてくる。

どさりと倒れる音がして、ようやく辺りが静かになった。最後の殺し屋が倒れたのを確かめて、フランチェスカはほっと息をつく。

「倒せて良かったあ………」

「………」

「わあっ!!」

そういえば、レオナルドに抱き付いたままだった。

慌てて離し、敵意はありませんの万歳をする。レオナルドはいつもの笑みを消し、無表情に近い顔をしてフランチェスカを見ていた。

しどろもどろになりながらも、フランチェスカは口を開く。

「え、えーっと……。巧妙に気配を隠してたよね！　最後に残ってた殺し屋はきっと、気配を遮断できるタイプのスキル持ちなんだと思う!!」

「……」

「私もちょうど真下にいなかったら、かすかな殺気には気付けなかったなあ……!!　なんにせよ、間に合って良かっ……」

「フランチェスカ」

レオナルドにぐっと手首を掴まれ、珍しい動物を捕まえたかのように引き寄せられて、フランチェスカは観念した。

「さっき、俺に何をした?」

「……うぐう……」

これはもう、言い逃れできない状況だ。

「……わ……わたし。スキル。つかった。スキル。もってた」

「……」

「…………うそ。……ついてた。……ゴメン……」

「ふ」

ぎこちなく説明するフランチェスカに、レオナルドが口元を緩める。

「ふは。なんでここに来て片言なんだ? 面白いな」

(ご、誤魔化せた……?)

スキルを持っていないと話したものの、実際はちゃんと持っていた。それだけのことが知られても、一応まだ致命傷ではない。

婚約解消の口実には遠のいたかもしれないが、なんとか追及を回避できないだろうか。そう思っていたものの、レオナルドは満月色の瞳を細めて、フランチェスカの顔を覗き込んだ。

「――『俺に何をしたのか』って、そう聞いた」

「……っ」

さすがに背筋がぞくりとした。

レオナルドの物言いは柔らかく、表情も穏やかだ。それなのに声音はいつもよりも低く、注がれる眼差しには容赦がない。

『逃がさない』と、そう雄弁に語っている。

「……あなたのスキルの、使用制限を解除したの。そうしないと、危ないと思ったから」

目を逸らしつつ答えると、顎を掴んで彼の方を向かされる。

「それだけじゃないよな？」

「……」

「言う気がないなら当ててようか」

彼はもう、ほとんど確信しているのだ。

「最後の敵にスキルを使ったとき、俺はスキルの効力を弱めたつもりだった。ここにいる連中は全員潰してしまったが、せっかくひとり無事なのが残っていたなら、『生き残り』を尋問しようかと思って」

（咄嗟のことだったのに、あの一瞬でそこまで計算して加減したの⁉）

「なのに俺のスキルを浴びた殺し屋は、悲鳴を上げて気を失ったようだ。ちょっと動きを止めようとしただけなのに、きっとショックが大きすぎたんだな」

レオナルドはフランチェスカを観察するように、楽しそうに目をすがめる。

「使用制限の解除は、単なる副産物。そうだろう？」

「……！」

「──君のスキルは、『他者のスキルを強化する』ことだ」

レオナルドの言った通りだった。

フランチェスカの持つ三つのスキルは、どれも他人を強化し、育成することの出来るスキルなのだ。そんなスキルを持っているのは、世界にフランチェスカひとりだけなのだと明言されていた。キャラクターを強化育成するゲームの、主人公であるからこその能力だ。

フランチェスカは誰かのスキルをより強く、より自由に、さらに優秀に進化させることが出来る。

（……覚悟はしてた、ことだけど……）

フランチェスカは観念し、息を吐き出す。

「……せいかい」

「驚いたな。そんなスキルを持つ人間が、この世界にいるのか」

レオナルドが離してくれたので、フランチェスカは一歩後ろに引いた。

彼はもはや、周囲にいる殺し屋に興味を向けていない。ただただフランチェスカを見詰め、興味深そうに眺めている。

「能力《スキル》の強さは生まれ持ったもので、変えられない。……世界のそんな根本に、君は干渉できる」

「そこまで大袈裟なものじゃないよ……」

一応はそう言ってみたものの、フランチェスカにだって分かっている。

たとえば上位貴族の使える炎のスキルと、下位貴族の使える炎のスキルとでは、その威力に大きな差があった。けれどもフランチェスカのスキルがあれば、未強化である貴族のスキルよりも、最高値まで強化した下位貴族のスキルの方が強くなる。

それは、『血が高貴であるほどに強い力を持っている』という、この世界の絶対的な価値観を揺るがすものだ。

一時的に強化するスキルではない。フランチェスカの育成スキルは、スキル自体を成長させる。よってその強化は、永久的に続く。強化可能回数は九回で、すなわち生まれ持った状態をレベル1とするなら、レベル10まで上げることが出来た。

露見すれば、さまざまな人たちがフランチェスカのスキルを欲しがる。王族や貴族は自分の強化を求めるし、それは他国も同様だ。

ゲームにおけるフランチェスカも、自身のスキルを隠していた。けれどもそれが何処かから露見し、レオナルドに狙われる理由のひとつになるのだ。

（あああああ、ゲームの通りになっちゃった……。バレたのは『強化できる』スキル一個だけ。他のはまだ隠せてるとはいえ、これだけでも結構まずいよね……）

レオナルドは頬についた返り血を手の甲で拭うと、フランチェスカを見下ろして尋ねてきた。

「どうして俺に、スキルを見せた？」

「え？　どうしてって……」

至極当たり前のことを聞かれて、フランチェスカは首を捻る。

「三階から狙ってたでしょ？　殺し屋が。気配隠蔽のスキルを使ってたから、さすがにレオ……間違えた、アルディーニさんでも気付けないと思って」

「そうじゃなくて」

「……えーっと……？」

十分な答えではなかったようなので、今度は反対側に首を捻って考えた。

「私に分かるアルディーニさんのスキルは、殺し屋たちを動けなくしてたスキルだけだったから」

「……」

「残っているスキルが、あの殺し屋を止められるものか分からないでしょ？　あなたを強化して、そのついでにスキル使用制限の時間をリセットすれば、もう一度同じのが使えるもん」

「フランチェスカ」

レオナルドは、呆れたようにこちらを見下ろす。

「俺を助けようとしなければ、君はその秘密を守り通せた」

「！」

その言葉に、フランチェスカは瞬きをした。

「俺が殺し屋に殺されようと、放っておけば良かっただろう？　君が危険を冒してまで、あそこで飛び出してくる必要もなかったはずだ。君は俺との婚約からも解放されて、問題が万事解決する」

「……」

「それなのに、なぜ？」

レオナルドは本当に分からないものを見るような目をしている。だから、フランチェスカはびっくりしながら口を開くのだ。

「――人の命より守りたいものなんて、私にはないよ！」

「……！」

それが、どんな秘密であろうとも。

「そりゃあ私だってこのまま一生、パパ以外の誰にも言わないつもりだったけど……。でも、こうしなきゃアルディーニさんが危なかったかもしれないんだから、仕方ない。無事で良かった」

「……」

「それに、朝からあなたの様子が違った理由も分かったし。昨日久しぶりに登校したことで、生徒として潜り込んでた殺し屋たちが動き出したんだね？　そいつらを一掃するために、今日も学院に登校したけど、誰も巻き込まないように遠ざけたんでしょ」

　レオナルドが早朝に来ていたのもきっとそのためだ。

　朝早くから登校するなんて、キャラクターに似つかわしくないと思っていた。あれは、敢えてひとりで無防備に過ごすことで、殺し屋たちを誘き出そうとしていたのだろう。

「私にあんなことを言ったのも、私が危なくないように。……そうだよね？」

　レオナルドはここでも笑みを消し、冷めた無表情でこちらを見ていた。

「想像力が豊かなんだな、君は」

「そう外れてない気がするけどなあ。……生まれた家が理由で、背負わなきゃいけないものが、きっとたくさんあったよね」

　フランチェスカにも、少しは分かる。

「あなたがアルディーニの当主だって隠してないのは、みんなを巻き込まないためでもあるのかな。怖がって、腫れもの扱いしてくれれば、こんなときに危ない目に遭わせずに済むもん」

「……」

「……アルディーニさんが、そう考えて行動していたのだとしたら……」

　フランチェスカはレオナルドを見上げ、しみじみと彼を尊敬した。

「そういう風に振る舞えるのは、すごくやさしいね」

「……」

レオナルドが、こちらを見て僅かに目をみはった。

やがて俯いたあと、すぐに微笑んで口を開く。

「……君、よく今まで無事だったな」

「ど、どういう意味⁉」

その言葉には、嘲笑のような響きが含まれていた。

「いくらなんでも甘すぎるだろう？　裏の社会に生きていて、これだけの感性を保てるのは賞賛に値する。君の父君が、何がなんでも守り抜いてきた結果なのか……」

父は確かにフランチェスカを溺愛している。だが、レオナルドはぽつりと呟いた。

「いや」

そして、フランチェスカの頬に手を伸ばす。

「――君自身が、強いのか」

「へ……」

レオナルドの美しいかんばせには、いつも通りの底知れない笑みが浮かんでいる。

「フランチェスカ。……強くて美しい、俺の婚約者」

「――⁉」

彼はフランチェスカを覗き込んだ。お気に入りの玩具を眺めるような、そんなまなざしを注いで。

「けれどもいかんせん迂闊すぎる。秘密を黙っている代わり、無防備な君へのお仕置きも込めて、ひとつだけ我が儘を聞いてもらおうかな」

「……はっ⁉」

思いっ切り脅迫されている。それに気が付いて身構えると、レオナルドはぎゅうっとフランチェスカを抱き締めた。

そのあとに、甘ったるく掠れた声でこう紡ぐ。

「……学校でも、ちゃんと俺のこと名前で呼んで」

「…………」

こんなはずではなかった。

そんな言葉を噛み締めながら、フランチェスカは絶望に両手で顔を覆い、絞り出すように「レオナルド……」と紡いだのだった。

3章　平穏の条件

フランチェスカが王立高等学院に入学してから、あっという間に一か月が経っていた。

身体測定を兼ねた健康診断や、二年生最初の実力テストも終わり、早くも五月の初旬だ。

朝晩はまだ薄手の外套がいる日もあるものの、日中はぽかぽかと暖かい。開け放した窓から新緑を揺らす風が吹き込んできて、図書室の白いカーテンを揺らす。

机に向かっていたフランチェスカは、羽根のついたペンを走らせながらもあくびを我慢した。

（試験勉強中なのに、油断すると眠くなっちゃいそうだ。……誰かさんのお陰で、適度な緊張感は保たれてるんだけど……）

ちらりと隣の席を見遣る。途端、すぐさまその人物と視線が重なった。

「……レオナルド」

「なんだ？　フランチェスカ」

「なんだ、じゃなくて」

ペンを止め、改めて彼の方を見遣る。

「……視線が気になって落ち着かない……」

「ははっ」

机に崩れた頰杖をつき、ほとんど突っ伏すような体勢のレオナルドは、フランチェスカをずうっと見つめていたのだった。

「仕方ないだろう？　君の真剣に勉強してる顔が可愛くて、どうしても目が離せないんだから」

「はいはい。分かったからこれ以上目立つ前に、どうかあっちに行っててほしい」

「そうやって、どうでもよさそうに俺をあしらうところも可愛いな」

軽すぎる賛辞を口にしながら、レオナルドは目を細めた。

「薔薇色の髪も長い睫毛も、陽の光に反射してきらきらとしている。……君が瞬きをする度に水色の瞳が透き通って、とても美しい」

（そりゃあもう、ゲームヒロインの外見だからね）

外見の美しさでいうのなら、レオナルドこそが最上級だ。

陽光に当たって艶めく黒髪と、白い肌。不思議な光を帯びた金の瞳は、明るいところではいっそう月のようだった。

涼しげな目元は切長で、睫毛は下睫毛まではっきりと長い。形のよい双眸だけでなく、通った鼻筋もくちびるの形も、何もかも一級品なのだった。

そんな外見の美青年が、シャツのボタンをふたつ開け、緩めたネクタイ姿でここにいる。

無防備なほどに気怠げな姿勢は、独特の色香を醸し出すようだ。レオナルドを追い掛けている女子たちがこれを見たら、いまごろ大騒ぎだっただろう。だが、レオナルドに見詰められ続けるフランチェスカの困りごとは、ときめきが原因のものではない。

（……誰かに見られたら、悪目立ちしちゃう……！）

こんな男子と一緒に居て、フランチェスカが注目されないはずもないのだ。

幸いにして、この学院には複数の図書室がある。その中でもここは蔵書が乏しく、ほとんど自習室のような部屋のため、昼休みのいまも他の生徒の姿はない。

とはいえ、ふたりで居るのを目撃されたら最後、噂は瞬く間に広まるだろう。

「昼休みにレオナルドとふたりっきりだったなんて知られたら、確実に大勢の女子を敵に回すよ……」

「安心しろよ。この世界にいるどんな女より、君のことだけが大切だから」

「レオナルド」

フランチェスカは顔を顰め、髪に触れてこようとしたレオナルドの手をぎゅむっと押さえた。

「あなた、毎日こんなことしてて大丈夫なの？」

「大丈夫って？」

「勉強とか。授業中も居眠りばかりしてるし、授業自体に出てないこともしょっちゅうじゃない」

フランチェスカが自習をしているのは、先週行われた実力テストの結果に少し焦ったからだ。目標点は超えていたものの、思った以上に難しい問題が何問もあった。この学院に転入した際、カルヴィーノ家当主である父は、真顔でこんな風に言っていたのである。

『家庭教師に学んでいるお前は、常に九十点以上を取るほどの頭脳を持っている。そんなお前が万一、学院に入って成績が落ちることがあっても恥じることはない。お前の優秀さを伸ばすどころか、成長の妨げになっている学院が悪なのだから』

『ぱ、パパ……？』

娘から見ても美しい父は、きっぱりと続けた。

『――そんな学院は、すぐさま私が潰してやるからな』

『やめてパパ!!　学院でも勉強頑張るから!!』

羽根つきペンをぎゅっと握り直しながら、フランチェスカは遠い目をした。

(私が良い点を取らなかったら、本当に学院が取り潰しになっちゃう……)

フランチェスカの成績に全生徒の命運が懸かっている。気を抜くことは出来なかった。

「この学院のテスト、結構難しいでしょ？　だから、レオナルドは大丈夫なのかなって」

レオナルドはようやく体を起こす。立ち上がるのかと思えばそうでもなく、フランチェスカの方に身を乗り出すと、ノートに書いていた数式をとんっと指で叩いた。

「……ここ」

「え？　なに？」

「当て嵌めてる公式が惜しい。これを応用しようとすると、答えが変わってきてしまう」

そう言われ、目を丸くした。

「それよりも、四問前に使った方の公式があっただろ？　そっちをここに当て嵌めると……」

「──あ！」

答えがするりと導き出されて、フランチェスカは目を丸くした。

「……ほんとだ……」

「君は引っ掛け問題に弱いらしいな。そんな所も可愛いんだが」

レオナルドは軽口のつもりで言ったようだ。

恐らくは、授業を聞いていなくても学力に問題がないことを証明したのだろう。しかし、あっという間に問題が解けたその鮮やかさに、フランチェスカは目を輝かせる。

「レオナルドすごい！　これと似た問題、このあいだの実力テストでも間違えたんだ。でも、次からは絶対に大丈夫な気がする！」

嬉しくなって、にこにこと笑いながら彼に言った。

「教えてくれて、どうもありがとう！」

「…………」

金色をしたレオナルドの瞳が、真っ直ぐにこちらを見据える。

「わ！」

続いて、フランチェスカのくちびるの前に、レオナルドの人差し指が翳された。

「しー……」

「！」

図書室前の廊下を、笑いながら歩いていく女子生徒の声が聞こえる。

「ねえ、本当にこの校舎にレオナルド先輩が入って行ったの？」

「うーん。ひょっとして、見間違いだったのかも」

（あわわ……）

慌てて口をつぐんだら、レオナルドは面白そうにくすっと笑った。

「そうそう。……見付からないよう、良い子にしてな」

「むぐ……」

柔らかな微笑みを向けられて、ばつが悪くなる。

（ふたりっきりを目撃されないように、一応配慮はしてくれるんだよね……）

その気遣いを感じた後、はっとする。

（いやいやいや！　私がクラスのみんなから離れて過ごしてるのも、教室でレオナルドにくっつかれると困るからなんですが⁉）

つまり、転入から一か月経っても友達が出来ない諸悪の根源は、フランチェスカにやさしい顔を向けているレオナルドなのだ。

（友達作りも婚約解消も上手くいかないうちに、五月になっちゃった。ゲームはいよいよ、メインストーリー第一章の開始月だ）

フランチェスカがスキップした操作説明《チュートリアル》では、仲間のスキル育成レッスンや、能力測定のミニゲームなどが行われる。一通りの説明が終わったあとは五月になり、いよいよ本格的なゲーム内ストーリーが始まるのだった。

（操作説明《チュートリアル》でどの人物とも出会ってない私は、誰のことも育成対象にしてないから大丈夫！　裏社会の巨大な陰謀に巻き込まれたりしないし、そんな中で他家のご令息たちと絆を深めたりしない。うんうん、この一点だけは順調のはず！）

「フランチェースカ？　どうせ考え事するなら、俺にその可愛い顔を見せていてくれ」

「……」

両手で頬を包むように、レオナルドの方を向かされる。

ぱちぱち瞬きをしたフランチェスカは、さっと青褪めた。

「……ん？」

（――ちょっと待って）

突然湧き起こった考えを、否定するために振り返る。

（ゲームでは、プロローグの誘拐事件で選んだファミリーのキャラクターを入手して、ストーリーに従いながら操作説明《チュートリアル》を受ける。そこで入手キャラのスキルを育成したり、一緒に勉強するミニゲームの操作を覚えるわけだけど）

フランチェスカは、目の前にいる絶世の美男子をじっと見据えた。

（……誘拐事件で出会って、関係が生まれて、スキルを育成して。挙げ句の果てには一緒に勉強イベントまで起こしちゃってる、他ファミリーの主要キャラクター……）

その条件に当てはまる相手が、いまここにいる。

（――――私。まさか、レオナルドを『入手』して育成してることになってたり、してないよね……？）

ゲームのシステムと現実は違う。

ゲームでいうところの『課金によるキャラの入手』が、いまいる現実ではどんな概念に置き換わっているのか、フランチェスカには想像がつかなかった。

しかし、こうしてレオナルドと一緒に過ごしているのが、そういった前提によるものだとしたら。

「あわ。あわわわわ……」

「ははは、どうした急に震え出して。本当に見ていて飽きないな」

「わたし！　グラツィアーノに用事があったのを思い出したから！」

フランチェスカは嘘をついて席を立つと、急いでノート類を整理した。レオナルドは頬杖をついたまま、その様子をじっと眺めている。

「あいつか。君のファミリーの最年少構成員」

「学院でそういう発言は禁止！　グラツィアーノは家の執事で、私の登下校の世話役を兼ねて入学したことになってるの！」

「ふーん……」

どこか含みのある相槌を打ったレオナルドに、フランチェスカは告げる。

「じゃあね、勉強教えてくれてありがとう！」

レオナルドはフランチェスカの手を掴むと、何もかも見透かすような金の瞳で見上げて微笑む。

「君に頼られるのは気分が良い。……いつでもどうぞ、フランチェスカ」

（ゲーム黒幕の発言でなければ、これほど心強いこともないんだけどね!!）

ぐぬぬ……という心境になりつつも、フランチェスカは慌てて第三図書室を出た。

（どうしよう、どうしよう！　考えるほどに、結局ゲームが進行してるような気がしてきた！）

考えてみれば、ここまでレオナルドがフランチェスカに接触してくるのもおかしな話なのだ。

ゲームで初めてレオナルドに会うのは、これから始まる一章の後半のはずだった。シナリオ上、レオナルドは学院に来てもおらず、彼とのイベントが進行することもない。

ノートを抱いたまま廊下は走らず、早足でずんずん突き進みながらも、フランチェスカは必死に頭を巡らせた。

（第一章の時間軸はまさに今の時期。順当なストーリー上、主人公が次に関わるのは……）

一年生の教室がある校舎に入り、グラツィアーノの教室を目指しながら角を曲がった瞬間だ。

（この気配！）

ぴんときて、すぐさま身を躱した。

背中をぴたっと壁にくっつけ、一体化して停止する。周囲を歩いていた生徒がざわつくものの、いまは気にしていられない。廊下を曲がってきたその人物に、一斉に注目が集まった。

「見て。リカルド先輩だわ！」

雪の色に近い銀の髪は、整髪料できちんと整えられている。

意志の強そうなまなざしと、一文字にかたく結ばれたくちびる。眉間に僅かに皺が寄っており、姿勢はまっすぐだ。

どこか怒っているように見えるのだが、それでも気品が漂っており、凛とした美しい面差しだった。

（やっぱり。――リカルド・ステファノ・セラノーヴァ……！）

フランチェスカは彼を知っている。ゲームの登場人物であることはもちろん、カルヴィーノ家の娘として、遠巻きに彼の姿を見たことがあった。

（あの人が、五大ファミリーの中でも『伝統』を重んじるセラノーヴァ家のひとり息子。そして、ファミリーの次期当主なんだ……）

そんなリカルドが、フランチェスカの前でぴたりと足を止める。

思わず両手で口を押さえた。フランチェスカは気配を殺しておくべきだったが、いまからやっても不審がられる。

（まずい。ひょっとして、リカルドに私の顔を知られてる？）

「……そこのお前」

「ひゃっ、ひゃい!!」

氷のように冷たくて綺麗な顔が、不機嫌そうに歪んだ。

そういう表情も人気があるのか、廊下にいた女子たちが声を上げる。しかし本人は構うことなく、フランチェスカの方に歩いてきた。

（どうしよう。『カルヴィーノの娘』とか呼び掛けられたら、どうにもならな……っ）

「──胸元のリボンタイが緩んでいる」

「へっ」

フランチェスカがポカンとすると、リカルドはますます眉間の皺を深くした。

「制服の、リボンタイが緩んでいると言ったんだ」

「あ、ほんとだ！」

リカルドはふんと鼻を鳴らし、蔑みの目を向けてきた。

「十分に気を付けろ。服装の乱れは規律の乱れ、軽んじているとゆくゆく大きな問題に繋がるぞ」

「は、はい！　気を付けます！」

慌てて結び直しながらも、フランチェスカはそっと考える。

（裏社会ファミリー当主の息子というより、風紀委員長や先生みたい……）

リカルドはフランチェスカの目の前で腕を組み、仁王立ちでこちらを見下ろしていた。どうやらこの風紀検査に合格しない限り、解放してもらえないらしい。

「出来ました！」

「ふん……」

じっとリボンを観察されて、フランチェスカは胸を張る。

「及第点だな。左右の長さが一センチほど違う見栄えは悪いが……」

（わあ、指摘が細かい!!）

「そこの男子生徒、お前もだ。シャツの第一ボタンを開けるのは校則に違反しているぞ」

「は、はい！　すみません、セラノーヴァ先輩……！」

じろりと鋭く睨《ね》め付けられた一年生が、焦りながらボタンを留め直している。フランチェスカはリボンをぐいぐい引っ張って調整しながらも、リカルドのことをちらりと見遣った。

（リカルドは生真面目で、自分にも人にも厳しい優等生だ。規律を重んじるし、人に怖がられてでもそれを正そうとするキャラクター。……一見すると、そういう人だけど……）

彼が着ている制服のベストや、裏ポケットの辺りを視線で探る。

（――制服のベストに似せてるけど、縫い目が二重になっている防弾加工のベスト。上着の中にはナイフが二本……ううん、三本かな？）

てきぱきと分析しながら、リカルドへの警戒を強くした。

（普通の生徒の装備じゃないよねえ……）

やはりリカルドも、ファミリー当主の次期後継者なのだ。規律に厳しいその姿勢は、裏社会の住人らしいとも言える。

（悪党として巨大な組織になるほど、厳しい規律がたくさん生まれるもの。世間からは無法者に見えている五大ファミリーにだって、鉄の掟がいくつも存在する）

鉄の掟で思い出すのはゲーム第一章だ。リカルドは恐らく『あの事件』に関わっている。

（うう、どうしてここで出会っちゃったんだろ……！　というかレオナルド、あれだけ私のこと見詰めてたなら、リボンが解けてたの気付いてたよね⁉　レオナルドを恨むのは筋違いだけど、それでも教えてほしかった‼）

心の中で嘆きつつも、そっとリカルドを窺う。リカルドは周囲のさまざまな生徒に向けて、細やかな服装指導を行っていた。

一部の女子生徒はリカルドに注意をしてもらいたいがために、わざとリボンを解いたりしているようだ。女の子たちが叱られて嬉しそうにはしゃいでいる中、フランチェスカは好機を察した。

（よし、いまのうちに逃げよう……！）

そうっとさりげなく距離を置き、二年生の校舎に戻ろうとする。

だが、そんなフランチェスカの逃走に気が付いて、あろうことかリカルドが追ってきた。

「おい。そこのお前、待て」

（わあああ、こっちに来た‼）

廊下の隅まで追い詰められて、フランチェスカは困惑する。再び廊下の壁に背を付け、ノートをぎゅっと抱き締めるが、リカルドは容赦なくこちらの顔を覗き込んできた。

「な、なんでしょう……？」

「お前の薔薇色の髪。空色の瞳。二年生のようだが真新しい制服……」

（まさか、今度こそカルヴィーノ家の娘だって気付かれた⁉）

フランチェスカは十七歳だが、社交界デビューを果たしていない。カルヴィーノ家の娘として表に出ると、今後の友達作りに支障が出るからだ。

けれども赤い髪に水色の目は、当主である父とまったく同じだった。フランチェスカの正体を、リカルドが察しても無理はない。

「お前が、アルディーニの言っていた転入生か」

「……え……？」

ぱちり、と瞬きをする。

「レオナルドが、私のことで何か？」

「先月、あの男が俺の前に現れて、妙な釘を刺してきた」

リカルドは忌々しげな表情で、フランチェスカのことを見下ろしながら教えてくれる。

「『フランチェスカ・アメリア・トロヴァートに近付くな』」

「！」

「『彼女は俺のものであり、他ファミリーの人間が触れることは許さない』と。そう言っていた」

フランチェスカは驚いて目を丸くした。

リカルドは眉間の皺を深くして、フランチェスカのことを睨む。

「お前に接触すれば殺す、という警告までついている。この宣言をされたのは俺だけではない」

（なななな、なにやってるのレオナルドの馬鹿!!）

この場にレオナルドがいたならば、がくがく揺さぶって問い詰めていただろう。フランチェスカの知らないところで、いつのまにか物騒な話が始まっていた。

「アルディーニを排除したいか？　転入生」

「え……」

リカルドは、あくまで冷たい声音のまま問い掛けてくる。

「転入生といえど、俺やアルディーニがどういう家の人間かは知っているだろう。……この学院に、俺たちの同類が他にいることも」

リカルドはどうやら、フランチェスカもその一員であることには気が付いていないようだ。そのことには安堵するものの、リカルドの言葉は穏やかではない。

「あの男が、他家にこうまであからさまな牽制をしたのはこれが初めてだ。ましてやそれが、ひとりの女のためにだというのだから、正直言って驚いた」

（別に、色恋沙汰の話じゃないんだけどな。私の素性を知らないんだから、そう誤解されてもおかしくないんだけど……）

レオナルドはきっと、深読みされそうな含みのある言い回しをしているのだろう。その光景が容易に想像できて、げんなりした。

「お前は、アルディーニからの束縛を望んでいるのか？」

「はっ⁉」

とんでもない質問をされて、フランチェスカは裏返った声を上げる。

「アルディーニに関わり始めたばかりで知らないのであれば、予《あらかじ》め警告しておこう。あの男は残忍で冷酷。危険な男だ」

（それはもう、ゲームでもそう描かれていたけど……）

「おまけに自分勝手と来ている。細かな規律を守る気がないどころか、俺たちが命を懸けてでも守らなければならない『鉄の掟』すら、いずれはあの男によって破壊されるだろうな」

「……」

「裏社会で生きる人間の中でも、あの男の異常性は際立っている。お前も納得の上なら構わないが、表の人間であるお前がアルディーニに捕われているのなら、それを解放するのは他家である俺たちの役目だ。……『裏の社会に属する者は、無関係の者に危害を加えてはならない』というのも、鉄の掟のひとつ」

その掟自体は、フランチェスカにも染み付いたものだ。前世で祖父から言い聞かされていた教えは、この世界の裏社会にも存在する。

「あんな男の傍に居ては、お前も破滅に引きずり込まれるぞ」

そしてリカルドは、やはり冷たく言い放つ。

「だから言え。レオナルド・ヴァレンティーノ・アルディーニに害されていると」

その青い瞳は、完全に瞳孔が開いていた。

リカルドはフランチェスカの顔の横に手をつき、壁との間に閉じ込めてから告げてくる。

「――そうすれば、俺たちがあの男を『粛清』してやる」

「…………」

その瞳には、静かな殺気が滲んでいた。リカルドがどれほど規律に厳しくとも、根本的な部分が『表』とは違っている。

フランチェスカは目を瞑り、小さく溜め息をついた。

(本当に、もう……)

「ありがとう。でも、平気」

「……なに？」

「自分に降り掛かる出来事は、自分でケジメをつけるって決めてるから」

リカルドが、不機嫌そうに眉根を寄せる。

「それに私は、都合よく抗争に利用されるつもりもないんだ」

「……お前……」

「アルディーニ家を粛清するための口実に、無関係である表の人間を使うのは、それこそ鉄の掟に抵触する行為じゃないかな」

リカルドの表情に、明白な怒りの色が生まれる。

「……俺の前で、掟について知った風な口を利いてくれる」

けれど、フランチェスカは怯みもしない。

「私からも警告だよ、これからの動きには気を付けた方がいい。――アルディーニ家を粛清するつもりの行いでも、それこそがレオナルドの策略で、全部思い通りって可能性もあるんだから」

そう告げると、リカルドが目をみはった。

ゲームのシナリオでは、家同士の抗争を起こすことこそレオナルドの目論見だ。そのためにフランチェスカを誘拐した彼は、五大ファミリーの秩序を乱して突き崩そうとしてくる。

「……手遅れだったか」

不快そうに顔を顰めたリカルドが、壁についていた手をぐっと握り込んだ。

「もうすでに、アルディーニに取り込まれているな？」

「まさか。『黒薔薇』に染まる気はないよ」

フランチェスカはけろっとして言い切る。

五大ファミリーは、それぞれの家を象徴する家紋の花と、王家に捧げた『信条』を持っていた。

たとえばフランチェスカのカルヴィーノ家は、血液を表す赤薔薇の家紋を持ち、信条は『忠誠』だ。

どの家よりも王家に忠実であることを誓っており、その通りに行動している。

レオナルドが当主を務めるアルディーニ家も、カルヴィーノ家と同じ薔薇の家紋を掲げていた。

ただし、こちらが赤い薔薇なのに対して、あちらの家は黒薔薇だ。

すべてを塗り潰す黒色は、アルディーニ家の重んじる『強さ』を象徴している。レオナルドの持つカリスマ性すら帯びた強さは、まさにアルディーニ家の当主たる振る舞いだ。

けれどもフランチェスカは、レオナルドにどんな力を振るわれたとしても、屈するつもりは無い。

（――何があっても）

そんな覚悟を見抜いてか、リカルドが低い声で尋ねてくる。

「お前、何者だ？」

フランチェスカは、上目遣いでふっと挑むように笑う。

「私は」

そのあとに、視線を思いっ切り逸らしてから言った。


「…………何処にでもいる、普通の一般国民デス…………」

「は？」


冷や汗をだらだらと掻きながらも、頑なにリカルドと目を合わせない。リカルドは慌てたように、フランチェスカを問い詰めた。

「い！　いや待て、おかしいだろう⁉」

「本当デス。わたし、裏社会のことはよく知らない、表の住人。なにも分からない。裏社会、コワイ」

「表の世界の住人は普通、俺の殺気を受けたら顔色を変えるんだ‼」

「えっ⁉」

衝撃の事実を告げられて、思わずリカルドを見上げてしまった。

「たとえばそれは何色に⁉」

「あ、赤とか青とか……」

（やばい、表の人はこういうとき顔色を自由に変えられるんだ‼　今度その練習をしないと、普通の平穏な暮らしに溶け込めなくなっちゃう……！）

フランチェスカが心のメモを取っていると、リカルドが舌打ちする。

「くそ、埒《らち》が明かん。悪いがお前、もう少し詳しく話を……」

「あんたら、そこでなにしてんすか？」

聞き慣れた声がして、フランチェスカはそちらを見遣った。

（うわあ、グラツィアーノ……‼）

ゆらりとした怒気を纏った弟分が、リカルドを見据えながら歩いてくる。

「……そいつ。セラノーヴァの跡取りですよね？」

「なんだ、お前は？」

家名を呼ばれたリカルドが、その表情を一層険しくする。だが、完全に目が据わっているグラツィアーノは、いまにもリカルドに殴り掛かりそうだ。

「お嬢から離れろ。さもないと……」

「ぐ、グラツィアーノ‼」

壁との間に閉じ込められていたフランチェスカは、リカルドに生じた隙をついてそこを抜けた。

「大丈夫！　セラノーヴァさんはね、私が校則に違反しそうになるのを止めてくれたの！」

「校則違反……？」

「そう、胸元のリボンが解けかけてたんだって！　生徒指導の先生に見つかってたら大目玉だもん、あー助けられちゃったなー！　よかったなー！　セラノーヴァさんが居てくれたお陰だなー！」

普段は無表情なことの多いグラツィアーノが、真顔の中に凄まじい怒気を漂わせている。フランチェスカは笑顔を作りつつ、必死に弟分を誤魔化した。

「ね！　セラノーヴァさん、そうですよね‼」

「む……？　いや、それももちろんあるが、俺はアルディ……」

「いいから……‼」

フランチェスカが小声で言うと、リカルドはびくっと身を強張らせる。

「何がなんでも話を合わせて‼」

「……⁉」

他家の後継ぎに絡まれただなんて、絶対にグラツィアーノに悟らせてはいけない。この場で何をするか分からないだけでなく、確実に父にまで話が届く。それはすなわち、抗争の勃発だ。

フランチェスカの気迫を察してか、リカルドはこほんと咳払いをする。

「そ……そうだ。俺はそこの転入生に、この学院の規律に則った指導をした」

「本当にありがとう、セラノーヴァさん！」

少々芝居がかっている勢いでお礼を言うと、グラツィアーノが俯いた。

「――それ」

（グラツィアーノ、納得してくれた……？）

どきどきしながら見上げると、ぽつりとした声が溢される。

「つまりこの男、お嬢の胸元をじろじろ見たってことっすよね……？」

「なんでそうなるのーーーーっ!!」

フランチェスカが思わず叫ぶと、リカルドも大慌てで顔を赤くした。

「し、心外だ!! 俺が女子生徒に対し、そのように不埒な真似をするものか!!」

「は？ リボンなんて、そこに注目してなきゃ気付かないだろ。こいつやっぱ危険だな、消すか……」

「グラツィアーノ、最後のも私には聞こえてるからね！ 駄目だよ駄目!!」

リカルドの耳には入らなかったようだが、聞き逃せない発言だ。慌ててグラツィアーノの手を押さえると、グラツィアーノは拗ねたような目をする。

「大体、お嬢もお嬢じゃないですか。平穏な学院生活を送るんでしょ？ こんなところでこんなやつに絡まれて、何してるんです？」

「うぐ。それは本当にそう……」

数人の生徒たちが、こちらを遠巻きに見ているのだった。ここで注目を浴びてしまっては、普通の人生が遠のいてしまう。リカルドは耳まで赤くしたまま、グラツィアーノに必死に弁解しようとした。

「お、俺はただ、校則違反に繋がりかねない装いを注意しただけで……！」

「失礼いたします、若」

まだ慌てているリカルドの元に、他の男子生徒がやってきて声を掛けた。

「そろそろ昼休みも終わりますので、参りましょう」

「く……っ」

リカルドはまだ何か反論したそうな顔をしていたが、やがて咳払いをする。

「……失礼する。今後はくれぐれも、規律の乱れには気を付けるように」

そのあとで、冷ややかな目をフランチェスカに向けた。

『規律を壊す存在』と関わるなど、論外だからな」

「…………」

リカルドは後ろに数人の男子生徒を従えると、二年の校舎の方へと去っていった。グラツィアーノはその背中を睨んだ後、小さな声で言う。

「……本当に、何もされませんでしたか？」

「平気だよ、怒ってくれてありがとう。でも大丈夫」

どうどうとグラツィアーノを宥めつつ、溜め息をつく。

「それにしても、こんなところで他家の次期当主に会うなんて……。セラノーヴァさんって私と同じ二年生だよね？　なんで一年の校舎に居たんだろ？」

「さあ。なんか聞き込みめいたことをしてるって、クラスの奴らが噂してましたけど」

「それって、最近王都に出回ってるっていう薬物事件のことかな」

「知ってたんすか？」

「家にいるとき、ちょっとだけ聞こえてきたから」

そんな風に誤魔化したけれど、実際は違う。フランチェスカは知っているのだ。

（やっぱり始まっちゃってるんだ。メインストーリーの第一章にまつわる、大きな事件が……）

ゲームシナリオの一章は、この王都で密かに出回り始めた薬物に関連している。

（五大ファミリーの守るべき掟。そのひとつに『人をおかしくする薬物を扱わない』がある）

違法な薬による商売は、家々の間で禁じられていた。この取り決めを破らないよう、家同士が他の家を監視して、薬絡みの商売に手を出せば粛清される。それくらいに厳しい鉄の掟だ。

(前世でも、違法薬物を扱うシノギは『ご法度《はっと》』の組はあったもんね。うちのおじいちゃんの組もそのひとつ……この世界の五大ファミリーも、薬を扱うことで懸念される損失の方を問題視して、そもそも国内には持ち込ませないように監視してる)

薬を商売の道具にすると、必ずそれに手を出す仲間が現れて組織が崩壊してしまう。この国の裏社会で薬が禁じられたのは、自分たちの構成員を守るためであり、国の人々を守るためだ。

(五大ファミリーの縄張りであるこの王都に、薬が持ち込まれるなんて一大事だ。それぞれの家の面目も潰れるし、自分のファミリーが関わっていると他家に思われれば、粛清の口実にされる……)

だからこそ、リカルドの父であるセラノーヴァ家の当主は、息子にこの件の調査を命じた。

(ゲームの第一章は、主人公がリカルドと協力して、この薬物事件を解決するのがお話の主軸)

真っ先にリカルドのセラノーヴァ家が動いているのは、各家が持っている性質が大きい。

リカルドのセラノーヴァ家は、清らかさを表す白百合の家紋を持ち、その信条は『伝統』だった。

古き伝統を守り重んじるセラノーヴァ家は、古くから決められた掟をないがしろに出来ない。

だからこそ家の後継ぎであるリカルドが、父から命じられて調査を始めるのだった。

真面目なリカルドは、放課後は王都内の調査をして、学院でも聞き込みを欠かさないのである。

(ゲームの主人公フランチェスカは、自分がカルヴィーノ家の娘だってことを明かして転入するから、この件でリカルドに接触されるんだよね。そして、一緒に薬物の調査を始めるんだけど……)

「お嬢？」

グラツィアーノに見下ろされながら、ある人物の顔を思い浮かべた。

（……私もう、薬物事件の黒幕を知っちゃってる……）

こちらの心を読んだかのように、甘やかな声がフランチェスカを呼ぶ。

「フランチェスカ」

制服のポケットに手を入れて歩いてくるのは、遠目から見ても美しい青年だ。

「レオナルド……」

当然ながら、この事件の黒幕はレオナルドである。

「ど、どうしたの？　一体」

「一年の校舎に行くって言ってただろう？　リカルドも居るって情報を仕入れたから、気になって」

（情報収集能力が高すぎない⁉）

フランチェスカが先に図書室を出てから、それほど時間は経っていない。ひょっとして、何かのスキルでも使ったのだろうか。

（レオナルドの残りふたつのスキルに関係が……いやいやでも、やっぱり違和感があるんだよね。『敵の動きを支配する』スキルだって、レアリティ最上級のラスボスキャラにしては地味だし。敵として戦うときはともかく、入手可能《プレイアブル》として実装されたときに、もっと強いスキルが良かったって不満が出そうだもん）

レオナルドのスキルのうち、一枠がそんな能力で埋められているとは、どうしても考えにくい。

（前世では、クラスの子たちのゲーム考察に交ざれるかもと思って自分でもあれこれ予想してみたんだ。だけど結局交ざれなくて……）

「それで？　可愛いフランチェスカ」

まるでエスコートでもするかのように、レオナルドがフランチェスカの手を取った。

フランチェスカの顔を覗き込み、優しく微笑むと見せ掛けて、その目の奥に暗い光が宿っている。

「――セラノーヴァに、何か怖いことをされていないか？」

（……さっきのリカルドよりも、ずっと冷ややかで怖い目だ……）

フランチェスカの背筋にも、ぞくりと寒いものが走る。

殺気の矛先は向けられていないのに、本能的な警戒心が疼くのだ。この男を敵に回しては無事ではいられないと、体がそんな警告を発する。

「それは……」

フランチェスカが答える前に、レオナルドから引き剥がされる。彼との間に割って入ったのは、むっと口元を歪めたグラツィアーノだ。

「悪いけど、お嬢に馴れ馴れしく触んないでもらえますか」

「おや、番犬」

レオナルドは面白がるように目をすがめ、グラツィアーノを見下ろした。

「今日も忠実なようで何よりだ。その調子で、俺のフランチェスカを守ってくれ」

「は？　誰があんたのだって？」

「間違ってないだろ。彼女は俺の婚約者であり、未来の花嫁なんだから」

「ちょっと、レオナルド！」

心にもないことを言ったレオナルドが、グラツィアーノを挑発しているのは明らかである。グラツ

ィアーノは、フランチェスカを背に庇ったままレオナルドを睨んだ。

「このお方はカルヴィーノ家当主のひとり娘だ。……俺たちのお嬢に、無礼な真似をするな」

「へえ？」

「～～～っ、ああもう!!」

この状況に耐えかねて、フランチェスカは声を上げた。

「ふたりとも、勝手なことで張り合わないで!!」

「ぐえっ」

「おっと」

グラツィアーノの首根っこを後ろから掴み、フランチェスカの前から退いてもらう。フランチェスカは両腕を組むと、自分より遥かに背の高い美青年ふたりを睨み付けた。

「私は別にレオナルドのものでも、家のものでもない！　レオナルドは思わせぶりな発言をして、私を理由にあちこちに喧嘩を売るのは禁止！　グラツィアーノも助けようとしてくれたのは嬉しいけど、他家の当主に下手な真似しないの！」

「……すんません」

「ははは、まさかこの俺が怒られるとは！　実に新鮮だな、悪くない」

渋々俯いたグラツィアーノはともかく、レオナルドのことはもう一度睨んでおく。

「レオナルド。少し話があるんだけど……」

そのとき、昼休みの終了十分前を告げる予鈴が鳴った。

「……フランチェスカ。次の体育、女子は校庭じゃなかったか？」

レオナルドに教えられ、びゃっと慌てる。

「そうだった、私もう行かなきゃ！　ふたりとも、これ以上は喧嘩しないでね！」

フランチェスカはふたりに言い残し、大急ぎで一年生の校舎を後にするのだった。

＊＊＊

早足で校舎を出ていくフランチェスカの背中を見送りながら、グラツィアーノは溜め息をついた。

（……はー。せっかくの昼休みだったのに、慌ただしい……）

挙げ句の果てにどうしてか、アルディーニの当主とふたりで残される羽目になっている。こんな馬鹿げたことはないので、さっさと教室に戻ろうとしたときだった。

「お前、フランチェスカのことが好きなのか？」

「……はあ？」

アルディーニの当主にそんなことを言われて、グラツィアーノは振り返る。

飄々《ひょうひょう》とした雰囲気の男は、制服のポケットに両手を突っ込んで軽薄な笑みを浮かべていた。そんな無防備な立ち姿でありながら、一切の隙がないところが腹立たしい。

（……ムカつくな。俺が本気でこいつを殺そうとしても、まず敵わないのがやる前から分かる……）

苦虫を噛み潰したような心境で、アルディーニ当主を睨み付けた。

「有り得ないっすね。俺にとってのあの人は、そういうんじゃない」

「へえ。じゃあ、どういう存在なんだ」

「あの人は俺の、姉貴のようなものです」

「ははっ！　姉ときた。……なるほどねえ」

含みのあるまなざしが、こちらに向けられて不快だった。アルディーニ当主の金の瞳は、心の内を何もかも見透かそうとするかのようだ。

「安心した。どうやらお前は、俺の敵にはならなさそうだ」

「言っておきますけど」

たとえ、戦って敵わなくとも構わない。そんな心境でもう一度、目の前の男を睨み付ける。

「──俺の『姉』に危害を加えたら、何がなんでもあんたを消す」

「っ、ふ」

アルディーニ当主は目をすがめ、満足そうに言ってのけた。

「面白そうだ。その覚悟を持ったお前が傍にいるなら、家での彼女は安全かな」

（何を、偉そうに……）

グラツィアーノは男に背を向けると、『授業にはちゃんと出るようにね』というフランチェスカの言い付けを守るべく、教室に戻るのだった。

＊＊＊

その日の放課後。学院のあちこちを歩き回っていたフランチェスカは、よく目立つ黒髪を見付けて息を吐き出した。

「ようやく見付けた、レオナルド……」

「おや。フランチェスカ」

ハナミズキの木の下に座ったレオナルドは、上着どころかベストも脱いでいる。

白いシャツにスラックスという姿になり、ネクタイも解いて、シャツの袖をまくっていた。その額に汗が滲んでいて、木漏れ日の下で雫がきらきらとしている。

だが、フランチェスカはそれに見惚れることもない。

「ホームルームに出てないと思ったら、一体いままで何処にいたの？」

「校庭で、他のクラスの連中と球技大会ごっこしてた。顔見知りがたむろしているのを見掛けたから、たまには遊んでもらおうと思ってな」

そう言って、傍らに置かれているボールをぽんと叩く。

（すっごく青春だ。うう、羨ましい……！）

大半の生徒には恐れられているものの、レオナルドにはたくさんの友達がいる。学院内でひときわ目立つ生徒たちのグループ複数に好かれ、あちこち気まぐれに顔を出しているらしい。

学院にほとんど来ていないくせに、人心掌握の能力がとんでもないのだ。

（薬物事件の黒幕が、こんなに学生らしい日常を過ごしてるなんて誰も思わないよね……）

立ち上がったレオナルドが、フランチェスカを見下ろした。

「俺のことを探しに来てくれたのか。さすがは愛しの婚約者だ」

「そういうのはいいんだってば。それより、聞きたいことがあるの」

そう言うと、レオナルドは微笑む。

「可愛い君に教えられることが、俺にあるのなら嬉しいが」

（……本当に、外見は『最上級ランク』の名にふさわしく綺麗な人だなあ……）

しみじみとそう思った。とはいえレオナルドの見た目が美しいのは当然のことなので、それにいちいち気を取られてはいられない。

「単刀直入に聞くんだけど」

フランチェスカは、警戒しつつも彼に尋ねた。

「王都に出回ってる薬物に、レオナルドが何か関わってる？」

「…………」

レオナルドは、微笑みのまま僅かに目を細めた。

『鉄の掟を破っていないか』という問い掛けなのだから、下手をすればこの問いだけで抗争沙汰になってもおかしくない。レオナルドは、そんな質問をしてきたフランチェスカのことを面白がり、楽しんでいるかのような目をしていた。

（当然、この質問の答えは知ってる）

それについてを探るのが、ゲームにおける第一章だ。

主人公が組むリカルドは、伝統を重んじるセラノーヴァの跡取りとして、父親から厳命を受けている。この問題が解決できなければ、次期後継者としての資格を認められないと告げられるのだ。

ゲームでのフランチェスカは、カルヴィーノのひとり娘だと知られている上、薬物事件の前に誘拐されている。リカルドは、その誘拐事件と薬物事件に関連があるとみて、主人公フランチェスカを探偵助手役に引き込んでくるのだった。

（主人公とリカルドはまず、どのファミリーにも属してない人が犯人だって目星をつける。だけどもうひとつの事件が起きて、いよいよレオナルドに辿り着くんだ）

その出来事が、『アルディーニ当主レオナルドが黒幕である』ということを、プレイヤーに対しても知らしめる一件になる。

（レオナルドにわざわざ質問する必要はない。だけどここでこの質問をしておかないと、本題には入れないし）

緊張しているフランチェスカに、レオナルドはやさしく手を伸ばした。

「そんなに警戒しなくていい、フランチェスカ」

そっと髪を撫でるように触れて、愛しいものを見詰めるように笑う。

「どんな発言をしようと、俺が君にひどいことをするはずもないだろう」

「……じゃあ、教えてくれる？」

「そうだなあ……」

そう言って、瞳に油断ならない光が揺れた。

「──関わっている、と答えたらどうする？」

「……！」

フランチェスカは、まっすぐに彼を見据えて言う。

「もちろん、いますぐに止めてほしい」

これこそが、フランチェスカにとっての本題だ。

平穏な生活を送るため、メインストーリーの出来事に巻き込まれるつもりはない。リカルドと共同調査などもってのほかだが、薬物事件そのものは止めたかった。

「薬物で利益を上げたところで、最終的な損失の方が大きいでしょ？　鉄の掟に反したことが知られれば、アルディーニ家だって無事では済まない。国王陛下のお耳にでも入ったら、大変だし」

裏社会の住人といえど、身分はこの国の貴族であり、建前は『王の為の汚れ役』だ。五大ファミリーは王家に多大な貢献をしていると考えられているからこそ、国内でも特別な地位にある。

普通の考えを持っていれば、王家からのお咎めは避けたいはずだった。しかし相手はなにせレオナルドなので、通常の心理が通用するとは思えなかった。

「――フランチェスカ」

（嫌な笑顔!!）

美しい笑みには騙されない。フランチェスカを間近に見つめるレオナルドは、どう考えても含みのある目をしている。

「善処しよう。ただし君のお願いを聞く代わりに、俺の我が儘も聞いてくれ」

思わぬ交換条件に、目を丸くした。

「そ……そんなのは内容によるよ！」

「ははっ、それはそうだな！　では、婚約者殿」

レオナルドはフランチェスカの手を取ると、その甲に軽く口付けつつ言う。

「次の満月に夜会がある。迎えに行くから、俺とデートをしてくれないか？」

「へ……」

絶句したフランチェスカに向けて、レオナルドは悪戯っぽい笑みを浮かべた。

「可愛い君を連れ歩いて、自慢したい」

「…………っ」

どう考えても、何かを企んでいる。

なにせレオナルドは、指同士を絡めるようにフランチェスカと繋ぎながら、こう続けるのだ。

「そうすれば俺は、薬物事件を収束させるべく動こうじゃないか」

(条件が釣り合ってなくて怪しすぎる!!)

レオナルドが鉄の掟を守るかどうかに、フランチェスカは無関係である。

逆を言えば、フランチェスカから『鉄の掟を守るべきだ』と言う権利はない。それでも止めてほしいならば、レオナルドの言うように、交換条件を呑むしかないのだろう。

(なんだか、どんどん深みに嵌っているような気がしてきたけど……)

心の中で嘆きつつ、溜め息をつく。

(『物語』から逃げ出した私が、王都に薬物が広まる事件から目を逸らす訳にはいかない。ケジメはつけないと……)

そう覚悟し、顔を上げた。

「わかった。するよ、デート」

フランチェスカが返事をすると、レオナルドは目をみはる。

(自分から交換条件を出してきたくせに、受け入れると驚くのはやめてほしい!)

そう思っていると、彼はふわりと笑うのだった。

「……光栄だ。楽しみにしている」

まるで本心のように思えてしまい、びっくりする。

(だめだめ。騙されない)

そんなことよりも、レオナルドの提案を呑む以上、もうひとつ難関があるのだ。

（夜にお出掛けとなると、説得しなきゃいけないのは――……）

＊＊＊

夜もすっかり更けた頃。室内用ドレスに着替えていたフランチェスカは、食堂にやってきた男性の姿を見てぱっと笑顔を作った。

「おかえりなさい！　今日もお仕事お疲れさま」

「……なんだ。食べずに待っていたのか？」

男性はそう言いながら、フランチェスカの向かいの席へと腰を下ろす。構成員がすかさず歩み出て、食事を運ぶ準備を始めた。

「私に構わず、先に食事をしていても構わないといつも言っているだろう」

「でも、今日は早く帰れそうって朝に話してたでしょ？　一緒にご飯、食べたかったから」

フランチェスカはにこにこしながら、目の前の人物を促した。

「さあ食べよう。――パパ！」

「……ああ」

フランチェスカと同じ薔薇のような赤髪、水色の瞳を持つ美しい父は、無表情に少しだけ微笑みを交ぜた顔をした。フランチェスカが内心で戦略を練っていることに、父は気が付いているだろうか。

（抗争沙汰にならないように話さなきゃ。『レオナルドと夜会に行くから、夜に外出させてほしい』って……!!）

内心でものすごくどきどきしながらも、スープスプーンを持つ手に力を込める。

フランチェスカの父エヴァルトは、ゲームであれば五章の終盤で和解するキャラクターだった。

年齢は三十六歳だが、見た目は二十代の半ばか後半くらいだ。フランチェスカと街を歩けば、年の離れた兄妹だと勘違いされることがほとんどである。フランチェスカが参加したことのない社交界では、女性たちが父の後妻の地位を狙って、静かな戦いを繰り広げているらしい。

前世でも人気がかなり高かった。冷たくて有能な大人のキャラクターとして、最上級のレアリティで実装されていたキャラクターだ。

(私が前世の記憶を取り戻した直後のパパは、娘《わたし》に関心が無かった。それどころか邪魔に思われていたはずだけど、そこから何とか親子関係を修復して、いまはとっても大事にしてもらってる……)

だからこそ、問題がある。

(──男子《レオナルド》と夜に出掛けるなんて、下手したらいますぐアルディーニ家に乗り込んじゃうかも……!!)

だらだらと冷や汗を掻きながら、どう切り出そうかを思案した。

「そ……それにしてもパパ。いつも急いで帰って来てくれてありがとう！」

まずは簡単な日常会話から始めようと、フランチェスカはぎこちなく微笑んだ。

「忙しいのに本当にごめんね。パパが夜に家にいてくれるお陰で、私もすごく安心できるよ」

「娘のためだ。どれほど厳重に警備をつけようと、私がお前の傍にいる以上の抑止力は無いからな」

いまの時刻は二十時近いが、まだまだ仕事が残っているはずの時間だ。

当主の仕事は多岐に亘る。けれども父はどれほど多忙であろうとも、なるべく毎日二十二時までには帰ってくるように努めてくれていた。

（そんなパパに『夜会に出たい、それもレオナルドに頼まれて』なんて話したら……）

「フランチェスカ？　食べないのか」

手が止まっていることにはすぐに気付かれ、父が眉根を寄せる。整ったそのかんばせには、フランチェスカを慮《おもんぱか》る感情が浮かんでいた。

「今夜のスープが気に入らないか？　待っていろ、すぐに料理人を呼んできてやろう」

この後に続く父の言葉は、冷え切った響きを帯びていた。

「……口に銃口でも突っ込んでやれば、お前の口に合わない品を作った舌も学習して、料理の腕が上がるだろう」

「そそそ、そんなことないよパパ!!」

慌ててスプーンを口に運び、父を宥めながら褒め称えた。

「今日のスープもすごく美味しい!!　ほ、ほら見て、具材もお花の形に切ってある！　嬉しいなあ！」

「気に入ったのか？　ならいいが」

父は食事を再開する前に、念押しのようにこう続ける。

「苦手な食材があるならすぐに言いなさい。――この王都に、二度とお前の嫌う食材が入ってこないよう、流通経路から生産者まですべて潰してやるからな」

（パパだったら絶対に本気でやる……!!）

笑顔を張り付けたフランチェスカは、冷や汗を掻きながらこくこくと頷いた。

実のところ、今日のスープには苦手なニンジンが入っているのだが、父に嫌いな食べ物を教えたことはない。フランチェスカは食事を進めつつも、慎重に口を開いた。

「実はねパパ。なかなかスープを飲めなかったのは、少し悩みがあるからなんだ」

「なに？」

父は眉根を寄せ、フランチェスカを見遣る。

「話してみろ。カルヴィーノ家の誇りに懸けて、お前を害するものは排除してやる」

「は、排除とかじゃなくて！　私、社交パーティーに参加したことないでしょ？」

五大ファミリーの各家は、貴族家として爵位を賜《たまわ》っている。この国にいる他の貴族たち同様、社交界への参加は必須項目だ。けれどもフランチェスカは、そこに一度も顔を出してこなかった。

「学院に通い始めて反省したの。今からでも社交の場に出てみようかなって」

「反省など必要ない。フランチェスカ」

スプーンを下ろしたまま、父は大真面目に言い切ってみせる。

「私の娘として顔が知れれば、可愛いお前にいかなる危険が降り注ぐか……。我が家に仇《あだ》なす存在ばかりでなく、お前の愛らしさに目が眩《くら》む不逞《ふてい》の輩、嫉妬をするであろう身の程知らずの連中。そのような者どもから身を守るためにも、『社交界には加わらない』という選択は正しい。幼いお前の聡明さに、私は心底感動したものだ。思えばお前が六歳のとき……」

「で、でもね!!　私、社交界に興味が出てきたの！」

父の思い出話をなんとか遮り、いよいよ本題に踏み込んだ。

「そうしたらその、クラスの人が夜会に誘ってくれたんだ。……カルヴィーノの娘じゃなくて、隣国の伯爵家の娘として夜会に出られるみたい。だから」

父は小さく息を吐き、とうとうスプーンを置いてしまった。

「――アルディーニか」

レオナルドの名前を出されて、目を丸くする。

「どうして分かったの？」

「今日の視察中、アルディーニの家から遣いが来た。……おい」

「はい。当主」

食堂の隅に控えていた構成員が封筒を持ってきた。手に取って開け、書かれていた文字に驚く。

その手紙は、『フランチェスカを夜会に同伴させたい』という旨の申し出が書かれていた。

それだけに限らず、帰宅予定の時間や家の前まで送り届けるという約束、夜会中は何よりもフランチェスカの意思を尊重するといったことが、丁寧な言葉で綴られている。

そして最後には、『命を懸けてでも守る』と書かれた一文に、濁った赤色が記されていた。

「血の署名……」

レオナルドの名前が添えられた血の痕に、息を呑む。

「書状に自らの血液を落とす行為は、『この身に流れる血すら捧げる』という誓約だ。あの青二才はお前を連れ出す許可を得るために、血の署名を綴って寄越した」

この血判が捺された書状を、裏社会の人間は絶対に裏切れない。書かれたことを破ったのなら、相手に殺されても仕方がないとされている。

それ故に、各ファミリーの当主が『血の署名』入りの書状を書く機会も少なく、よほど重要な盟約を交わす場でしか用いられないことが殆どだ。

「アルディーニの当主と、学院で同じクラスになったとは聞いていたが……」

（レオナルド……私がパパに言い出しにくいことを想定して、先手を打っていてくれたの？）

正直なところ、この配慮はとても有り難い。フランチェスカが説明に苦心していた部分を、レオナルドからきちんと通してくれたのだ。

（ああ見えて、本当に紳士的なところもあるんだな……）

しみじみと感じ入ってしまう。けれども父は、額を押さえるようにして俯いた。

「フランチェスカ。お前とアルディーニの婚約は、我が父とアルディーニの祖父が血の署名を捺して交わした盟約によるものだ」

「うん。レオナルドのおじいちゃんと私のおじいちゃんは、『両家に性別の違う子供が生まれてきた代があれば、その子供たちを婚約者にする』って約束してたんだよね？」

「……正式な婚約者が、正式な手順を踏んで夜会へのエスコートを申し出てきた。本来であれば断ることは出来ないのだが、そんなことよりも大切なのは、何よりもお前の意思と言える」

淀んだ光を湛えた父の右目が、フランチェスカを見遣る。

「どうしたい？　フランチェスカ」

「え……」

「お前が望まないエスコートを受けることがないよう、血を見ることになろうともこの男を……」

確かな殺気を感じ取り、フランチェスカは慌てて口を開いた。

「い、行ってみたい!!」

「!!」

フランチェスカの発言に、父が衝撃を受けたように固まる。

「行ってみたい、のか……？」

「う、うん!!　だってほら夜会！　学院に入って、興味が出て来たから!!」

本当は違う。しかし、「レオナルドとの交換条件だから」などと口にすれば父の逆鱗に触れるはずだ。ここはなんとしても、『興味本位で行きたくなった』という姿勢を崩してはいけなかった。

「フランチェスカが……。あの幼かった娘が、婚約者との夜会に『行ってみたい』だと……？」

「当主……！　お、お気を確かに……!!」

「一体どういうことだ。大方アルディーニに何か弱みを握られて、口止めの交換条件にでもされているのではないかと考え、あの男を消そうとしていたのだが……」

（大体合ってる。さすがうちのパパ……）

フランチェスカは笑顔を作り、安心安全の空気を醸し出した。

「大丈夫だよパパ！　レオナルドは私が社交界デビューしてないことを知って、気軽に申し出てくれただけなの！」

「……」

「あ、でも。急に夜会に行くって言っても、ドレスの用意がないんだった」

この世界で貴族の着る服は、すべてがオーダーメイドの一点ものだ。仕立て屋を呼び、採寸した上で長い時間をかけ縫ってもらう。しかし夜会のある次の満月は、いまからたったの十日後だ。

（どうしよう。こんなとき、サイズの近い友達がいればすぐに解決しちゃうんだろうけど……）

「あるぞ」

「えっ」

父からの思わぬ回答に、フランチェスカはぽかんとする。

「お前の夜会用ドレスなら、シーズンごとに新しいものを仕立てさせている。普段着のドレスを仕立てさせる際に、職人に命じて一式用意していた」

「…………」

言われたことを理解するには、数秒ほどの時間を要した。

「……っ、聞いてないよ⁉」

「言っていないからな」

父の言う『シーズンごと』とは、社交界シーズンのことではなく、恐らくは『季節が変わる度』という意味だ。まだまだ身長も体型も成長期であるフランチェスカのため、とんでもない値段のする夜会用ドレスを年に複数回仕立ててくれていたことになる。

「そのような準備をしていると話せば、心優しいお前は私に気を使い、出たくもない夜会に出ようとするだろう？」

「パパ……ありがとう、それを着て夜会に……」

「だが」

じいんとしていたフランチェスカに、父はひときわ低い声で言う。

「美しく着飾ったお前を見て、悪い虫が近寄ってきては一大事だ。ここはやはり、アルディーニを潰すか夜会そのものを……」

「わ、わあい！　初めての夜会楽しみだなあ‼　うーん待ちきれない、ありがとうパパ！」

＊＊＊

迎えた満月の夜。フランチェスカは真新しいドレスに身を包み、そわそわと迎えを待っていた。

エントランスホールには父だけでなく、構成員たちがずらりと並んで待機している。ひとりが大きな鏡を構えてくれているので、フランチェスカは後ろ姿を映し込み、振り返って最終確認を行った。

「どうかなパパ。本当の本当に変じゃない？」

「……お前たち」

「はい、当主」

不安で尋ねたフランチェスカに、父の号令で構成員たちが並ぶ。

「とてもよくお似合いです。お嬢さま」

「大変お可愛らしいです。お嬢さま」

「ご立派になられて、お嬢さま……お小さかった頃を思い出すと、自分は、自分は……うっ」

「あ、ありがとうみんな。それと落ち着いて……！」

そしてフランチェスカは思い出す。

（パパやみんなに意見を聞いても、なんの参考にもならないんだった！　この人たちみんな、私が丸坊主になっても泥だらけになったとしても、全力で褒め称えてくれそうだし）

せめてグラツィアーノでもいれば、歯に衣着せぬ意見を言ってくれる。けれどもグラツィアーノは今日、仕事に出掛けているのだ。フランチェスカは小さく息をつくと、改めて鏡の自分を見る。

父が仕立ててくれていたのは、淡い紫色をしたドレスだった。透け感のあるシフォン生地で、裾がふわふわひらひらとしている。丈は足首が見えるほどの長さであり、足首に着けたアンクレットの宝石が、さりげなくきらきらと輝いていた。

夜会用のドレスとはいえど、露出は控えめに抑えられている。首元のチョーカーから胸元までが繋がっており、その部分は繊細なレース編みになっていて、鎖骨の形が少し浮かんでいる程度だ。

それでいて肩が出ているため、夜のドレスとしての華やかさはしっかりと保たれており、鏡の中の自分が知らない人のようだった。

（ちょっと大人っぽすぎるというか、照れ臭いというか……）

薔薇のような赤色の髪は、ハーフアップにされている。この日のお化粧をするために、普段は王城に出入りしている化粧師を手配してもらっていた。薄化粧をし、くちびるはつやつやしたピンク色だ。

「やはり、お前が夜に出歩くのは危険ではないか……？」

「もうパパ、大丈夫だってば。それに、もうそろそろ……」

父と話しているうちに、玄関の両扉がゆっくりと押し開かれた。

途端に空気がぴりっと張り詰め、構成員たちが姿勢を正す。カルヴィーノ家の執事によって開けられた扉の先には、レオナルドが立っていた。

「アルディーニさまがお見えです」

そんな執事の言葉と共に、レオナルドが一歩踏み出す。フランチェスカは、初めて見た正装のレオナルドにぱちりとまばたきをした。

黒を基調としたその上着には、袖口や襟元に金糸の刺繍が施されている。

長身で細身なシルエットのレオナルドに、その衣服はとても似合っていた。制服はいつも着崩しているくせに、今日の彼は黒いシャツで、それをきちんと着込んでいる。

折り目正しい着こなしだからといって、堅苦しさや野暮ったさはまったくない。あちこちに華やかな意匠や遊びを取り入れ、品良く着飾っているからだろう。ネクタイの色が赤色なのは、赤薔薇を家紋とするカルヴィーノ家や、フランチェスカの赤い髪色に合わせたのだろうか。

横髪をほんの少し流していて、いつもより額が露《あらわ》になっている。そんな些細な変化でも、驚くほどに雰囲気が変わるので驚いた。

レオナルドは最初にフランチェスカと目を合わせると、最上級に美しい顔立ちでにこりと微笑む。そのあとですぐさま父を見遣り、胸元に右手を当てて礼の形をとった。

「お久し振りです、カルヴィーノ殿。今宵は大切なお嬢さまをお預かりする許可をいただき、ありがとうございます」

「お前に預けた覚えはない。アルディーニの青二才」

冷たく言い放った父の声に、レオナルドが小さく笑う。

「聞きしに勝る溺愛ぶりだ。元より命懸けでお守りするつもりでしたが、ますます気が引き締まる」

「当然だろう？　フランチェスカは当家の宝だ。この子に何かあったときは、お前ひとりの命では贖《あがな》えないということを肝に銘じろ」

「っ、パパ！」

平穏に送り出すとはいえない雰囲気に、フランチェスカは耐え兼ねて口を出した。

「大丈夫、そんなに心配しないでったら！　それに」

父の方を見上げたフランチェスカは、静かに紡ぐ。

「――自分のことは、自分で対処するよ」

「！」

僅かに目をみはった父に向けて、今度はにこっと微笑んだ。

「何かあっても、レオナルドに守られるつもりはないから。当然でしょ？　私はパパの娘であり、カルヴィーノの娘だもん」

そして、レオナルドの方を見遣った。

「行こう、レオナルド。エスコートをよろしく」

「仰せのままに、フランチェスカ。……手を」

黒い皮手袋の嵌められた手が差し出される。フランチェスカはその手を取ると、最後にもう一度父を振り返った。

「行ってきます、パパ」

少し寂しげに目を細めた父が、フランチェスカにだけ分かる微笑みを浮かべた。

「ああ。……気を付けて行ってきなさい」

そしてフランチェスカは、初めての夜会に出発したのだった。

レオナルドに手を引かれ、彼の家の馬車に乗り込む。そのとき窓に映った姿を見て、フランチェスカは再び心配になった。

（やっぱりこのドレス、私が着るには大人っぽすぎる気がしてきた……！　前世でおじいちゃんのお祝いをするときは、ホテル会場でも着物だったし）

その上で、フランチェスカの後から馬車に乗ってきたレオナルドを見遣る。

（エスコートしてくれるのが、こんな絶世の美青年なのに。私を連れ歩いて、レオナルドに恥をかかせたり……）

レオナルドはフランチェスカの向かいではなく、当然のように隣に座ると、改めてフランチェスカのことを見下ろす。

「な、なに？」

やっぱりどこか変だっただろうか。

咄嗟にぱっと自分の髪を押さえる。けれどもレオナルドは目を細めると、フランチェスカをあやすように両手を捕まえ、指を絡めながら微笑んだ。

「……可愛い」

「……っ！」

フランチェスカは、思わずむぎゅりと口を噤んだ。

レオナルドの口にする『可愛い』は、いつも軽薄で胡散臭い。繰り返されるその言葉を、普段は相手にする気も起きないはずだった。

それなのに、今日はなんだか恥ずかしい。

「いつもより大人びた雰囲気だから、お父上の前で見惚れないようにするのに必死だった。君は体の線が華奢だから、肩を出したデザインがよく似合うな」

（うう、具体的な褒め言葉……！）

「赤い髪に、紫のドレスが映えている。ドレスの裾が歩く度に広がって妖精みたいだ。君の姿勢の美しさを引き立てるデザインで、とても趣味が良い」

父や構成員たちの誉め言葉とはどこか違って、落ち着かない。だが、ここまで言われるなら必要以上に恥ずかしがらなくても良いのかもしれないと、萎縮する気持ちが和らいでゆく。

「何もしていなくても可愛いのに、こんな風に着飾ったら美しいに決まっている」

「も、もうやめてレオナルド！」

「夜会にと連れ出したのは俺なんだがな。……他の男の目に、君を触れさせたくなくなってきた」

（この顔面で言われると、嘘だと分かっていても心臓に悪い……!!）

そう思いつつ、むむっとレオナルドを見上げる。

（気遣ってくれたのは嬉しいけど、分かってるんだからね。……今日の夜会が、あなたの悪事のひとつであることも全部）

五月十一日、満月の夜会。これこそがゲームの第一章における、最悪の事件が起きる夜だ。

（王都に薬物がばらまかれている事件の調査。リカルドの調査を手伝うことになった主人公が、リカルドにエスコートされて夜会に行くシナリオだ）

リカルドと共に夜会へと参加した主人公は、そこで社交界デビューを果たすと共に、生まれて初めて自分の婚約者に出会うことになる。

つまるところ、ゲームで初めて『レオナルド・ヴァレンティーノ・アルディーニ』が登場するのがこの夜会イベントなのだ。

（薬物に関わるのを止めてほしいってお願いしたけど、レオナルドは『善処する』としか言わなかった。『善処はしたけど無理だった』って手のひらを返される可能性もある……というより、絶対そうなると思って動いた方がいい）

思い出されるのは、前世でも時折耳にしていた事情だ。

（薬物に関するシノギは、高い利益が上げられる。前世の他の組でも、掟でご法度になっているはずなのに、隠れて扱ってた人が何人もいたらしいし……）

フランチェスカが夜会に参加したくらいで、レオナルドが計画を変更するはずもない。なのに隣のレオナルドは、甘ったるくてやさしいまなざしを注いでくる。

「どうした？　フランチェスカ」

（うぐぐ……）

なんとか話題を逸らそうとして、フランチェスカは口を開く。

「今日のレオナルド、いつもと違う香りがするね」

するとレオナルドは、驚いたように目をみはった。かと思えば、嬉しそうに微笑んでみせる。

「俺の香りを、覚えていてくれたのか」

「!?」

そういうつもりではなかったので、心底びっくりしてしまった。

「ち、違うよ。ただ、今日の香水が私の好きな香りだったから！」

「へえ。さすがだな」

レオナルドはそう言って、フランチェスカにますます顔を近付けてきた。

「この香水は、『赤い薔薇』の名を冠する銘柄だ」

「……それってつまり、うちの家紋？」

「交換条件のようにして、無理矢理君を連れ出したことに罪悪感くらいはある」

そう嘯《うそぶ》いたレオナルドは、満月色の瞳でこちらを見詰める。

「少しでも、君と過ごすのにふさわしくありたい」

「………………」

あまりにも作り込まれた口説き文句に、フランチェスカはいっそ顔を顰めてしまった。レオナルドは、この可愛げのない顔を見ても嬉しそうだ。

「フランチェスカ、いま何を考えてる？」

「レオナルドの嘘、今日は気合が入ってるなあーって」

「ふっ、はは！」

皮手袋を嵌めた彼の指が、フランチェスカの頬に添えられた。

「それでこそ俺のフランチェスカだ」

（この黒幕、ほんとに意味が分からなくて怖い……）

フランチェスカがちょっと引くと、レオナルドはやっぱり嬉しそうだった。

（だめ！　気を引き締めよう。ゲーム通りであれば……）

顔を背けたフランチェスカは、馬車の窓から満月に照らされた街並みを見遣る。

（今夜の夜会にはリカルドがいる。あの人ひとりの調査でも、参加者が薬物に関わっていることは突き止められているはずだもん）

ひょっとしてレオナルドは、探っているリカルドの存在があるからこそ、今夜の夜会に参加しようとしているのだろうか。

（レオナルドのエスコートで夜会に行って、そこでリカルドに会う可能性がある。だけどゲームでは、逆なんだよね……）

　リカルドにエスコートされたゲームのヒロインは、会場で起きる事件によって、レオナルドが薬物事件の黒幕であることに気が付く。その際にレオナルドを止めようとして、彼の興味と怒りを買ってしまうのだった。それ以降、レオナルドから本格的に狙われるようになるというのが、メインストーリー第一章である。

（これだけ回避しようとしてるのに、結局はゲームの大枠通り。違うのは、要所要所で配役が逆になっていることと……）

　窓から視線を外し、改めて隣のレオナルドを見上げる。ずっとフランチェスカの後ろ頭を見ていたらしいレオナルドは、目が合うと愛おしそうに微笑んできた。

（……ゲームではレオナルドの怒りを買って、命を狙われるはずなのに。正反対に、おかしな関心を引いちゃった……）

　フランチェスカはすべてを諦め、小さく溜め息をつく。

「レオナルド。夜会の会場に着く前に、お願いしておきたいことがあるんだけど」

「大切な君のおねだりだ、なんでも聞いてやろう」

「はいはいありがとう。じゃあ……」

　手のひらを上にして、レースの手袋を嵌めた手をすっと出す。

「銃を一丁、貸しておいてほしい」

「……夜会にそんな物、持ち込んでいるはずが……」

「持ってるよね？」

フランチェスカが指摘すると、レオナルドはくっと喉を鳴らす。

「俺の婚約者は、人の心を読む魔法使いみたいだな」

「上着。レオナルドにぴったりのサイズより、ほんの少しだけ大きいのを着てるもの」

フランチェスカは言い、彼の上等な上着をつんつんと引っ張る。

見た目にはほとんど違和感もないが、触ってみればやはり布地が余っていた。

「全部きっちり仕立てられてるのに、上着だけ大きい。武器を隠してる人の特徴だよ、お見通し」

「おみそれした。次からは十分に気を付けよう」

（この馬車も、窓硝子は防弾仕込みだ。前世と違って、この世界の防弾硝子は薄いし軽い。窓硝子の縁が黒くなくて良いね）

前世の防弾車は、見る人が見れば防弾仕様だと判別できる特徴がいくつもある。組の車は全部そうで、前世のフランチェスカはなんの疑問も持たず、幼稚園などの送り迎えをしてもらっていた。

「パパに銃なんてお願いしたら、それこそ夜会に出してもらえないでしょ？　でも、今夜は怖いから持っておきたい。……生まれて初めての夜会で、緊張してるから」

もちろんまったく本心ではないし、本気で嘘をつくつもりもない。

「君のお守り代わりだというのなら、持たせておかない理由は無いな」

レオナルドは仕立ての良い上着のポケットから、黒く塗られた銃を取り出した。

「今日は本物？」

「本物。可愛い婚約者を守るのに、武器がないんじゃ話にならない」

（あらゆる意味で嘘つきだ……）

銃なんて所有してなくても、レオナルドはきっと誰にも負けないだろう。

「何処に銃を隠す？　君の可愛らしい夜会用バッグには、このサイズの銃は入らないな」

「太ももにベルトを巻いて来た。パパには内緒ね」

受け取ったあと、レオナルドの目元を手で塞ぐ。目隠しをされたレオナルドは、フランチェスカが銃を隠し終わるまで大人しく待っていてくれた。

「これでよし！　ありがとうレオナルド。それと会場に学院の生徒がもしいるなら、出来ればその人には会いたくないな」

「わかった、なるべく努力しよう。……さあ、そろそろ着くぞ」

やがて馬車が停まる。フランチェスカはレオナルドにエスコートされて、初めての夜会に挑んだ。

王家の運営するそのホールは、文字通り目も眩むほどに眩《まばゆ》い空間だ。

「わあ……」

シャンデリアが吊り下げられた大理石の広間には、赤い絨毯が敷き詰められている。大勢の着飾った男女が集まり、グラスを片手に談笑しあっていた。

今夜はダンスのない夜会で、立食形式だと聞いている。その分女性たちはドレスで着飾り、見ているだけでも目が楽しい。生演奏の音楽も、心の浮き立つような明るい旋律だ。

レオナルドの腕に掴まったフランチェスカは、きらきらと瞳を輝かせた。

「すごい。あちこちがとにかく綺麗！」

「ああ。シャンデリアの光がフランチェスカの瞳に映り込んで、宝石みたいだ」

「レオナルドは本当に、いくらでもそういうのが出てくるんだね……？」

呆れつつも、フランチェスカは周りを観察する。

「君の知り合いはどこかにいるかい？」

「会ったことのない人ばかり。それぞれの服に入ってる家紋で、どこの家の人かは分かるけど」

その上で、想像は出来ていた事実を再確認する。

（……この会場、裏社会の重鎮もいっぱいいる……）

人々はすぐにこちらに気が付くと、にこやかな笑みを浮かべて近付いてきた。

「アルディーニ殿！　ご機嫌麗しゅう、良い夜ですな」

「こんばんは、タヴァーノ伯爵閣下。カジノの評判は聞いている、好評そうで何よりだ」

「それもこれも、アルディーニ家のお力添えがあってこそ」

レオナルドに頭を下げている男性は、国の南を治める伯爵家の当主だ。深刻な経営不振に陥った領土を、ここ数年で立て直したことでも知られている。

（なるほど、レオナルドが手を貸したんだ。その結果、レオナルドよりもずっと年上のこのおじさまが、レオナルドに頭が上がらないんだね）

続いて男性は、レオナルドの隣でちょんと腕に掴まっているフランチェスカを見下ろした。

「いつも以上に美しいお嬢さんをお連れですな！　おふたりが会場にいらした瞬間、ホール中がぱっと華やいだように見えましたよ。薔薇のように魅惑的で美しいレディ、お名前をお聞きしても……」

「はい。私は……」

「タヴァーノ閣下」

「！」

フランチェスカが答える前に、レオナルドがそれを遮った。

レオナルドはにこりと笑ったあと、その笑顔を張り付けたまま、暗い目でその男性に告げる。

「――彼女に名を聞く許可を、俺は貴殿に与えたか？」

「ひ……っ」

明らかな殺気を向けられて、男性が反射的に後ずさった。

周囲の空気が凍りついたので、フランチェスカは慌ててレオナルドを見上げる。

「ちょっと。駄目だよ、レオナルド……」

その瞬間、ざわっと周囲がどよめいた。

（な、なに⁉）

場を取りなそうとしたはずなのに、余計に動揺を招いたらしい。先ほどの伯爵が逃げ出したその場に、ひそひそと話し声が聞こえてくる。

「五大ファミリーの当主格以外で、アルディーニ卿のことを呼び捨てに出来る人物……それも名前でだなんて、見たことがないわ！」

「アルディーニ閣下がそれを許しているのか？　あのご令嬢は一体何者なのだ……‼」

思わぬ言葉が聞こえてきたので、慌ててレオナルドを見上げた。

「れ、レオナルド。あなた普段、みんなにはどんな風に呼ばせてるの？」

「特にこだわりはないが。人として当然の礼節さえ保たれていればなんとでも」

「絶対嘘でしょ‼」

そうだとしたら、フランチェスカがここまで注目を浴びているはずもない。レオナルドはくすっと笑うと、フランチェスカの瞳を真っ直ぐに見下ろして言う。

「嘘だよ、誰にでも気安く呼ばせたりするものか。……俺のことを『レオナルド』と呼ぶのは、いまは世界でただひとり、君だけだ」

「うそお……」

知らぬ間に与えられていたその地位に、絶句した。

（前世ではキャラクター名として、みんなが当たり前に『レオナルド』って呼んでたから!!）

フランチェスカはぎこちなく、彼のことをこう呼び直した。

「れ……レオナルドさま」

「ははっ」

レオナルドはおかしそうに笑ったあと、悪戯っぽい表情で口にする。

「これはこれは。今夜はそのようなお戯れの気分なのですか？　――フランチェスカさま」

「なにそれ怖い……!!」

周囲が再びどよめいた。レオナルドはそれが分かっていて、なおもからかうように言い募ってくる。

「フランチェスカさまがこういった遊戯をお望みになるのであれば、私は仰せのままに従いましょう。なんなりとお申し付けを、我が愛しの姫君」

「わーっ、謝るから!!　ちゃんといままで通りに呼ぶからもうだめ、お終い！」

手のひらでレオナルドの口を塞ぐと、彼は楽しそうにくつくつと喉を鳴らした。

周囲を取り巻く人々は、完全にフランチェスカのことを注視している。

「アルディーニ当主にあんな振る舞いをして、怒りを買うどころか気に入られているだって……？」

「『恐れを知らない』で言い表せる話じゃないぞ。おい、あの少女の素性を誰か——……」

（うわわわ、変な注目を浴びてる!!）

焦ったフランチェスカの手を、レオナルドがそっと握った。

「人目の無いところに行こうか。……可愛い君が衆目に晒されるのは、耐え難い」

「うぐ……」

これに乗るのは癪なのだが、いまはこの場を離れたい。フランチェスカがおずおずと頷けば、レオナルドは微笑んでエスコートしてくれるのだった。

本当に手慣れた様子で、フランチェスカをバルコニーまで連れて行こうとする。フランチェスカはさりげなく周囲を窺いつつも、それに素直に従った。

「レオナルド。そんなに守ろうとしてくれなくて平気だよ」

彼と一緒に歩きながら、フランチェスカはそっと告げる。

「名乗るくらい大丈夫。私も挨拶くらいはしておかないと、今後に差し支えるかもしれないし」

そう言うとレオナルドは、意味深な微笑みを向けて来た。

「今後というのは、俺の妻になったあとの話か？」

「だから、目標はあなたとの婚約解消なんだってば！」

「ははは。まあ、俺も悩んでいるところではあるんだ」

フランチェスカの抗議をまったく相手にもしないまま、レオナルドはぽつりと言う。

「君の正体を隠し、独り占めするつもりでいたんだが。……『俺の婚約者』として見せびらかしておかないと、他の男どもが目障りで仕方がないんだよな」

「……？」

胡乱《うろん》にレオナルドを見上げつつ、フランチェスカは念を押した。

「名乗るのは学院と同じ、トロヴァート家の方だからね？　本当のことは言わないよ。だって」

「――カルヴィーノ家は不参加か」

そのときすれ違ったのは、フランチェスカの知らない男性ふたりだ。

「あそこの娘はいくつになっても、社交界に姿を現しもしないんだな」

まさか張本人が近くにいるとも知らず、彼らは小声で言葉を交わす。

「それは当然だ。なにせスキルがひとつも発現しなかったのだろう？　たとえ年頃になったとしても、恥ずかしくて顔を出せるはずもない」

「ふ、言われてみればそうか。五大ファミリーのひとり娘といえど、スキル無しではなあ……」

（わあー、私の悪口だ。久々に聞いた！）

なんとも思っていないフランチェスカは、新鮮な気持ちで瞬きをした。

（うちのファミリーでは、誰も私のスキルについて話さないもんね。社交界に出ないのは『平穏な人生を送るため』が理由だけど、スキル無しを理由にしていると怪しまれずに済んで幸運だったな）

そんなことを思いつつ、レオナルドと話を続けようとした瞬間だ。

「……っ!?」

見上げた彼の目の冷たさに、フランチェスカは息を呑んだ。

「――……」

レオナルドは、男性たちの方に歩き出そうとする。

「駄目、レオナルド！」

フランチェスカは、慌てて彼の腕にしがみついた。けれどもレオナルドは、フランチェスカに柔らかな声音で言う。

「どうした？　……君はそこにいていい。可愛いフランチェスカ」

「駄目だよ、離さない！」

いまのレオナルドが纏っているのは、殺気の類とは少し違った。

あの男性たちを殺そうとしているわけではない。なのに、あまりにも酷烈な空気だ。

「レオナルド、あの人たちに何かするつもりでしょ⁉」

レオナルドは、淡く発光しているように見える金色の瞳を細めた。

かと思えば身を屈め、フランチェスカの耳元にくちびるを近付けて、囁くようにこう紡ぐ。

「……『償い』をさせるだけ」

「……っ」

甘えるように掠れた声音だ。鼓膜がじんと痺れるような、不思議な魔性を帯びている。

さっきとは違う痺れが滲んで、フランチェスカは眉をひそめた。

「俺の可愛くて大切なものに、不快な言葉を浴びせた分だ。あいつらが話しているだけで君が汚れる、だから贖わせないと」

「……だめ？」

レオナルドはフランチェスカの髪を指に絡めると、じっと目を見詰めてから許しをねだる。

「…………」

――フランチェスカ、と。

そんな風に名前を呼ばれたところで、『いいよ』だなんて言わないに決まっている。

(放っておいたら何をするか分からない。こんなに綺麗な外見なのに、存在が危うすぎる……)

黒幕である悪役婚約者を前にして、フランチェスカは言い切った。

「ぜっ、たい、駄目！　行くの、ほら！」

再びレオナルドの腕にしがみついて、そのままぐいぐいとバルコニーへ引っ張る。他の参加者たちが唖然と眺めていたのだが、いまはそんなことを気にしていられない。

誰もいないバルコニーへと出た瞬間、フランチェスカはレオナルドに言い切った。

「あんなよくある噂話なんて、放っておいていいんだよ！」

「君を侮辱した連中を、放っておく意味が分からない」

(な、なんで拗ねてるの⁉)

いつも飄々として余裕そうなレオナルドが、あからさまな不服を顔に出している。

「私のために動いてくれようとしたことについては、気持ちだけは嬉しいありがとう！　でも、本当にあれくらい平気なの！」

「……前から疑問に思っていた」

レオナルドは、バルコニーの柱に背を預ける。

「どうして君は、自分がスキル無しだと偽っている？」

「レオナルドなら分かるでしょ。誰かに狙われると困るからだよ」

たとえば、ゲームの黒幕として登場してくる婚約者などに。

「君のファミリーと父親は、そんな君を全力で守るだろう？」

「そうかもしれないけど、私は平穏な暮らしがしたい。パパたちに迷惑も掛けたくないし、守られ続けるのは嫌だもん。それに……」

フランチェスカには、ずっと考えていたことがあった。

「……私、嫌なんだ。スキルの強さで、人の価値が測られている状況が」

今世でも、度々耳にすることがある。

街で歩いているときや、お忍びで店に買い物に行ったときなど、誰かが誰かをこんな風に誹《そし》るのだ。

『こいつのスキル、弱くて使い道がないんだよな』

『やはり庶民の血は駄目だ。スキルも持っていない人間に、まともな人生が与えられるはずもない』

フランチェスカはそれを聞くたびに、悲しくなった。

「裏社会に流れ着く人たちってさ。表の社会にどこにも居場所が無くて、それでやってくる人も多いでしょ？」

「……」

少なくとも、フランチェスカが出会った人々はそうだった。

最初から『表』で不自由なく、幸せに生きる選択肢があったのなら、彼らは迷わずそれを選んでいただろう。けれども表で生きることを許されず、中には表の世界があることすら知らないで、そうやって生きてきた人たちがたくさんいる。

（この世界では、王族や貴族、その血に連なる人しかスキルを持っていない）

そのことは、血統による明確な差を生み出していた。裏社会の家々が力を持つ理由のひとつも、そんな格差を利用しているからこそだ。

「私は、色んな人がそれぞれの良さを生かしながら、誰だって活躍できる世界が良いと思ってるよ。生まれ持っての血筋や、スキルだけじゃなくて……」

いつもの笑みを消しているレオナルドが、ぽつりと口にする。

「『血統』以外に、人間の価値が見出される世界ということか？」

「……！」

その瞬間、フランチェスカはきらきらと目を輝かせた。

「レオナルドは分かってくれる⁉」

「！」

ずいっと顔を近付ければ、レオナルドは少しだけ息を呑む。

「……君が、口にしている言葉の意味だけは」

「それだけでも嬉しい！」

よかったあ、と安堵して微笑んだ。

「この話、いままで話した人にはあんまり通じなかったんだ！　そもそも話せる人が少なかったんだけど……すごいね、なんだか友達が出来たみたいな気分！」

少しだけはしゃいだフランチェスカを、レオナルドがどうしてか眩《まぶ》しそうに見下ろす。かと思えば、ふっと柔らかくて甘い微笑みを浮かべた。

「『レオナルド』と、もう一度俺のことを呼んでくれ」

唐突に脈絡のないことを言われて、フランチェスカは瞬きをする。

「ええと……レオナルド？」

「もう一度」

「……レオナルド。レオナルド……」

乞われて何度も呼んでいると、だんだん恥ずかしくなってきた。

挙句にレオナルドは、最終的に肩を震わせて笑ったあと、フランチェスカを見てこう口にする。

「――やっぱり、君に名前を呼ばれるのは心地が良いな」

フランチェスカは溜め息をついて、なんだか呆れる。

「レオナルドは、こう見えて結構さびしがり屋だよね」

「俺が？」

自分で気が付いていなかったのか、レオナルドが僅かに目をみはった。

そのあとで、緩やかに否定する。


「……俺がさびしさなんて感じるのは、君にだけだ」


その声音は、本当にどこかぽつんとしていた。

（『嘘つき』の、はずなのに）

フランチェスカは口に出さず、ただただ静かにレオナルドを見詰める。

（どうしてかな。いまの言葉はなんとなく、本当のことみたいに感じる……）

そんなことを考えていると、レオナルドの手が伸ばされた。すっぽりと腕の中に抱き留められ、ぎゆうっと大事そうに抱き締められる。

「わわあ！　ちょっと、レオナルド!!」

突然閉じ込められたフランチェスカは、身じろいで脱出を試みた。

決して強い力で抱き締められているわけではないはずなのに、ちっとも脱出できそうにない。それどころかくるりと体の位置を反転させられて、柱に背中を押し付けられた。

柱とレオナルドの間に挟まれて、ますます身動きが取れなくなる。

「可愛いな。フランチェスカ」

（うわあ、押しても全然びくともしない！）

細身に見えても男性なのだ。きちんと筋肉はついているし、力の使い方も分かっている。

「愛しているから、どうか俺を退屈させないでくれ」

「絶対に嫌！　私はあなたの玩具じゃないの！」

くすっと笑ってみせたあと、レオナルドは柔らかな声で囁く。

「……それなら、俺から早く逃げないと」

「……っ」

揶揄《からか》うようなその声音に、フランチェスカは眉をひそめた。

「薬物事件なんて放っておくべきだ。それなのに俺に近付いて、自分の逃げ道を潰している」

「放っておけるわけない。平穏に生きていく夢を叶えるためには、平穏な環境が必要だもん」

それに、と内心で考える。

（ストーリーから逃げ出したケジメは、私がきちんと付けなきゃ……）

レオナルドを真っ直ぐ見据えたフランチェスカを、彼はどうしてか愛おしそうに眺めるのだ。

「……君があまりにも健気だと、どんどん手放せなくなってしまう」

「レオナルド……」

フランチェスカは目を細め、小さな声で耳打ちした。

「――私を隠してくれるために、『口説くふり』なんてしなくてもいいんじゃない？」

「ふ」

フランチェスカによる冷静な指摘を、レオナルドは文字通り一笑に付す。

「いいから君は、じっとしていろ」

（耳元で喋られるとくすぐったいんだけど……!!）

その直後、堅苦しい響きを帯びた声が聞こえて来た。

「――ここにいたのか、アルディーニ」

（やっぱり……）

レオナルドはフランチェスカを抱き締めたまま、その人物を振り返った。

「わざわざ逢瀬を邪魔しに来るとは。――無粋だなあ、リカルド」

「お前に名を呼び捨てられるいわれはない」

セラノーヴァ家の次期当主リカルドが、あからさまな怒気をレオナルドに向けている。

「お前に話がある。血の署名によって結ばれた盟約に関わることだ、拒否権は無いと思え」

「おいおい、本当に野暮なやつだ」

レオナルドはフランチェスカに背を向けると、改めてリカルドに向き直った。

「見ろよ。『一般人』のお嬢さんが怯えている」

（あ。もしかして）

ヒロインらしく華奢なフランチェスカは、レオナルドの陰にすっぽりと収まっている。

（私のことを、このままリカルドから隠してくれるつもりなのかな？）

フランチェスカは学院で、あまりレオナルドと一緒にいるところを見られないようにしている。

その気持ちを酌んでくれたのだろうか。レオナルドの意外な行動に驚きつつも、フランチェスカは口を噤んでいた。

「お前の行動は卑劣すぎる。リカルドは軽蔑しきった様子で、レオナルドに苦々しく告げる。

「表の世界の女を盾にして、逃げ切ろうとする魂胆だろう」

（レオナルドって、リカルドからの信用が皆無なんだなあ……）

もっとも五大ファミリー同士は、決してどの家も仲良くない。レオナルドはあからさまな嘲りを浮かべ、リカルドは嫌悪を露《あらわ》にしていた。

「この王都に、鉄の掟で認められていない薬物が出回っている。……糸を引いているのはお前だろう、アルディーニ」

「違うって言ったら信じるのか？」

レオナルドはひょいと肩を竦め、軽い調子で言い放つ。

「信じないだろ。それなのに『そうだ』と頷けば、お前は言質を取ったと騒ぎ始める。最初から答えが決まっている討論に興じるなんて、あまりにも馬鹿馬鹿しいな」

レオナルドはフランチェスカを振り返ると、戯れるように髪を撫でてきた。

「そんなことよりも大切なのは、愛しい人との語らいだ」

（相変わらず、言動の全部が胡散臭すぎる……）

呆れてしまうが、これもレオナルドの計算なのだろう。

「はぐらかすな。血の署名を裏切ることは、俺たちの掟に反することだぞ」

「ははっ！」

心底おかしそうに笑ったレオナルドが、俯いた顔をゆっくりと上げる。

「……本当に掟が大好きなんだな」

「なに？」

レオナルドの紡いだその声音は、いままでと少しだけ響きが違っていた。

「百年以上も前に結ばれた、古い慣習に囚われてどうする？　もっと賢く生きた方がいい。『掟だから守る』なんて愚直な行動は、ただの思考停止に過ぎないからな」

「ふざけるな!!　先祖たちがさまざまな困難に直面した際、それを解決する手段として盟約が交わされたのだ。伝統とは叡智の結晶であり、受け継がれた財産で――……」

「やり方がぬるくて愚鈍すぎる」

「！」

あくまで軽やかな口ぶりのまま、レオナルドは笑いながらこう言った。

「ではここで、俺が薬物事件の黒幕だと仮定する。だが、それがどうした？　こんな夜会にやってきて、非公式に問い質すなんて意味がない」

「それは……っ」

「やるなら徹底的に来いよ、リカルド。国王陛下の名の下、俺を審判の場にかければいい。血の署名による盟約に従い、俺はいつでも馳せ参じよう」

レオナルドは左胸に右手を当てると、芝居めいた口調でリカルドに告げる。

「俺を消したいなら早くしろ。……伝統なんてものを守っているうちに、当家《アルディーニ》がすべてを塗り潰すぞ」

「……!!」

リカルドが悔しそうに拳を握る。だが、リカルドにはこれ以上の反論が出来ないのだ。

（レオナルドの見抜いている通り。リカルドが夜会にやってきたのは、レオナルドが怪しいと感じながらも、決定的な証拠がないからだ）

いま『審判』に掛けても、レオナルドは血の署名に背いたことを認めない。

（この出来事も、メインストーリーとは一部分が逆。主人公《フランチェスカ》はリカルド側にいてレオナルドを糾弾する側なのに、いまの私はそうじゃない）

レオナルドの背中に守られて、どちらかといえばリカルドの目から逃げているのだ。

「……今日のところは、失礼する」

リカルドが、なんとか言葉を振り絞る。

「だが、いずれまた『話』を聞かせてもらおう」

「楽しみだな。どんな証拠を持ってくるのか、わくわくしながら待っていよう」

「精々そうやって宣《のたま》っていろ。……それと、そこの淑女よ」

突然こちらに話を振られて、フランチェスカはびっくりした。リカルドから姿は見えていないはずだが、このままでは一緒にいることが知られてしまう。

「ひゃ……、ひゃい」

「ひゃい？」

慌てて鼻を摘まみ、少し声を変えて返事をすると、リカルドが訝《いぶか》しそうにする。

「まあいい。あなたがアルディーニの外見、財力、何に惹かれたのかは知らないが、この男と行動を共にしない方がいいと進言しよう」

「……ごちゅうこく、いたみいりまふ……」

リカルドはもう一度レオナルドのことを睨みつけたあと、ホールへと戻っていった。

「見たか？　フランチェスカ。あいつの眉間、ものすごく皺が寄ってたぞ」

「見えるわけないでしょ、レオナルドに遮られてたんだから」

フランチェスカは答えつつも、じっと考えた。

（いまの私とゲームとでは、私が組み込まれている陣営が逆ということになるのかな。……その上で、大枠は同じ出来事が進行している）

レオナルドは明るいホールの方を眺めていた。その横顔を見上げて、状況を整理する。

（ゲームでは、薬物事件を止めようとした『私《フランチェスカ》』がレオナルドを怒らせて、レオナルドのスキルによる大騒ぎが始まっちゃうんだ。だけど……）

念のため、レオナルドにそっと尋ねた。

「レオナルド。いま何か怒ってる？」

「怒る？　なになに？」

「たとえば、私とか……」

「はは。有り得ない」

彼は鮮やかな笑みを浮かべ、フランチェスカの手を取った。

「可愛い君に対して、俺が怒りを抱くと思うか？」

（少なくとも、いま怒ってなさそうなのは間違いないよね。リカルドに腹を立ててもいなさそう）

というより、ろくに相手をしていなかったというのが正しいのかもしれない。

（スキルを使ったそぶりもない。このままいけば、大丈夫なはず……？）

それなのに、なぜか胸騒ぎがする。

（目の前にいるレオナルドは、ゲームのキャラクターじゃない。自分の考えがあって、信念があって、それを基に動いている。……いくらシナリオで定められてる出来事だって、レオナルドが脈絡もなくスキルを使って『あの事件』を起こすわけない。それなのに）

フランチェスカはぐっとくちびるを結び、自分の不安の正体を探った。

（どうして、嫌な予感がするの……？）

その瞬間だった。

「っ、うわあああああ！」

「!!」

フランチェスカは目を丸くする。そして、弾かれたようにホールを見遣った。

（うそ……始まった⁉）

レオナルドも黙ってそれを眺める。そこに広がっていた光景は、ゲームで見た通りだった。

（――夜会ホールの参加者たちが、レオナルドのスキルによって錯乱状態になって、お互いに殺し合おうとする事件……！）

だって、レオナルドはここにいるのに。

(どうして？　なんでゲーム通りのことが……ううん、考え込んでる暇はない！)

第一章の中盤で起こるこの事件は、主人公とリカルドが協力し、なんとか死者を出さずに済む。

(逆に言えば、リカルドひとりで対処すると、絶対に死者が出てしまう……!!)

駆け出そうとしたフランチェスカの手を、レオナルドが掴んだ。かと思えば背中を柱に押し付けられて、右手首も縫い付けられる。

「駄目だろ？　フランチェスカ」

「レオナルド……!!」

先ほどまでよりもずっと強い力が込められて、レオナルドの手が振り払えなかった。

「表の世界で平穏に生きたい人間が、真っ先に駆け出すのは感心しないな」

(……犯人が目の前のレオナルドであっても、彼に直接「やめて」とは言えない。私がいま、黒幕に気付いていているはずがないんだから……！)

抵抗する力を緩めないまま、なんとかこれだけを口にする。

「レオナルドも、一緒に、止めに行こう」

目の前に立つレオナルドは、どこか薄暗いまなざしでフランチェスカを見下ろしている。

満月による逆光となり、レオナルドの表情がはっきりと見えない中で、彼の目だけが淡く光っているかのように見えた。

「ホールで何かが起きてる。早くしないと、怪我人が出ちゃうよ」

「嫌だと言ったら？」

「……っ！」

フランチェスカは歯を食いしばると、自由な方の手でドレスをたくしあげ、銃を抜き取った。

レオナルドはくちびるで笑み、フランチェスカの顎を掴む。無理矢理に上向かせ、視線を重ねた。

「うあ……っ⁉」

ぐわん、と頭の奥が歪む。

膝に力が入らなくなって、フランチェスカは崩れるように座り込んでしまった。

（スキルを、使われた……！）

レオナルドの持っているスキルのひとつ、他人の動きを支配するものだ。立とうとしたけれども上手くいかず、バルコニーの石床に這い蹲《つくば》った。

「可愛いフランチェスカ。……君が危険に飛び込むのを、俺が許可するはずもないだろう？」

「っ、は……」

体が重く、自由に動かせない。床についた手がぶるぶると震え、フランチェスカに逆らおうとする。

（全身が、どろどろの鉄になったみたい……!!　もしくは鎖で縛られて、それを引っ張られている感覚……）

銃を握り締めている左手も、意思に反して開きそうになる。逆らおうとして力を込めれば、筋肉が限界を訴えて汗が滲んだ。

ホールから、怒声と悲鳴が聞こえてくる。

「誰か手を貸せ、伯爵を止めろ!!　──うわあああっ!!」

「早く出口に!!　逃げろ、じゃないと……」

レオナルドはフランチェスカの前に跪くと、革手袋を嵌めた手を差し伸べた。けれどもそれは、フランチェスカをエスコートしてくれるための手ではない。

「『銃を返せ』」

「……‼」

レオナルドが、フランチェスカに平然と銃を貸したのは当然だ。誰がどんな武器を持っていたって、レオナルドのスキルがあれば状況を覆せる。

「ホールは楽しそうで大盛り上がりだ。俺と一緒にここで見学していようか？　フランチェスカ」

「……っ、嫌……‼」

拒絶の言葉を絞り出しながらも、フランチェスカの左手がゆっくりと持ち上げられる。レオナルドのスキルに支配された体が、銃を差し出そうとしているのだ。

「やめて、レオナルド……！」

「戻ったらリカルドに見付かるぞ。俺には君の平穏な学院生活を、守る義務があるだろう？」

「そんなこと、心にも思ってないくせに……！」

レオナルドが笑う。フランチェスカのこめかみを伝った汗が、顎にまで流れてぽたぽたと落ちた。

（これがレオナルドのスキル。殺し屋が、スキルを受けた瞬間に気絶した理由がよく分かる……）

気を抜くと、いまにも意識を失いそうだ。

ここで気絶をした場合、フランチェスカは抜け殻のように操られてしまうのだろう。スキルの効果が切れるまで、レオナルドの人形と化すだけだ。

（……？）

けれど、違和感に気が付いた。

（ホールの人たちがおかしくなったのは、レオナルドのスキルの所為。……そのはず、なのに）

「さあ、良い子だフランチェスカ」

声だけはやさしく、甘ったるいままで、レオナルドが言い聞かせてくる。

「……ここで、大人しく待っていような」

「〜〜〜〜っ」

ぐっとくちびるを噛み締めた。

（悪党は、無関係な人を巻き込んじゃいけない。そして私は、主人公でありながらゲームのストーリーから逃げ出した悪人で……だから教えを、守らなきゃ……！）

霞みそうになる意識の向こうに、前世の祖父の姿が過ぎった。

前世のフランチェスカが幼かった頃にも、祖父が撃たれたことがある。馴染みの医者が駆け付けるのには時間がかかり、自分たちで応急処置をするしかなかった。

そんなとき、祖父は想像を絶する痛みの中で、姿勢を正して耐えていたのだ。

あのとき痛くはなかったのか、回復した祖父に泣きながら尋ねると、祖父はこんな風に言っていた。

『そりゃあ痩せ我慢をしていたのさ。俺が痛がったり暴れたりすりゃあ、銃弾を抉《えぐ》り出そうとしてくれてた組員どもも怯んじまうだろう？』

『でもおじいちゃん、ぜんぜん痛そうにみえなかったよ？』

『見栄だけでハッタリをかますんだよ。そうすりゃあ自分を鼓舞できる、無理も利く』

あのときは、幼いながらに「そんなの嘘だ」と思っていた。だが、フランチェスカは歯を食いしばり、祖父の言っていた『見栄』を張る。

「……ううー……っ」

「！」

レオナルドに銃を返そうとしていた左手に、震える右手をなんとか重ねる。押し留め、抗って、自分の手を手前に引き戻した。

「へえ？」

（……自分の体ひとつ、自由に出来なくて……）

親指で、撃鉄を引き起こした。

実際にほとんど音はしないが、がちんと金属のぶつかる感触が手に伝わる。

（ゲームのシナリオになんか、背けるもんか……!!）

はあっと息を吐き出しながら、レオナルドを睨みつけた。

「本当に最高だな、フランチェスカ！」

レオナルドは笑ってみせるものの、その目はやはり暗く燻っている。

「スキルの支配から逃れるとは。意思の力で抗うやつは、過去にも確かに時々いた。だが……」

あとは引き金を引くだけの銃口に、レオナルドはぴたりと指を押し当てる。

「君がやさしいことを知っている。本当に俺を撃つ気がないなんて、誰でも想像できることだ」

「……っ」

「人を脅すのは向いていない。俺のフランチェスカ、分かったら諦めて大人しく……」

フランチェスカはありったけの力を振り絞り、その銃口を標的に向けた。

けれどもそれは、レオナルドにではない。

「――――フランチェスカ」

「……私を離して。レオナルド」

フランチェスカは自らの喉に、銃口をぐっと押し当てる。

「……銃を下ろせ」

「嫌」

くちびるで無理矢理に微笑んで、フランチェスカは言い切った。

「……だって、あなたを上手に脅迫できてる」

「――……」

レオナルドの声が僅かに揺れたのを、フランチェスカは聞き逃さなかった。

「『命を懸けてでも守る』って、レオナルドはパパに約束したよね。……『夜会中は、私の意思を尊重する』とも、血の署名つきで書かれていた」

「……」

その誓約は、フランチェスカに傷ひとつ付くだけで損なわれるものだ。

「確かに私、レオナルドは撃てないや。想像しただけで無理……だけど、自分のことだったら、他人を撃つよりは簡単かな」

「……君は」

「レオナルド」

浅い呼吸を継ぎながら、改めて懇願した。

「私のおねがいを聞いて」

レオナルドが、その美しい顔を僅かに歪める。

「このスキルを解除して。……止めに、行かせて」

「…………」

数秒経ってから聞こえてきたのは、レオナルドの大きな溜め息だった。

「……俺の負けか」

その瞬間、ふっと体が軽くなる。

「ありがとう、レオナルド……！」

体力は消耗していたが、これなら自由に動けそうだ。フランチェスカが立ち上がろうとすれば、レオナルドは彼には珍しい渋面でフランチェスカの手を引いてくれた。

（だいぶ時間を消費しちゃってる、早く行かなきゃ。それに）

フランチェスカは息を吐き、レオナルドを見据える。

（ホールの人たちをおかしくしたのは、レオナルドじゃないかもしれない……）

ひとまずは呼吸が整わないまま、フランチェスカはバルコニーへと駆け出した。

「……ああ、まったく」

ひとりで残されたレオナルドは、改めてそこで嘆息する。

「――こんなに思い通りにならない人間は、初めてだな」

＊＊＊

駆け込んだホールには、叫び声が反響しあっていた。

フランチェスカは異様な光景に顔を顰める。会場内を駆けながら、周囲を探った。

（いまはとにかく、リカルドを見付けなきゃ……！）

会場内には行動を支配された人々と、その人たちから逃げ惑う人々が交ざり合っている。

怒鳴る女性、悲鳴を上げる男性、その傍で床に蹲って怯える女性。フランチェスカはぐっと歯を食いしばり、互いに首を絞め合おうとしている人たちの間を走った。

（我慢して。冷静に、確実に行動するの。……ひとりひとり止めて回りたいけれど、それじゃあキリがない……！）

いまはただ、目立つ銀髪を探す。目的のリカルドは、比較的すぐに見付かった。

ホールの中央に位置する場所で、大勢の人が揉み合っている。リカルドはその中央で、大柄な男性を必死に押さえ込んでいる。

「目を覚ませ、男爵閣下!!」

「離せ……!!　殺す、全員殺してやる!!」

「くそ！　一体どうしてしまったというんだ!!」

（やっぱりリカルドたちは無事……!!　みんなを惑わせてるこのスキルは、一定以上の爵位の血筋には通用しないんだ）

ゲームでは明言されていなかったが、会場を見渡せばよく分かった。少し離れた場所ではリカルドと同じ銀髪の男性が、同じようにこの場の制圧に回っている。

「リカルド！　お前の『全体防御』スキルは、一体あとどれくらい持つ⁉」

「もうそれほど時間がありません、父上！」

（あっちはリカルドのお父さん、セラノーヴァ当主だ……！）

フランチェスカは彼らの方に走りながら、改めてホールの中を見回した。

あちこちに倒れている人はいても、誰もまだ致命傷は負っていない。それはあそこにいるリカルドが、『全体防御』のスキルを発動させているからだった。

（リカルドが味方だと認識する人たちの、『防御』の力を一定時間だけ上げるスキル。深い刺し傷は浅くなって、殴られた傷も軽く済む。そのお陰でホールにいる人たちは、まだ深刻な傷を負ってない）

だが、あくまで『傷が多少軽くなる』範囲に過ぎないものだ。

スキルが効いている状態でも、心臓を撃ち抜かれれば命は危ない。第一に、スキル効果は永続するものではなく、ゲームでいえば三ターンで終了となる。

（余裕があるわけでも、楽観視できる状況でもない。行かないと！）

人々を止めようと戦っているリカルドの後ろに、ひとりの女性が歩み寄っていくのを見付けた。フランチェスカはそれに気付き、床に落ちていた銀色の盆《トレイ》を引っ掴む。

（リカルドは気付いてない、ここから声を上げても聞こえない‼　だったら……）

女性は割れた酒瓶を拾い上げると、力いっぱい振り上げた。

「どいつもこいつも、邪魔なのよ……‼」

ナイフのように尖った瓶の先端が、リカルドに狙いを定める。異変に気が付いたリカルドが、反射的に振り返ろうとした。

「な……っ⁉」

フランチェスカは女性とリカルドの間に飛び込むと、眼球へと振り下ろされそうになった瓶の前に、銀の盆《トレイ》を翳した。

「――……」

ばりん！　と砕ける音がする。

緑の硝子が粉々になり、破片が散らばって落ちていった。シャンデリアの光に反射して、まるで美しい宝石のようだ。

「転入生が、何故ここに……⁉」

リカルドの言葉には返事をせず、ドレスの裾を翻す。

瓶を握り締めた女性が、何が何だか分からないという顔をした。けれどもすぐさま瞼を閉じて、がくりと体の力を抜く。

このままでは、破片の上に倒れ込んでしまうだろう。

「っ、危ない……‼」

フランチェスカは手を伸ばし、迷わずその女性を抱き留めた。そこへ、ナイフを持った男性が突っ込んで来る。

「転入生‼」

リカルドが手を伸ばそうとしてくれたが、彼の位置ではどうにもならない。フランチェスカは覚悟をし、せめて女性を守ろうと身を丸める。そのときだった。

悲鳴が上がり、男性が吹っ飛ぶ。

誰かに全力で殴られたのだ。顔を上げた先には、バルコニーに残してきたはずの人物が立っていた。

「レオナルド……！」

「……君は、随分と無茶をする」

レオナルドはそう言って、フランチェスカの腕から女性を引き剝がす。彼女を破片の無い方の床に押し遣ったあと、フランチェスカを覗き込んだ。

「可愛い顔に、傷でもついたらどうするんだ」

（レオナルドが、私を助けるのに体術を使った。やっぱりこの人たちをおかしくしたのは、少なくともレオナルドのスキルじゃない……！）

仮にレオナルドがしたことであれば、彼はスキルを操作すればいいだけだ。フランチェスカを襲おうとした男性など、それだけで止められたはずである。

突然現れたフランチェスカたちを前にして、リカルドが声を上げた。

「アルディーニ!!　一体この状況はどうなっているんだ、説明しろ！」

「悠長なことを言っている場合じゃないだろ」

「なに!?」

ホールの中には、たくさんの悲鳴が響き渡っている。

「正気のやつはこっちに来い!!　全員で避難してホールを塞ぐぞ！」

「待ってくれ、誰か助けてくれないか!!　友人が急におかしくなったんだ、誰か……！」

スキルの影響を受けていない人々が、狼狽えながら声を上げる。表情を変えずに堂々としているのは、レオナルドたったひとりだけだ。

「セラノーヴァさん、力を貸して！」

フランチェスカが声を上げると、リカルドは目を丸くした。

「お父さんとの会話、さっき聞こえたの！　あなたは全体防御のスキルを持ってるんだよね⁉」

「あ、ああ。だが……」

「一度だけ、私の言うことを信じてほしい」

フランチェスカはそう言って手袋を外す。だが、すかさずレオナルドがフランチェスカと指を絡め、咎めるように見下ろして来た。

「フランチェスカ、君のスキルを使う気か？　これほど人目のある場所では、誰に知られるか分からない。少なくともセラノーヴァ家には筒抜けになると思え」

レオナルドの瞳は、とても静かで真摯だ。

「『平穏』という君の望みが、永遠に叶わないものになるかもしれないぞ」

「レオナルド、それは違う」

忠告の込められた口ぶりに、フランチェスカは迷わずこう返した。

「助けられた人たちを顧みなかった未来に、私の望む『平穏』なんて存在しない……！」

「！」

目を丸くしたレオナルドから手を離し、フランチェスカはリカルドの腕を掴んだ。

「私のスキル、『一回だけスキルの使用回数を回復させる』効果があるの。だから」

「……‼　本当か⁉」

すべてを話した訳ではないが、説明の部分に嘘はない。実際はスキル自体を恒久強化するものであることを伏せ、フランチェスカは頷いた。

リカルドのスキル発動中は、リカルド自身に隙が生まれる。錯乱した人たちに取り囲まれた中で、フランチェスカはレオナルドにもこうねだった。

「レオナルドお願い、セラノーヴァさんを守って！」

「俺が守るのは君だけだ、フランチェスカ」

それならば、フランチェスカがリカルドの傍にいればいい。目を瞑り、自身のスキルを発動させて、リカルドのスキルを強化する。

（──強化、『レベル2』──！）

手袋を外した手を通し、温かな力を流し込む。リカルドが目を見開いて、小さく呟いた。

「……使える。これならば『全体防御』のスキルと共に、もうひとつのスキルも……」

（そうだよリカルド。全体防御だけでなく、そっちもちゃんと強化した）

フランチェスカは手を離す。数人の男がナイフを振り上げ、フランチェスカたちに襲い掛かってきたものの、レオナルドはすぐさまそれを殴り飛ばした。

（スキルの使い方だけじゃなく、単純な身体能力も高すぎる……）

レオナルドの方を見ながらも、リカルドの気配に気を配った。これだけ広範囲に全体スキルを使うには、相当の集中力がいるはずだ。

「『全体防御』」

ホール内にいる人々の体を覆うように、青白い光がじわりと滲んだ。

（これで防御スキルが再適用された。――でも、これだけじゃない）

リカルドのスキルは把握している。

スキルレベルを最大まで上げれば、味方全員に一切のダメージが通らなくなる全体防御。それから、味方の攻撃力を強力に上昇させる、攻撃補助。

そして、『味方全体の状態異常を回復する』という、治癒スキルだ。

（最初に支配された人が出た瞬間、リカルドはすぐさま治癒スキルを使った。お陰で最初のひとり、その人だけは正常に戻れたけれど、『状態異常』がホール全体に広まっていくのはその後のこと……）

リカルドの迅速な行動により、スキルの使用残量がゼロになった結果、却って危機に陥ってしまったのだ。だが、いまはその使用残量を回復させている。

リカルドは目を開き、ホールの床に手で触れた。

「…………っ！」

びりびりとした感覚が、足元を放射状に広がってゆく。

スキルの力を操るには、人それぞれ集中しやすい方法があるのだ。目には見えないスキルの治癒力が、リカルドによって正確に適用されてゆくのを感じた。

「ぐ、う……」

先ほどまで暴れていた人たちが、小さな唸り声と共に倒れ込む。

床へとしたたかに身を打っても、全体防衛のスキルのお陰で軽傷のはずだ。少しずつ罵声が消えていって、やがてホール内は静まり返った。

「終わった、のか……？」

「た、助かったぞ……!!」

「リカルド！　おい、いったい何が起こったんだ!!」

リカルドの父が駆け寄ってくる。それを見て、フランチェスカはぎゅっと目を瞑った。

（ううあーっ、もう駄目だあ……!!）

リカルドはこれから間違いなく、父に報告するだろう。彼の生真面目な性格は、ゲームでもたびたび語られていた通りだ。

（スキル強化の能力を知られたくないから、『スキル残量回復』なんて表現をしたけど。一度使ったスキルをまたすぐに使えるようにするスキルだって、この世界では他にない希少なものだ……）

レオナルドと共に夜会に来た、赤い髪に水色の瞳を持つ『フランチェスカ』。これがカルヴィーノ家の娘だということには、絶対に誰かが気付いてしまう。

スキル無しの嘘がバレるだけでなく、持っているスキルの希少性を知られてしまったとき、フランチェスカの状況は大きく変わってくるだろう。

（……起きてしまったことは仕方ない。嘆かない。自分で覚悟したこと、受け止めよう……）

自分にそうやって言い聞かせ、フランチェスカは目を瞑る。

すると夜会用ドレスから露出させた肩を、後ろに立ったレオナルドの手が柔らかく包んだ。

「いかに無粋なリカルド君でも、ここでやるべきことは分かってるよな？」

「……馬鹿にするな」

（え……？）

リカルドはレオナルドを睨みつけたあと、父の方へと歩き出す。そして、こんな説明を口にした。

「父上！　どうやら、錯乱してスキルを発動した者の中に、俺と似たスキルの人間がいたようです」

その言葉に、フランチェスカは目を丸くした。

「お前と似たスキル？　……全体防御と状態異常回復を持つ者が、この場にいたのか？」

「はい。恐らくは自分が何をしているか分からなくなっている中で、発作的にそれらのスキルを発動させたのでしょう」

（リカルド、スキルを使ったのが私だって隠してくれてる……？）

ぱちくりと瞬きをするフランチェスカに、レオナルドがそっと耳打ちした。

「さすがの堅物も空気を読んだな。さあ行こう、フランチェスカ」

「で、でも」

「ここに留まると面倒だぞ。セラノーヴァの目が向いていないうちに、早く」

そう促されて従いつつ、ちらりとリカルドを横目で見る。

リカルドもフランチェスカの方を見遣ると、父親には分からないように一礼してみせたのだった。

＊＊＊

「……はあ、疲れた……!!」

ホールを出た先にある中庭のベンチで、フランチェスカは息をついた。

とにかく第一声はこれに尽きる。はらはらしたし緊張したし、何よりあちこちの筋肉も使った。足を投げ出すようにして前に伸ばし、お行儀は悪いのだが爪先を左右に揺らす。

レオナルドが当然のように上着を脱いで、フランチェスカの肩にかけてくれた。

「……ありがと」

「これでも寒かったら、くっついてもいいんだぞ」

「そっちは遠慮しとく……」

フランチェスカの固辞に、レオナルドは小さく笑った。

「それにしたって、本当に君は予想がつかない。飛び出してあちこちに跳弾する、弾丸みたいだな」

「それ、褒めてるつもりはまったく無いよね⁉」

いつもなら、嘘くさい賛美がすらすらと出てくるのがレオナルドだ。しかしその微妙な表現の仕方からは、本音の気配が感じられた。

「……リカルド、このまま黙っててくれるかな」

俯いてぽつんと呟いたフランチェスカに、レオナルドは言う。

「頭の固い男だからな。隠しておくのが礼儀だと判断したなら、愚直にそれを貫くんじゃないか」

「よかった。……それにしても本当は今夜、ちょっと期待してたんだけどな」

「期待？」

「……夜会で、お友達を作るチャンスがあるかなって」

けれども結局はこうなった。そのことが、心底残念で仕方ない。

(今世でも、結局ひとりも友達が出来ないんじゃ……)

レオナルドはしばらくフランチェスカのことを見下ろしたまま、やがてこんな風に口を開いた。

「……そんなに欲しいんだったら、いっそ俺がなってやろうか？」

その言葉に、フランチェスカは首を傾げる。

「なるって、なにに？」

「それはもちろん」

満月の明かりの下にあっても、レオナルドの瞳は月色だ。

本物の月よりも輝く瞳を、フランチェスカは真っ直ぐに見上げる。


「君の、『友達』とやらに」

「…………」


思わぬ提案に、ぱちりと瞬きをした。

「レオナルドが、私の友達……？」

「……なんてな」

レオナルドは僅かに目を伏せて、どこか自嘲的な表情を浮かべる。

「悪かった。君はそんなもの――……」

「…………っ、ほんとう……!?」

「!!」

あまりにも素敵なその言葉に、フランチェスカは身を乗り出した。

「ほんとうの、本当に!?　レオナルド、私の友達になってくれるの……!?」

「――……」

きらきらと瞳を輝かせ、レオナルドの顔を間近に見据える。

レオナルドはどうしてか不思議そうに、幼い子供のような目でこちらを見下ろしていた。

やがて彼は、ゆっくりと微笑む。

「君が、俺にそう望むなら」

「っ、わああ……！」

夢のような返事をもらい、フランチェスカの頬が赤く染まった。

「ありがとうレオナルド！　それじゃあ今度から、移動教室のときに一緒に行ったり、学食でお昼も一緒に食べる⁉」

「ああ、食べよう。約束だ」

「……‼　あとあと、学院にも一緒に登校したいし、帰りもおんなじようにしたい！」

フランチェスカが大はしゃぎで口にすると、レオナルドは少しだけ目をみはる。

「一緒に登下校……」

「それから、放課後に寄り道して遊びに行くのは⁉　そこでお買い物したり、お互いに贈り物を買ったりするの！」

「……君、それは」

レオナルドは何か言い掛けたあと、おかしそうに俯いて肩を震わせた。

「っ、はは！」

「え⁉」

何かを間違えているのかと思い、フランチェスカは慌ててしまう。

「友達、そういうことしない？」

「……いいや？」

レオナルドはすぐに顔を上げると、フランチェスカの手を取って繋ぐ。

「しよう、たくさん。君が『友達』とやってみたいことを、これから全部俺に話してくれ」

「うん！　うわあ、どうしよう。生まれて初めての友達だ……」

「それと」

レオナルドはくすっと笑い、フランチェスカの耳元にくちびるを近付けた。


「……悪い男に騙されるのは、どうか金輪際、俺だけにして」

「……？」


友達からの忠告だ。これはつまり、もう騙さないという宣言なのだろうか。

（どうしよう……。出来た、とうとう出来ちゃった、私の友達!!　……だけど）

わくわくと胸が躍るものの、頭の中ではこうも考える。

（――『友達』に、話すわけにはいかないことがたくさんある）

フランチェスカが目を伏せたのは、先ほどの出来事を思い出したからだ。

（ゲームのシナリオでは、さっきの事件を起こしたのはレオナルドのはず。レオナルドが持っている『他人を支配するスキル』を使って、ホール中を混乱に陥れたって言われていた）

だが、そんなはずはない。

（有り得ないんだ。だってレオナルドはそのスキルを、銃を手にした私に対して使っている）

スキルには使用制限があるのである。一度使えば、しばらくは再使用ができない。

スキルの強力さによってその時間は延びるため、レアリティが5のキャラクターともなれば、使用後に丸一日は使用不可となるはずだ。

（スキルの使用回数を回復させるスキルを持つのは、この世界で私だけだってゲームで言われてた）

実際にこの世界で生きていても、そんな話は聞いたことがない。

（レオナルドがあのスキルでホールの人たちをおかしくしていたなら、あのときバルコニーで私を這い蹲らせたりできなかったはず……）

もちろん、レオナルドの持つ残りのふたつのスキルが、人を意のままに操るものの可能性はある。

しかし、『前世におけるゲームのシステムバランス』という面で推測すると、ひとりのキャラクターにほとんど同じ効果のスキルが設定されているとは考えにくいのだった。スキル枠は最大三つなのだから、そのうちの二枠を潰してしまえば、いくらなんでも課金者が減ってしまう。

（もちろん、レオナルド本人がやったことじゃなくて、配下の人たちにやらせた可能性もある。私の誘拐事件みたいに）

そのためまだ断定は出来ないが、フランチェスカの中には既に、新たな可能性が生まれていた。

（ゲームの序盤から、『黒幕』として描かれていたレオナルド……）

月の色をした彼の瞳を、満月の明かりの中で見据える。

（――だけど、ゲームの終盤で『真実の敵』が分かるのだって、物語の王道のひとつだよね……？）

レオナルドは、本当に黒幕の悪役なのだろうか。

（私が生きている間に配信されたストーリーは、全七章のうちの五章まで。それ以降の章で、本当の

黒幕がほかにいると明かされる可能性は十分にある）

そして、その場合。

（真実の敵が他にいるなら、ずっと主人公の傍にいるキャラクターこそが、本当の黒幕になるのが王道なんじゃ……）

思わずこくりと喉を鳴らした。

前世で流行った物語には、フランチェスカもいくつか手を出している。終盤になり、主人公の身近な人物が敵だと分かることは、そんなに珍しい話ではなかったような気がした。

（ゲームの前半で関わる人たちが、黒幕の可能性だってある。……リカルドだけじゃなくて……）

「フランチェスカ」

レオナルドがやさしく微笑んで、フランチェスカへと手を伸ばす。

「馬車の停留場に向かおう。実は、君のお父君や弟分がこっそりホールの様子を見に来ていたのを、ホールに着いた瞬間に気付いていた」

「……パパたちが……？」

こくり、と喉を鳴らした。

「俺たちが入場してからすぐに、君に見つからないように退場したようだがな」

（このホールに、来ていたなんて）

妙な胸騒ぎに、小さく俯く。

シナリオの通り、レオナルドが敵の可能性もあるだろう。いくらレオナルドが『友達』になったからといって、その点で信用できたわけではない。

けれど、そうでない可能性も、この一晩で生まれてしまったのだ。フランチェスカはレオナルドと一緒に歩き出しながらも、心の中で考える。

（……本当の黒幕は、誰……？）

4章　友達たるもの

夜会から二週間が過ぎ、中間テストも無事に終わった。

五月も終わりに近付いて来て、季節はそろそろ梅雨の時期に入る頃だ。この頃になると、「王都に出回る薬物の量が減りつつあるらしい」との噂が、フランチェスカの耳にも聞こえてきていた。

放課後ひとりで教室を出たフランチェスカは、階下に向かいながら溜め息をつく。

（夜会の夜をきっかけに、薬物事件が収束しつつあるんだよね……）

これは、ゲームの大枠とおんなじだ。

（ここ数日、必要以上に考え込んじゃって駄目だな。テスト前やテスト期間中は、勉強のお陰で余計な想像をせずに済んでたのに……）

そんな風に思いながら校舎を出る。他のクラスの生徒たちがそれぞれ楽しそうに話しながら歩いている中に、弟分の姿を見付けた。

「グラツィアーノ！」

「お嬢。……やっと来た」

少し拗ねた顔をしたグラツィアーノは、女子生徒たちに囲まれている。

（一年生の女の子たちかな？）

グラツィアーノは周囲の子をうるさそうに追い払いつつ、大股でこちらに歩いて来た。残念そうな顔をした女子たちが、「もう行っちゃうの？」と肩を落とす。

「グラツィアーノ君が今日用事あるなら、私たちも帰ろうか。グラツィアーノ君、ばいばーい」

「グラツィアーノ君のお姉さんも、さよなら！」

「わたし⁉　……さ、さよなら……！」

話し掛けられたことが嬉しくて、頬を染めつつ張り切って返事をする。きゃっきゃとはしゃぎながら下校していく後ろ姿を、フランチェスカは羨ましく見送った。

「……いいなあグラツィアーノ。あんな元気なお友達に囲まれて……」

「はあ？　どこが。女子が大量に群がってきてもうるさいだけなんで……そんなことより」

グラツィアーノは身を屈め、ずいっとフランチェスカを覗き込んだ。周囲の女子たちが声を上げるが、フランチェスカは女子たちから、「グラツィアーノのお姉さん」と思い込まれているらしい。

「見て見て。仲良し姉弟！」

微笑ましそうに言われて、グラツィアーノは何故かますます拗ねたようだった。

「今日も迎えの馬車を断ったんですよね。朝は俺を置いていくし、なんでですか？」

「しばらく登下校は『友達』とするの。グラツィアーノが起きるよりも早く家を出てるんだよ」

「ふーん……」

グラツィアーノが目を細めたので、フランチェスカはちょっとたじろいだ。やがてこの生意気な弟分は、ずばりこんなことを口にする。

「……お嬢、本当に友達できたんすか？」

「なんで!?　できたよ!?」

どうしてそんな、『心底信じられない』という表情をするのだろうか。心外になって言い返すが、グラツィアーノは猶も疑いの目を向けてくる。

「だったらそれ、交ぜてくださいよ。俺もお嬢の友達とトーゲコーするんで」

「グラツィアーノ、馬車でギリギリ間に合ういまの時間に起きるのが限界でしょ」

グラツィアーノは朝に弱い。夜にファミリーの仕事を命じられることがあるというのを差し引いても、朝はぐずぐずなのだ。フランチェスカは寝起きのグラツィアーノのことを、心の中で『お鍋で煮過ぎた餅巾着モード』と呼んでいる。

「……朝が駄目なら、放課後だけでも一緒に帰ります」

フランチェスカは腰に両手を当てて、背の高い弟分を見上げた。

「我が儘言わないの。グラツィアーノはいっしょに帰れないでしょ。だって……」

「おい、そこの一年」

低い声に呼ばれ、グラツィアーノが顔を顰める。グラツィアーノ目掛けて歩いてくるのは、銀髪に青い瞳を持つ青年リカルドだ。

「お前は補習の対象者だろう。昨日も言ったが、授業が終わったら真っ直ぐ第三校舎に向かうように」

「ほら、グラツィアーノ。セラノーヴァさんの言うこと聞いて」

グラツィアーノは中間テストで居眠りをし、周囲の級友や監視の教師を絶句させたそうだ。その結果点数は芳しくなく、補習を受けることになっている。

逃亡しがちなグラツィアーノを、リカルドはこうして迎えに来てくれているのだった。

「面倒を掛けてごめんなさい、セラノーヴァさん。グラツィアーノをよろしくお願いします」

「ほら行くぞ、もっとキビキビ歩け。このままの速度で移動すれば、計算上は十五秒の遅刻になるぞ」

首根っこを掴まれたグラツィアーノが、ほとんど引きずられるように連行されていく。リカルドは去る前に、一度だけこちらを振り返った。

そして、生真面目に一礼する。

(あの夜会の一件以来、リカルドから妙に恩義を感じられてる気が……)

見たところフランチェスカがカルヴィーノ家の娘だということは、さすがに気付かれてしまっている。けれどもリカルドは、父親にも話さずにいてくれるようなのだった。そのことにほっとしつつ、気を取り直して校門の方に向かう。

(ちょっと遅くなっちゃった。走ろう!)

最初は小走りに駆け出すものの、途中からぐんぐんと加速する。煉瓦に彩られた街並みを駆け抜けると、待ち合わせ場所まではあっという間だ。

片隅にある花屋の前には、先に学院を出ていた『友達』が待っていた。

「――レオナルド!」

「フランチェスカ」

レオナルドが顔の前へと右手を上げる。フランチェスカはぱっと表情を輝かせ、その手にぱんっとハイタッチをした。

（すごい、友達っぽい……!!）

その感動を噛み締めつつ、彼を待たせてしまったことを謝る。

「ごめん、お待たせ！」

「走ってきたのか？　それほど急ぐこともなかったのに」

レオナルドは笑いながら、フランチェスカの方に手を伸ばす。

「ほら。……綺麗な髪が乱れてる」

「――……」

フランチェスカはむむっとくちびるを尖らせると、その手をぎゅっと掴んで止めた。

「ちょっと待った！　これは『友達』じゃないやつでしょ」

「おっと。騙されなかったか」

「……？　何か言った？」

フランチェスカがじっと見上げると、レオナルドはにこりと笑う。

「なんでもない。悪かったな、綺麗な女の子にはついつい習慣で」

（たとえ友達相手でも、女性を見たら無意識に口説いちゃう体質なんだなあ。可哀想……）

フランチェスカは呆れてしまう。『友達』にはなってみたものの、レオナルドのこの悪癖は根深いようで、まるで恋人のように接してくることがあるのだ。

「もう、約束だからね。私たちは恋人じゃなくて友達。婚約解消だって諦めてないんだから」

「もちろんだ、分かっているとも。婚約解消については約束できないが」

（たとえ友達になったとしても、そこの『企み』部分には頑ななんだ……）

フランチェスカはレオナルドと友達になって以降、ふたりで一緒に登下校をしている。

下校の際はパン屋に寄ったり、雑貨屋さんに連れて行ってもらったりして、とても充実した『初めての友達生活』を送っているのだ。けれども今日の放課後は、目的が違った。

「でも、本当に良いの？　レオナルド」

「なにがだ？」

「今日はいつもの遊びじゃなくて、私の用事だから」

レオナルドは「もちろん」と笑い、花屋の奥に声を掛けた。

「美しいマダム。先ほどの花を」

「ふふ。坊や、本当に口がうまいのねえ」

店から出て来た老婦人は、手に花束を抱えている。真っ赤な薔薇の花束だが、それを束ねるリボンにだけは、死者を弔う色でもある黒色が使われていた。

「レオナルド。これ」

「それじゃあ行こうか」

大きな赤薔薇の花束を、レオナルドは当然のように抱える。

「『友人』として、君の母上への挨拶だ。この手土産が、お気に召すと良いんだが」

「……うん！」

そう言って、今日の目的地である墓地に向け、ふたりで歩き始めたのだった。

＊＊＊

フランチェスカの母である女性は、フランチェスカが生まれたときに亡くなっている。前世の記憶を取り戻すよりも前で、フランチェスカは母親の顔を知らない。

隣国の貴族令嬢だった母は、なんとあの父と恋愛結婚だったそうだ。

ふたりは心から思い合っており、フランチェスカの生まれた日までは幸せだった。けれどもそれは引き裂かれ、フランチェスカの産声を聞いたその直後に、母は意識を失ったのだという。

父が生まれたばかりのフランチェスカを憎むように遠ざけたのも、すべては母の死がきっかけだったそうだ。墓地の前で跪き、赤い薔薇の花束を捧げたフランチェスカは、傍らのレオナルドにそっと打ち明けた。

「パパはね、本当にママが大好きだったの」

「……」

そのことを、父から直接聞いた訳ではない。

ゲームの個別シナリオを開放しても、はっきりとした描写は無かった。それでも父の声音や表情から、亡き妻への愛情は痛いほどに伝わってくる。

フランチェスカが記憶を取り戻したばかりの頃も、父は実の娘を心底から憎み、忌々しそうに見据えていた。

『さっさとフランチェスカをどこかに片付けろ。子供が屋敷をうろつくと邪魔だ』

『待って、おとうさま！』

それでも当時のフランチェスカは、必死に父との関係改善を試みたのだ。

（父親の怖い顔なんて気にしない、前世ではいつも怖い顔の人たちに囲まれてたんだから！　睨まれたって怒鳴られたって、怯むもんか……!!)

そんな覚悟をもってして、父に対してこう叫んだ。

『わたし、おとうさまと一緒にいる！　おしごと邪魔しないから、おねがい！』

『目障りな存在を、のさばらせるな』

フランチェスカが飛びついても、構成員たちによって引き剥がされる。それでも決して諦めず、何度も父にしがみつくことを何か月も繰り返していたある日のことだ。

『お前は一体、何がしたいんだ？』

まったくこちらを顧みなかった父が、不意にこう声を掛けてきた。

最初の頃のような憎しみは、水色の瞳から消えている。しかし今度は冷たくて空虚な瞳が、フランチェスカを見下ろしていた。

『私の周りを付き纏って、縋り付いて。……菓子などをやったことすら一度もないのに、私の何を目当てにしている？』

その言葉を聞いて、フランチェスカは泣きそうになってしまった。

『……っ、目当てなんて無いよ！』

あのときの感情を振り返れば、自分でも不思議なくらいなのだ。

父との関係性をゲームと変えることは、『平穏な生き方』を目指す上での必須条件だった。それなのに、フランチェスカの心の中にあったものは、父に向けて口にした別の感情だ。

『おとうさまの娘として、おとうさまと一緒にいたいだけなの……！』

『………………！』

書斎で母の写真を眺めている父の姿を、たった一度だけ見たことがある。

その表情は虚ろな無表情で、心の中など窺えないものだった。けれど、だからこそ、父の心情がはっきりと分かってしまったのだ。

『……私がおかあさまを死なせちゃって、ごめんなさい……』

『……フランチェスカ』

ぼろぼろと涙を零したフランチェスカの名を、父が初めて呼んでくれた。

『ごめんなさい、おとうさま。……ごめ……』

フランチェスカが口にしたのは、前世で同様に母を死なせてしまった罪悪感と、今世でも同じことを繰り返してしまったことへの懺悔だ。

『……っ』

次の瞬間、父がフランチェスカを強く抱き締めた。

『──お前の所為ではない』

『おとうさま……？』

父の声は、刻み込むように繰り返す。

『あいつが命を落としたことで、お前が負う責があるはずもない』

『おとうさま……』

『……いままで、すまなかった……』

絞り出すようなその声音が、あまりにも辛そうだったことを思い出す。

フランチェスカはそのまま父にしがみつき、泣きじゃくってしまった。そして恐らくはあのときが、母が死んでから一度も泣いたことのなかった父の、唯一涙を流したであろう時間だったのだ。

あの日のことを思い出したフランチェスカは、母の墓前で目を細める。膝の上に頬杖をついたレオナルドが、微笑みながらこんな風に尋ねてきた。

「君は、お父君のことが好きなんだな」

「うん。大好き！」

「なら、カルヴィーノ当主は俺のライバルということだ」

レオナルドの言葉に、「なにそれ」と笑った。

「パパは私を何処にでも連れて行ってくれるけど、ママのお墓参りだけは、パパと別々に来ることにしてるんだ」

「へえ。それは何故だ？」

「パパとママを、ふたりきりにしてあげたいから！　娘として、両親のデートを邪魔するわけにはいかないでしょ？」

フランチェスカはしゃがんだ膝の上に頬杖をついて、悪戯っぽく笑う。すると隣にいるレオナルドは、眩しそうに目を細めるのだった。

「君は不思議なことを言うんだな。まるで亡くなった母君が、今この場所にいるかのようだ」

（そうだった。前世の日本と違ってこの世界では、『お墓には亡くなった人の魂が眠っている』とは考えないんだよね）

だから、墓前に手を合わせるという習慣もない。この世界でのお墓参りは、自分の心の中にいる生前の故人を思い出し、振り返るための儀式なのだ。

「さっきまでの、墓前に祈りを捧げている君の姿も」

レオナルドは目を細め、柔らかな声音で言う。

「横顔が美しく、とても真摯で驚いた。……母君に、なにか相談でもしていたのか？」

「分かるの？」

「なにせ、『友達』だからな」

冗談めいた微笑みだ。けれどもその軽やかな口ぶりが、フランチェスカへの気遣いであることはなんとなく分かった。

（……こんなこと、ママ以外の誰にもまだ言えない）

正確に言えば、誰に話しても大丈夫なのかが分からない。

（……『この世界で、これから起きる大きな事件の、黒幕が誰なのか悩んでる』なんて……）

先日の夜会で起きた騒ぎのあと、フランチェスカはなるべく不安を抱かないよう、冷静に思考を巡らせてきたつもりだ。

けれどもテスト期間が終わり、脳の思考領域が空いてからは、抱かないようにしていた不安までが滾々《こんこん》と湧き上がってきているのだ。

（前世の記憶を取り戻してから十二年間、ずっと『黒幕』はゲーム通りのレオナルドだって疑わなかった。だけど私が知らない先のシナリオで、それが覆される可能性もあったんだ）

しゃがみこんでいるフランチェスカは、膝の上へと口元を埋める。

（――ゲームとしては本当の黒幕が、主人公の父親である可能性も有り得る。主人公が、子供の頃からずっと一緒にいたお世話係の可能性も。学院で初めて出会って、最初に手を組むことになる、別フ

ァミリーの次期後継者である可能性もある）

そう思うと、頭の中でぐるぐると思考が空回りしてしまう。

（みんなのことを信じてる。……だけど『敵』側の人たちには、人の考えや行動を支配するスキルがあるんだ。私の大切な人が、普段は正気のままで、なにかあったときだけ思考を乗っ取られていたりしたら……）

そうやって本人ですら気付かないうちに、大きな事件に巻き込まれている可能性もある。

（もしも薬物事件に関わっている場合、それが他ファミリーに知られたら、待っているのは粛清）

誰ひとり例外はない。そのことを思うと、ぞっと背筋が寒くなった。

（止めなくちゃ。黒幕は、罪のないたくさんの一般人を巻き込むんだから）

膝を抱えたその指に、ぎゅうっと力を込める。

（たとえ、どんなことをしてでも……）

「――フランチェスカ」

名前を呼ばれ、顔を上げる。

レオナルドの手が、フランチェスカの方に差し出されていた。首を傾げると、レオナルドは自身の手を握り込んだあと、フランチェスカの前でもう一度開く。

「わ……っ」

その手のひらに、一輪だけの黒い薔薇が現れた。

「すごい、レオナルド！　黒薔薇なんて、一体どこに隠してたの？」

「秘密。……ほら」

「！」

その薔薇は、棘《とげ》も丁寧に取り除かれているようだ。レオナルドはまるで髪飾りでも贈るかのように、フランチェスカの耳の横へと着けてくれた。

「君の髪色には、黒色の薔薇もよく映える」

「……」

黒薔薇は、レオナルドの家の家紋だ。

それをこうして贈ってくれることには、どのような意味があるのだろうか。金色の瞳を見詰めてみると、彼はどこか苦笑に近いニュアンスで目を細める。

「俺は先日、『俺が寂しさなんて感じるのは、君にだけだ』と伝えただろう？」

「……うん、言った」

「だから君の気を引く作戦を考えたんだ。ここ数日、なにか考え込んでいる友人を元気付けるために」

人間観察に優れたレオナルドが、フランチェスカの悩み事に気付かない訳もなかったのだ。

「君の思考が俺以外の誰かで占められていると、俺は寂しくて仕方がない」

「レオナルド……」

フランチェスカは瞬きをしたあと、おかしくなってくすっと笑った。

「ふふっ。それでお花？」

「君は可愛いから、花の類がよく似合うな」

「はいはい、ありがとう。……でも嬉しい」

そっと髪につけられた薔薇に触れると、ふわりと甘い香りがする。

（不思議。最近パパやグラツィアーノの前でも、ちょっと変な態度を取っちゃってたんだけど）

グラツィアーノが先ほど、フランチェスカと一緒に帰りたがったのは、実のところその所為なのではないかと思っている。

（レオナルドのことは、十二年前からずっと疑ってきたもんね。――だからこそ、レオナルドにだけは今まで通り、怯え過ぎずに接することができる）

レオナルドが先に立ったので、フランチェスカも立ち上がる。

「レオナルド。教えてほしいことがあるの」

「なんだ？」

フランチェスカは、静かに尋ねた。

「レオナルドは、このあいだの夜会で起きた事件に関わっている？」

「――……」

あまりにも捻りのない問いに、レオナルドは少々驚いたらしい。けれどもレオナルドは、すぐにくちびるを笑みの形に変え、悪いひとのような表情で言った。

「そんなことを、俺が正直に吐くと思うか？」

挑発が滲んだ声音と笑みだ。だからこそフランチェスカは、はっきりとこう返す。

「少しずつ分かって来たの。レオナルドは策略家だけれど、人を騙したり誤魔化したりはあんまりしないんじゃないかな。だって」

吹き抜けた風が、フランチェスカの髪とスカートの裾をふわりと翻す。

「……あなたなら、たとえどんな人間を敵に回しても、自分の目的を達成できる」

目的の遂行のために、誰かを騙す必要なんて無いはずだ。そう告げると、レオナルドは小さく喉を鳴らして笑った。

「君は、俺のことを買い被り過ぎだ」

「レオナルド？」

「俺はろくでもない人間で、目的のためならなんでもする。……汚い手段も平気で使うさ」

「本当にそうなら、わざわざ口に出して言わないよ」

フランチェスカは少々呆れて、レオナルドに告げる。

「それこそさっきの質問には、『関わっていない』って即答するはず。あんな口ぶりじゃ、たとえ私がレオナルドを信じていたとしても、疑っちゃうかもしれないでしょ」

レオナルドが、そんなことに無自覚なはずはない。

「むしろレオナルドの言葉は、ギリギリのところで私に嘘をつかずに済むように、はぐらかしているように聞こえるよ？　――私があなたを信じないように、警告してるみたいにも思える」

「……っ、は」

思わず零してしまったかのような、小さな自嘲の笑みだ。

「俺は嘘つきだよ、フランチェスカ。そして君は本当に、人を疑うのが下手すぎる。困ったものだ」

「し……叱られてる？」

「もちろん褒めている。心から」

レオナルドは向かい合ったまま、フランチェスカと手を繋ぐように指を絡めた。

「だけど心配だ。人を信じ過ぎると、裏切られるからな。……特に、俺たちの生きている世界では」

「……」

「俺の父親と兄も、そういう性質の人間だった」

レオナルドの言葉に、フランチェスカは目を丸くした。

（家族の話だ）

レオナルドの口からは、ゲームでだって語られていなかった。フランチェスカの緊張を、彼は悟ってしまっただろうか。

「あの日、馬鹿正直に敵対ファミリーの元まで出向いて行って、それでまんまと命を落としたんだ」

その事件は、ゲームの中でこう語られている。

『敵対ファミリーの仕業だというのは嘘偽り。幼かったレオナルドが、自分が当主になるために仕組んだこと』だと。

「俺の父を殺すのは、さぞかし簡単だっただろう。あの頃子供だった俺にだって、そのことは想像できたくらいだ」

その語り口は淀みなくて、軽薄だった。

けれどもそこには何となく、隠されたものの片鱗が見えるような気がして、それを見付けたくて目を凝らした。

「レオナルド」

フランチェスカは、真っ直ぐに彼の瞳を見つめる。

「私のことを、好きだって思ってくれる？」

問い掛けに、レオナルドはわずかに目をみはった。

そのあとで、心得たように笑みを浮かべる。

「……もちろんだ。親愛なる友人、フランチェスカ」

「ありがとう。そしてあなたのお父さんやお兄さんは、私に似てるって言ったよね？　だったら」

レオナルドが先ほど繋いできたその手を、フランチェスカからぎゅっと繋ぎ返す。

この友人に、少しでも何かが伝わってほしいと願いながら。

「……レオナルドは、お父さんやお兄さんのことだって好きでしょう？」

「――……」

そのときのレオナルドの表情は、どこか幼い子供のようでもあった。

知らない言葉を耳にしたかのような、忘れていた景色を目の当たりにしたような、そんな顔だ。

「……俺が？」

「！」

ぽつりと紡がれたその問いを、絶対に逃してはいけない気がした。

「っ、そうだよ！」

だから、フランチェスカは言い募る。

「亡くなったふたりのことが、好きなはずだよ。……私のことが好きっていうのが、嘘じゃないなら！」

「…………」

口を閉ざしたレオナルドが、あわく眉根を寄せる。

なんだか苦しそうで、けれども目を逸らしてほしくはなくて、フランチェスカは手探りで口にした。

「言ってみて。私のことが好きって」

その表現は、レオナルドが軽率に繰り返してきたものだ。

「おねがい」

「……っ」

その瞬間、レオナルドはほんの少しだけ顔を歪めた。

かと思えば彼の手が伸びて、ぎゅうっと抱き締められる。

「……レオナルド」

いつもの余裕なんて、まったくない。

どこか縋り付くような、そんな寄る辺ない触れ方に、フランチェスカは息を呑んだ。

そうして耳元で、少し掠れた声が紡がれる。

「──好きだ」

「…………っ」

その言葉に、胸の奥が締め付けられるような心地がした。

レオナルドはフランチェスカを抱き締め、どこか祈るように口を閉ざす。それでも、フランチェスカの肩口へ甘えるように額を擦り付ける仕草が、言葉よりずっと饒舌《じょうぜつ》に語るのだ。

「……なんて、な」

次に聞こえてきたのは、いつも通りの軽い声音だ。

レオナルドは腕の力を解き、ゆっくりと一歩後ずさると、不敵な笑みで冗談めかしたことを言う。

「びっくりしただろう？」

「……レオナルド」

「やっぱり君は、人を疑うのに向いてない」

彼はそんな風に言うけれど、ここで騙されることはない。

（……子供の頃のレオナルドが、お父さんたちを殺したなんて嘘だ）

そのことだけは、なんとなく感じられた。

「生憎《あいにく》、俺が薬物事件に本当に関わっているかを君に話すつもりはない」

「どうして？」

フランチェスカが尋ねると、レオナルドは柔らかく言うのだ。

「表の世界で生きたい人間が、こんなことに首を突っ込むべきではないからさ」

「……」

フランチェスカは考えたあと、口を開いた。

「でも、友達だよ」

フランチェスカにとって、友達は世界でただひとりだ。

生まれて初めての存在だから、間違った接し方かもしれない。それでも言葉を紡ぐ。

「私の憧れてる『友達』は、こういうときどんどん首を突っ込むものなんだ」

レオナルドの手をぎゅっと握り、目を見て告げた。

「だからね。……離さない」

「……！」

そう告げて、フランチェスカの中にはひとつの決意が生まれてくる。

（ずっと『黒幕』だと思っていたレオナルドとも、友達になれたんだから）

少しだけ面食らった表情の彼を見て、考える。

（『家族』であるパパやグラツィアーノ、『同級生』のリカルド……誰が敵かもしれなくても、関係ない。みんなが望んでひどいことをしたり、約束を破ったりする人じゃないって、分かってるもん）

そうであれば、やるべきことは明白だ。

（薬物事件は収束させる。その上で、もしも私の知っている誰かが不本意な『悪党』を演じさせられているのなら、それもなんとかするんだ。……レオナルドが本当に本当に黒幕だったなら、なんとしてでも止めればいい。友達として！）

「フランチェスカ？」

視界がきらきらと輝いて、フランチェスカはにっと笑った。

「へへ。なんか、やるべきことが分かって元気が出た」

「ふ」

レオナルドは満足そうに目を細め、フランチェスカの頭を撫でた。

「それはよかった。……そろそろ行こうか」

頷いて歩き出し、最後にもう一度墓石を振り返る。

（またね、ママ）

一歩前に進めたような気持ちになり、小さく手を振った。

＊＊＊

帰り道、途中のアイスクリーム屋さんに立ち寄ったフランチェスカたちは、それぞれに好きなアイスを選ぶ。フランチェスカはチョコミントで、レオナルドは普通のチョコレートにしたようだ。

街角の人気店には、いつもちょっとした行列が出来ている。もちろん並ぼうとしたのだが、レオナルドはこう言った。

「俺が並んで買ってくるから、君はこの先のベンチにでも座っていてくれ」

「え。ううん、私も一緒に並ぶよ」

「役割分担。日当たりのいいベンチはすぐに取られるから、君が確保しておいてくれないか？」

レオナルドはこう言うが、恐らくはフランチェスカを並ばせないようにする気遣いだ。

「じゃあ、レオナルドの鞄は私が持ってる」

「ああ。頼んだ」

（……こういうとき、ちゃんと私にも頼みごとをしてくれるんだよね）

対等な友人関係であることを、きちんと示してくれているのだろう。フランチェスカは、さほど重くないレオナルドの鞄と自分の鞄を持ち、少し離れたベンチに腰を下ろす。

（レオナルドのお陰で、だいぶ冷静になれた気がする。じゃあ、さっそく次の作戦！）

目を閉じて、ゲームのシナリオを思い出した。

（今日は五月二十六日。中間テストが終わった翌週月曜、新月の日……ゲームシナリオでは、ひとつの動きがある日のはず）

細かい日付は曖昧だが、テスト後にある最初の新月だったことは間違いない。シナリオは、一章の後半に差し掛かってくる頃合いだ。

（ゲームでは主人公とリカルドの調査によって、夜会の大騒ぎや薬物事件の黒幕がレオナルドだって

いうことになる。主人公とリカルドはレオナルドに立ち向かうため、お互いのファミリー同士で同盟を結べないか奔走するんだ）

ふたりはそれぞれの父親、両家の当主に働きかけるのである。

（レオナルドは、カルヴィーノ家とセラノーヴァ家の同盟を妨害しにくる。主人公とリカルドはとあるお屋敷に閉じ込められちゃって、そこから命の危険がありつつも脱出する流れだ）

それによって主人公は、最初の協力者であるリカルドと絆を深めるのだ。

（この脱出成功をきっかけに、両家の父親が同盟を結ぶことになる。そして逆に、パパが私とレオナルドを婚約破棄させて、レオナルドとの対立がより激化することに……）

そこまで思い出して、溜め息をついた。

（……さあ、どうしよう。これまでのことを考えると、『ゲームイベントと同じ出来事は、必ず起こる』と思って間違いがなさそうだし）

主人公の誘拐、夜会への参加にそこでの騒動と、どれほど避けてもイベントは発生してしまう。ただ、その中身や結末は変えられそうだという点だけは朗報だった。

（今日うちに帰ったらきっと、セラノーヴァ家からの遣いが来てるんだ。レオナルドが薬物事件の犯人であることを暴いて排除するために、同盟を組む流れになるはず……だけど、いまは怖いなあ）

本当の黒幕が誰なのか、いまのフランチェスカは疑っている。

（この状況で、下手にファミリー同士の関係性や繋がりを変化させるのはどうなんだろう？　それに、アルディーニ家やレオナルドが敵だっていうことを前提にした同盟も気が進まない）

ぼんやりしていると、レオナルドがコーンに載せられたアイスを手にやってきた。

「列の進みが速かった。ほら」

「ありがとう、レオナルド！」

お礼を言い、アイスの代金を渡す。当主であるレオナルドは、お小遣い制であるフランチェスカよりもお金持ちなのだが、ちゃんと受け取ってくれるところが対等で嬉しい。

フランチェスカはお財布を仕舞ったあと、受け取ったアイスをかぷりと齧《かじ》った。甘さと爽やかさの入り混じった独特の味わいに、にこにこする。

「おいひい……」

「真剣な顔して俯いてたけど、何考えてたんだ？」

「んーと。もっとたくさん友達を増やすには、どうしたらいいかなって」

そう適当に誤魔化すと、レオナルドは「ふうん」と目を細めた。

「……レオナルド、いまちょっと拗ねた？」

「うん。『俺がいるだろ』って思った」

時々びっくりするのだが、レオナルドは意外なほど素直に自分の感情を口にすることがある。

「ひどいな、フランチェスカは。俺というものがありながら」

なんだかとても悪いことをしているような気がしてきた。だが、騙されてはいけない。

「で、でも。レオナルドこそ、私以外にたくさん友達いるでしょ」

「他の連中なんて、利害が一致して一緒にいるだけだ。あいつら百人集まったって、君に並ぶことすら有り得ないさ」

（……どこまで冗談で言ってるのか、よく分かんないなあ……）

むむむと悩みつつ、チョコレートミントのアイスクリームを食べ進める。元々が日本で作られたゲームの世界だからか、この世界に存在する食べ物やお菓子は、前世の日本とよく似ているのだ。

「他の友達は欲しいけど、レオナルドが最初の友達っていうのは変わらないよ。だから、レオナルドは特別」

「君にとっての特別？」

「うん」

そう言うと、レオナルドは満足そうに笑う。

「それじゃあ約束だ。……この先、もしも君に他の友達が出来ることがあっても、君にとっての一番は俺。な？」

「……それって、もしかして」

アイスクリームの端っこを齧り、呑み込んだあとで、フランチェスカはどきどきしながら尋ねた。

「つまりは親友ってこと……!?」

「……っ、ふ」

レオナルドが小さく笑ったのを不思議に思うも、彼ははっきりと頷いてくれた。

「ああそうだ、我が親友。だからこれからもふたりっきりで遊んだり、食事をしたりしよう」

「ふへへ……」

夢にまで見た友達に、思わず頬が緩む。そしてフランチェスカは、レオナルドが手に持っているアイスクリームの様子に気が付いた。

「レオナルド、アイスが溶けてるよ」

溶けたアイスがコーンを伝い、レオナルドの指を汚した。彼がそれをぺろりと舐める、それだけの仕草がとても艶っぽい。

（本当に、綺麗な男の人だなあ）

そう思いつつも、フランチェスカは尋ねた。

「そのアイス、私の知ってるチョコと違う。何味？」

「ん？　……ほら」

溶けかけたアイスを口元に差し出される。それに甘え、ぱくりと噛み付いた。柔らかくなっているアイスクリームは、フランチェスカの舌の上ですぐに溶ける。

「んむ、おいひ……」

独特の甘い味だ。苦いような甘すぎるような、不可思議な感覚を覚える。

「なんか、大人っぽい味する……」

フランチェスカが、そう呟いた瞬間だった。

「……あれ？」

視界がふわりと柔らかく揺れて、ぱちりと瞬きをする。

目の前にいるのはレオナルドだ。彼はこれまでに一度も見たことのない、驚いた顔でフランチェスカを見下ろしていた。

「フランチェスカ？　君、まさか」

「なんか、ふわふわする……」

そう呟いた瞬間、とろんとした眠気に襲われた。

「おい嘘だろ。アイスに入ってる程度の酒で酔うなんて、子供でも……フランチェスカ！」

（あれれれれ……？）

気持ち悪くはない。頭も痛くないし、辛くもない。

（ただひたすら、ふわふわ気持ち良くてあったかくて、すごくねむい……）

そのままとろんと目を閉じると、レオナルドの方にずるずると倒れ込んでしまったのだった。

＊＊＊

ゲームの主人公としてのフランチェスカが、どれほど酒に弱い体質であるのかを、ストーリーで語られた機会は一度もない。

このゲーム世界で、お酒を飲めるのは十八歳になってからだ。フランチェスカは十七歳で、その解禁は来年であり、シナリオ上では一度も飲酒することはなかった。

しかし、『アイスクリームに含まれた酒にも酔う』という体質は、ゲーム設定によって定められたものなのだろう。

（……ん……？）

ふわふわした心地で目を開けたとき、そこにはよく知っている天蓋が見えていた。フランチェスカの傍らでは、ふたりの青年が話しているようである。

「だから、あんたはさっさと帰れって言ってんでしょ」

（……グラツィアーノ？）

弟分の声のあと、『友達』の声が返事をする。

「そういう訳にはいかないな。俺は責任を取って、フランチェスカが目を覚ますのを見届ける」

（レオナルド……）

ぴりぴりしたグラツィアーノの声に対し、レオナルドは飄々とした余裕があった。恐らくはわざとグラツィアーノのことを煽り、それを楽しんでいるのだろう。

それを受け流せないグラツィアーノは、ますます不貞腐れたように言い返した。

「ここが誰の部屋だと思ってるんだ、早く出てけよ」

「番犬がおかしなことを言う。ここはフランチェスカの部屋なんだろ？　だったら俺だけじゃなく、お前だってここに居座る権利はないはずだが」

「酒にやられて寝込んでるお嬢を、ひとりで放っておける訳がない」

「同感だ。俺が見てるから、お前はさっさと下っ端の仕事に戻りな」

そう言われて、とうとうグラツィアーノが耐えかねたらしい。

「っ、大体！　あんたがお嬢に妙なものを食わせたから……」

「んんん……」

「!!」

グラツィアーノが慌てたように、フランチェスカの眠る寝台に手をついた。その前に、レオナルドが呼び掛けてくる。

「おはよう、俺のフランチェスカ。具合はどうだ？」

「……わたし……」

「お嬢!!　大丈夫ですか、すぐに医者を……!!」

フランチェスカはぱちぱちと瞬きをしたあと、唯一はっきりと覚悟できる事態を口にする。

「……チョコレートミントのアイスクリーム、最後まで食べ損ねちゃった……？」

「…………………」

「……っ、くく……！」

グラツィアーノが顔を顰め、レオナルドが何かを堪えるように俯いた。まだ何処かふわふわするような気がするものの、フランチェスカは寝台から身を起こして辺りの様子を確かめる。

「私の部屋……レオナルドが運んで来てくれたの？」

「すまなかった。まさか君が、あんなにも酒が苦手だとは」

レオナルドは、まだ火照っているような気がするフランチェスカの頬に触れた。

「冷たくて気持ちいい……」

「そう？　よかった」

「……お嬢に気安く触るな」

グラツィアーノがむすっとして、レオナルドの手首を掴む。レオナルドは至って楽しそうに、けれども暗い目で見下ろしながら言った。

「ははっ！　本当に、躾《しつけ》がなってない番犬だな。主人にとっての客人が誰かも区別がつけられないとは」

「主人に危険が及んだときは、首輪を噛みちぎってでも敵を殺しに行けって躾けられてるんで」

（な、なんでこんなに対立しあってるの……!?）

フランチェスカはひとまず弟分を見上げ、彼から宥めることにした。

「ごめんグラツィアーノ、きっとびっくりさせたんだよね？　私がレオナルドの食べてたアイスを分けてもらったら、そこにお酒が入ってたみたいなんだ」

「酒のせいかなんて分かんないでしょ。この男に、何か薬を盛られた可能性だってあります」

「こら！」

そもそもレオナルドが食べていたアイスクリームなのだから、その可能性は低い。そう言おうとしたところで、フランチェスカは自分の失敗に気が付いた。

「……そもそもが、なんでこいつとアイスなんか食べてるんですか？」

（ああーっ、やっちゃった……！）

レオナルドがフランチェスカの『友達』であることは、カルヴィーノ家のみんなには内緒にしていたのだ。その理由は数年前、夕食時の父が、フランチェスカにこう告げたからだった。

『フランチェスカ。お前に万が一、「男友達」なるものが出来たなら、まずは私に報告するように』

『男友達……』

フランチェスカには、生まれてこの方友達が出来たことがない。そのため、同性や異性という枠組みで友人を分けることの意味があまり分からなかった。

だが、それもすべて自分が『友達初心者』であるからだと納得し、一度は頷く。

『んんっと……分かったよパパ。私、一日も早くパパにそんな報告が出来るよう、頑張るからね！』

『……自然体のお前で、頑張らなくていい。だが、安心しろ』

ナイフとフォークを動かしながら、父は淡々とこう述べる。

『友情を口実に近付いて来る不逞の輩は、私がすべて素性を調べ上げてやる』

『へ……っ』

『お前の友人としてふさわしい男か、ファミリーの総力を挙げて試験してやろうではないか』

その宣言に、当時のフランチェスカは青褪めた。

『不合格の者が出た場合は、もちろん適切な処分を下す。お前の元に残る「男友達」は安全な人間ばかりだ、心置きなく友情を育むといい』

『わ、わあ……！』

引き攣《つ》った笑みを浮かべつつ、フランチェスカはきゅっとグラスの脚を握った。

『あ……ありがとう、パパ……！』

『このくらい容易いことだ。ろくでもない男がお前に近付くなど、あってはならない問題だからな』

（婚約者や恋人じゃなくて、お友達の話だったはずなんだけどなあ……!?）

当時のことを思い出して、フランチェスカは溜め息をつく。

（まったくパパったら。『友情を口実に近付いて来る不逞の輩』なんて、そうそう居るわけがないのに……）

そもそもあれから数年経ったいまですら、フランチェスカの友達はたったひとりだ。

（だから私に初めての友達が出来たことも、グラツィアーノにしか話してなかったんだよね。グラツィアーノにも、友達が男の人だってことや、そもそもレオナルドであることは内緒にしてたんだけど……）

だが、先ほどのフランチェスカの失言により、グラツィアーノはフランチェスカをじとりと眺めている。

（ど、どうしよう。友達がレオナルドだったってバレたら、さすがにパパに報告が行っちゃう……！）

グラツィアーノは忠実なお世話係だが、彼の主人はフランチェスカでなく父なのだ。

大半はこちらの味方になってくれる弟分も、フランチェスカの身を守るためという名目であれば、あっさり父の側につくだろう。

「れ……レオナルドと、一緒にアイスを食べていた理由は……」

これはもう、正直に話すしかないだろうか。

フランチェスカが口を開こうとした、そのときだった。

「それは、当然」

上掛けの上に置いていたフランチェスカの手を、レオナルドの手がやさしく握る。

彼はまるで愛おしい者を眺めるかのようなまなざしで、フランチェスカを見詰めた。

「──俺とフランチェスカが、婚約者同士だからに決まっているだろう？」

「！」

レオナルドの言葉に、フランチェスカは目を丸くした。グラツィアーノは思いっ切り顰めっ面をして、レオナルドを睨む。

「あんた、何を言って……」

「彼女は俺の、未来の花嫁だ。放課後にデートくらいするし──……」

（デート！）

フランチェスカはびっくりした。だが、レオナルドがこちらを見て悪戯っぽく笑ったので、その意図に納得する。

「フランチェスカが『友達』に予定をキャンセルされて悲しんでいれば、時間潰しの代役を買って出ることもある」

（……私の嘘を、誤魔化そうとしてくれているんだ）

指を絡められて、嬉しさにじんわりした。

「ありがとう、レオナルド……」

「俺が協力しないはずもないだろう？　……君の、『退屈』に」

フランチェスカの告げたお礼が、『放課後デート』のことではないと分かっているはずだ。それでもレオナルドは、フランチェスカの手の甲に口付けるふりをした。

まるで、本当の恋人同士みたいだ。そのことを意識して、少しだけ緊張してしまう。

（演技とはいえ、ちょっと落ち着かないや……）

どうしてこんな風に、心臓がどきどきするのだろう。

「……」

口を閉ざしたグラツィアーノは、レオナルドを静かに睨み付けていた。レオナルドは軽く肩を竦め、立ち上がる。

「フランチェスカも目を覚ましたことだし、俺はそろそろ帰るかな。『来客』の邪魔をして、悪かった」

（来客？）

首を傾げるフランチェスカをよそに、グラツィアーノが低い声音で告げる。

「当主は、あんたのために予定を変えたわけじゃない。――すべてはお嬢のためだ、忘れるな」

「はは！　丁寧な念押しをどうも」

レオナルドは最後にもう一度、ベッドにいるフランチェスカを見下ろした。

「また一緒にデートをしよう、フランチェスカ。今度は君の苦手なものを抜きにして」

「う、うん……」

実際はデートではなく、友達として遊ぶ約束をしてくれているはずなのだが、その言い回しの所為でなんとなく気恥ずかしい。とはいえフランチェスカのためにを嘘ついてくれたレオナルドに合わせ、こくこく頷いた。

「じゃあな」

「ばいばい。また明日ね、レオナルド」

レオナルドは少し驚いた後、どうしてか嬉しそうに微笑んだ。

部屋の扉が閉まったあと、フランチェスカはぽつりと呟く。

「レオナルドのこと、玄関まで見送らなくて大丈夫かな？」

「お嬢、まだ立てないでしょ。顔真っ赤」

「そ、そんなに？」

どかっと椅子に座り直したグラツィアーノにそう言われ、自分の頬を触ってみる。

これは確かにぽかぽかだ。いくらなんでもお酒に弱すぎるが、眠たくなるだけで具合が悪くなったりしないのは、ゲーム設定として使いやすいように調整されているのだろうか。

「シモーネさんが廊下に控えてるんで、きっちり外まで追い出してくれるはずです。お嬢は寝ててください、水は？」

「平気。いまは体があったかくて、なんかふわふわするだけだし」

そう答えても、グラツィアーノは納得していない顔だ。心配の気持ちを受け取って、フランチェスカはふにゃりと笑う。

「ありがと。グラツィアーノ」

「……っ」

するとグラツィアーノは、ぐっと眉根を寄せて溜め息をつく。

「……やっぱり水飲んでください。お嬢、さっきからぼんやりしすぎです」

「んん、それは否定しないけど……」

そのとき、ベッドサイドに一輪の黒薔薇が置かれていることに気が付いた。

恐らくは、フランチェスカの髪に挿してもらったあの薔薇だ。フランチェスカは棘の処理された黒薔薇を手に取って、ふわりと甘やかな香りを確かめる。

(……レオナルド)

たくさんの気遣いを思い出し、改めて嬉しい。

黒薔薇を大事に手で包み、その花びらをちょんちょんと指でつついた。漆黒の花びらは、レオナルドの髪色とそっくりだ。

「元気がなくなっちゃう前に、早く花瓶に生けてあげなきゃ。ねえグラツィア……」

「──黒薔薇の花言葉」

その声音は、拗ねていてとても冷ややかだ。

「知ってます？　複数ありますが、どんなものが代表的か」

「え？　し、知らない……」

突然そんなことをグラツィアーノに言われて、フランチェスカは戸惑った。

(花言葉って、それを唱える人や本によって全然違うって聞いたことあるし。カーネーションは『母への愛情』とかだった気がするけど、白いのしか買ったことがないから自信が無いや……。そもそも、この世界と前世の花言葉って同じなのかな？）

そんな風に考えていると、グラツィアーノが静かに口を開く。

「『憎悪』」

「！」

フランチェスカは、ぱちりと瞬きをした。

「黒薔薇の花言葉は他にもあって、『恨み』とか、『死ぬまで許さない』だったはずです」

そう告げられて、思わずこくりと喉を鳴らす。グラツィアーノは皮肉めいた笑みを浮かべ、不機嫌を隠さない声音で続けた。

「各ファミリーを象徴する家紋の花は、王家が授けたものですよね。『アルディーニ家が黒薔薇なのは、力で何もかも塗り潰してきたあの家に対する皮肉だ』って噂もあるらしいですよ」

「……そんなこと」

「あの男は当主ですから、自分の家紋に付けられた花言葉を知らないなんて有り得ない。その上で、そんな意味の込められた花をお嬢に贈るなんて、宣戦布告としか思えません」

フランチェスカは、手の中に包み込んだ薔薇をそっと見下ろした。

「……お水と花瓶を持ってきて。グラツィアーノ」

「お嬢……」

そのあとで、顔を顰めたグラツィアーノに手を伸ばす。そしてフランチェスカは、グラツィアーノの茶色い頭をわしわしと撫でた。

「っ、うわ⁉」

グラツィアーノが悲鳴を上げる。それでも構わずに撫で回すと、グラツィアーノは完全に狼狽して椅子からひっくり返った。

「わあ！　グラツィアーノ、大丈夫⁉」

「なに、するんですか……！」

失態が恥ずかしかったのか、グラツィアーノは耳まで真っ赤になっている。そんな表情を見るのは久しぶりだったので、フランチェスカはくすっと笑った。

「心配してくれてありがとうの気持ち。でも、大丈夫だよ」

「……っ、なにを根拠に」

「レオナルドは確かに底知れなくて、何考えてるか分かんないし、物騒な噂もたくさんある。大抵のことなら出来る実力があるから、みんな怖がって警戒するよね。……それでも」

黒い薔薇に鼻先で触れ、目を瞑る。

父と兄の話をしたレオナルドが、少しだけ寄る辺ないまなざしを向けてくれたことを思い出した。

「レオナルドは案外、普通の男の子だと思うんだ」

「……」

裏社会に産み落とされて、その世界にふさわしく振る舞って生きてきた、ただそれだけにも思える。

「私にどういう意図で近付いてきてるとしても、根はそんなに悪い人じゃないよ。だから、大丈夫」

「……あんたは……」

ぐっと顔を顰めたグラツィアーノが、溜め息をついて立ち上がる。

「いつもいつも、誰にだってそうなんですよ。どんな下劣な奴でもクズ相手でも、人間として良い所ばっかり探して受け入れようとする。悪党相手にもかかわらず」

（別に、そういうつもりはないんだけど……）

ただ、たまたま周囲に『悪党』と呼ばれる職業の人間しかいないだけなのだ。

それは前世からずうっとなので、慣れっこだとも言えるかもしれない。グラツィアーノは拗ねたように、それでも先ほどよりはずっと険しさの取れた表情で言った。

「悪癖ですからね。……ちゃんとそれは、自覚していてください」

「うん。ありがとう」

もう一度お礼を言うと、やはり大きな溜め息を吐かれてしまった。

「それと、グラツィアーノ。さっき言ってた『来客』って……」

「……あー」

フランチェスカの質問に、グラツィアーノは溜め息をついた。

「セラノーヴァ家の当主が、うちの当主を訪ねて来てたんです」

「リカルドのお父さんが？」

「お嬢を抱えたアルディーニと鉢合わせしないよう、工夫してこの部屋に通したんすけど……。あの様子じゃアルディーニは、来客の正体に気付いてたでしょうね」

各ファミリーの当主同士が、私的な交流の場を設けることは少ない。

ましてやどちらかの私邸で顔を合わせるとなれば、なにか秘密裏の話が行われる予定だった可能性がある。それをレオナルドに知られることは、父にとって都合が悪かっただろうか。

「アルディーニが来たことをご報告したら、当主はすぐにセラノーヴァを帰しましたよ」

それを聞き、思わず項垂《うなだ》れた。

「私が酔っ払っちゃった所為で、パパのお仕事を邪魔しちゃったのかな……」

「別にお嬢の所為じゃないでしょ。そもそも事前に嗅ぎ付けていたアルディーニが、この家に来る口実作りでお嬢に酒を飲ませたのかも」

「もう、グラツィアーノ！」

弟分を叱りつつ、フランチェスカは頭を抱える。

「とにかくパパに謝らないと。私がレオナルドと一緒に帰って来たことも、パパがとんでもない行動に出る前に説明したいし……」

ちょうどそのとき、部屋にノックの音が響き渡った。

「どうぞ」と返事をすれば、開いた扉の向こうには、いま噂をした通りの相手が立っている。

「フランチェスカ」

「パパ！」

現れた父は、僅かに眉根を寄せていた。

そして説明された言葉に、フランチェスカは驚いて目を丸くしたのである。

＊＊＊

その翌日、久しぶりにグラツィアーノとふたりで登校したフランチェスカは、昼休みにこっそりとある部屋を訪れていた。

このゲーム世界における学院は、日本の学校制度とあちこちが似せてある。扉のプレートに『風紀委員室』と書かれたその部屋で、フランチェスカは首を傾げた。

「じゃあ、リカルドも呼び出しの内容は知らないの？」

「ああ……」

奥の机に向かっているのは、裏社会一家セラノーヴァ家の跡取り息子であり、この学院の風紀委員長であるリカルドだ。難しい顔でペンを走らせていた彼は、神妙に教えてくれた。

「父が突如俺に命じたんだ。三日後に父がカルヴィーノ家当主と行う会合、そこに『お前も参加しろ』と」

「うちのパパもおんなじ。『その際は十分に身なりを整えて』とも言われてて……はむ」

「ああ、同じだな。会合の主旨を尋ねたが、父は『当日話す』とはぐらかした。父は常に命令の意図がはっきりしているから、このような言い様は非常に珍しい」

「ほうあよねえ。……はむ、はむ、もぐ……」

「…………おい」

「んん……。食堂の新作、ふっごくおいひい……！」

「おい、そこの淑女。食ってから話すか話してから食うか、どちらかにしろ！」

「………………」

「……食う方を迷わず選ぶのか……」

なにせ昼休みは有限だ。風紀委員室のソファーに座ったフランチェスカは、食堂で買ったサンドイッチをまずは元気に完食したあと、ふうっと息をついてから再開した。

「ああ、おいしかった。……それにしても、一体どうしたんだろ。あのパパが、私をファミリー同士の会合に出したがるなんて」

思い出すのは、昨日の父に告げられた言葉だ。それは、『セラノーヴァ家との会合に、フランチェスカも参加してもらうことが決まった』という内容である。

（……ゲームでも、同じような会合が開かれるよね……）

フランチェスカの最大の憂鬱は、この点なのだった。

（ゲームシナリオの場合、いまは主人公とリカルドの調査によって、いくつかの事実が明らかになっている頃のはず）

その事実とは、『薬物事件の黒幕はレオナルド』で、『夜会ホールで招待客がおかしくなったのもレオナルドの所為』という点だ。

（その結果パパたちが同盟を結ぼうとするのが一章の中盤、つまりはこの時期の出来事。だけど私がフランチェスカであるこの世界で、リカルドはこのふたつに辿り着いていないよね……？）

その場合、『両家がレオナルドと対峙するための同盟を結ぶ』というイベントは発生しないのではないだろうか。そう思っていたのに、フランチェスカは呼ばれてしまったのだ。

（『裏社会に関わりたくない』っていう私の我が儘に、パパはずうっと応えてくれてた。──だけど今回の話だけは、いつもと違う雰囲気だったな）

それを察したフランチェスカは、つい「わかった」と頷いてしまったのだ。

グラツィアーノからは朝の登校時、少し複雑そうな顔で、「お嬢がすんなり了承するとは思いませんでした」とも言われていた。

（おまけに今朝になってレオナルドの家から、『数日学院を休む』って連絡が来たのも変。パパたちの会合と関係あったらどうしよう）

フランチェスカは「ううーっ」と額を押さえたあとリカルドに提案した。

「考えても全然分かんない！　ね、リカルド。四日後の会合まで、お互い何か分かったら情報交換しない？」

「……」

「……リカルド？」

リカルドは沈痛な面持ちだ。フランチェスカが首を傾げると、彼はぽつりと言葉を紡いだ。

「……すべては俺が、未熟な所為なのかもしれない」

「ど、どうしたの⁉」

突然の吐露を聞かされ、慌てて立ち上がった。

「父から薬物事件の調査を命じられたものの、俺は成果を出せていない状況だ。父が不出来な俺を見限り、カルヴィーノと手を組もうと考えたとてなんらおかしくはない……」

「不出来だなんてそんな‼　リカルドは優秀だし、そんなに思い詰めなくたって」

「何が優秀なものか。これが解決できなければ、俺は跡継ぎの資格を剝奪されることになっている」

「ひえ……っ⁉」

想像以上の重圧に、フランチェスカはさっと青褪める。

「もっともそれは当然だがな。……伝統を重んじる我がセラノーヴァにとって、『薬物を侵入させない』という古くからの信条を守り切れなかったことは失態だ。このままでは信じて任せてくれた父の期待を裏切り、ファミリーの信用を失墜させてしまう」

「リカルド……」

いつも凛とした態度のリカルドが見せる、珍しい弱音だ。

（授業が終わったら街で調査をして、学院内でも情報収集をして回って……ずっと真剣だったし、だからこそ疲れてたよね）

フランチェスカはリカルドと特別親しい訳ではない。それでいて、当主の子供という似た境遇だ。だからこそ、何も事情を知らない人や、知りすぎている友人相手よりも吐き出しやすかったのだろう。

「アルディーニとは大きな違いだな。同じ年齢のはずなのに、すでに当主として家を率いている……だが所詮俺では、次期当主にふさわしくは無……」

「そんなのは違うよ!!」

「！」

思わず声を上げたフランチェスカに、リカルドが目を丸くした。

「昔、ある人が言ってたの。裏社会で上に立つ人に大事なのは、秩序を以って配下を統率できる能力だって」

脳裏に思い浮かべるのは、前世の祖父の姿だ。

「烏合《うごう》の衆になり果てた悪党ほど、厄介で恐ろしいものはないんだって。裏社会の人たちは全員悪党だけれど、五大ファミリーだってさまざまな盟約と信条を掲げてそれを遵守しているからこそ、王家と繋がりを持って表と共存してる」

「……それは、そうだが」

フランチェスカが口にしたのは、ファミリーの人間にとって当たり前の事実だ。突然何を言い出したのかと戸惑っている彼の目を見て、フランチェスカははっきりと告げる。

「リカルドには、それを保つ力があるでしょう？」

「――……！」

リカルドが息を呑むような、そんな気配をはっきりと感じた。

「あなたはこの学院の風紀委員長さん。リカルドに怒られると、みんなにちょうどいい緊張感が走るのが分かるもの。普段は裏社会で生きているのに、表の常識で生徒たちを導ける人なんて居ない」

「……」

「表の人たちへの影響力だけじゃなくてね？　カルヴィーノ家以外の人で、うちのグラツィアーノを補習に連れていけるなんて、きっと世界中探してもリカルドだけだよ！」

力説するフランチェスカのことを、リカルドが静かに見詰める。

「あなたのお父さんは、解決できなかったら後継者の座を剥奪すると話したかもしれない。だけどそれって、リカルドなら出来るって信じているからで……誰よりもあなたのお父さんこそが、リカルドを『次期当主にふさわしい』って考えてるからじゃないかな」

「………」

リカルドの持つ青色の瞳に、不思議な光が揺らいだような気がした。

「――父が、俺のことを？」

「絶対にそう！」

「……」

リカルドはその言葉をどこか噛み締めるように俯いて、その目元を手のひらで覆う。

「……そうか……」

けれどもそこで、フランチェスカは我に返った。

（他ファミリーの問題に対して、少し口を出し過ぎたかも⁉）

無神経だったかもしれない。裏社会に関わりたくないフランチェスカと、これから率いていくつものリカルドでは、背負っているものが違い過ぎるのだ。

「だから！　ええと、あの……‼」

「っ、ふ」

「？」

何故だか小さく笑われて、フランチェスカは首を傾げた。

「……すまない。先ほどの弱音は、言い方を間違えたな」

「間違えた……？」

「次期当主として、ふさわしい人間を目指したいという気持ちは確かだ。だが、俺がいま感じている歯がゆさは、その資格を剥奪されることに対してではない」

リカルドの声は、先ほどまでよりは随分と穏やかだ。

顔を上げた彼の表情も、眉間に皺の寄った険しいものではなく、いくらか柔和なものだった。

「薬物は、人々の尊厳や安全を脅かす。そんなものがこの王都に入り込んでいることが、俺には何よりも許せない」

「リカルド……」

リカルドはペンを置き、どこか清々しそうな声音で言った。

「ここは俺の故郷であり、この町に暮らす人々は守るべき存在だ。悪党ではあるが、悪党なりに」

そして、少しだけ悪戯っぽい表情で笑う。

「我が家の信条である『伝統』への信用が、薬物の侵入を許したことによって損なわれることなど、俺の中では二の次だ。――これこそ当主失格だと言われても、そこだけは譲れん」

「……うん！」

フランチェスカは嬉しくなって、彼の言葉に頷いた。

応援するという気持ちを込めたことは、リカルドにきちんと伝わったようだ。リカルドはふうっと息を吐き出したあと、ついでのようにこう言った。

「実は、我がファミリーは随分前から経営が苦しいんだ」

「セラノーヴァが？　そういえばパパが、セラノーヴァ家みたいに伝統を重んじる信条だと、新しい『商売』に手を出すことは難しいって……」

「もしかすると父は、お前の家に経済的な支援を要請するつもりなのかもしれない。そちらの当主とは学生時代の同窓だと聞いたことがあるからな。会合はそのためだという可能性もある」

「そっか。そういえばそうだね」

リカルドは立ち上がると、肩の骨をこきりと鳴らすように回した。昼休み中ずっと向かっていた書類仕事は、どうやら片付いたようだ。

「誰かさんを見ていたせいで、腹が減ったな。俺もたまには食堂を利用してみるか」

「もしかしてお昼を食べてなかったの⁉　新作のパン、すごく美味しかったからおすすめだよ。私もまだ残ってたら追加で買おうかなあ」

「お前はいくらなんでも食いすぎじゃないか……？」

そんなやりとりをしながらも、リカルドと一緒に風紀委員室を後にする。

（王都の人たちのために、薬物事件を解決したい……そんなリカルドのことは、応援してるけれど）

どこか晴れ晴れとした様子のリカルドを眺めつつ、フランチェスカは心の中で考えた。

（その先にいる『黒幕』は、主人公である私にとって、近しい人かもしれない。──その覚悟だけは、していないと──……）

＊＊＊

そして会合の日である土曜日のこと、フランチェスカは父の言い付け通りに準備をした。

纏うのは、上品だが華やかな赤色のドレスだ。シフォン生地を何枚も重ねてドレープにし、カルヴィーノ家の家紋である赤薔薇を、ふわふわとした裾で表現している。夜会用ほどではないけれど華やかで可愛らしく、気に入っている一着なのだった。

耳元に揺れるのは、小さな真珠粒の耳飾りだ。自室で鏡を覗き込んでいたフランチェスカは、後ろのグラツィアーノを振り返る。

「ねえ、どうかなグラツィアーノ。ちょうどいいお洒落な感じになってる？」

「はあ。いいんじゃないですか、別になんでも」

「もう、全然真面目に見てないでしょ！」

「そんなことはアリマセン、お嬢は何を着ていてもお可愛らしいデス。トテモよくお似合いデス」

「こ、心が籠ってないにも程がある……!!」

いつもならもう少しちゃんとしたコメントをくれるのに、今日のグラツィアーノは素っ気ない。もっともこの弟分は幼い頃から、フランチェスカが可愛く着飾ると、なぜか少し不機嫌になる。

「グラツィアーノ、今日は特に機嫌が悪くない？　もしかして、この会合について何か聞いてる？」

「別に。何も。一切聞いてないですけど？」

どう考えても何か知っている反応だ。けれど父に口止めをされているなら、フランチェスカが何を言っても教えてくれないのは分かっている。

「よし。行こう」

諦めたフランチェスカは、気合を入れて背筋を伸ばした。

父と一緒に馬車に乗る。しばらくして到着したのは、王都の中でも一等地にある、限られた人間しか出入りできないリストランテだ。

先に馬車から降りた父は、普段通りに周囲を警戒したあと、安全を確かめてからフランチェスカに手を伸べた。

「ありがとう、パパ」

その手を取ってフランチェスカも降りると、父は難しい顔をしたままフランチェスカを見下ろした。

「パパ？」

「……いいや、なんでもない。行くぞフランチェスカ」

（やっぱり、いつものパパとは様子が違う……）

それを心配しながらも、父にエスコートされて店内に入る。黒服の給仕人が現れると、父に向かって頭を下げた。

「いらっしゃいませ、カルヴィーノさま。セラノーヴァさまはすでに、お席でお待ちです」

「ああ」

父は迷わずに歩き始める。赤い絨毯の敷かれた広いフロアに、テーブルはたったひとつだけだ。

窓際から離れて中央にあるのは、窓からの狙撃を防ぐためである。そのテーブルについているのは、リカルドとその父だった。

リカルドだけが席を立ち、父に向かって一礼する。席についたままである彼の父は、フランチェスカを見て驚いたように目を丸くした。

「カルヴィーノ。もしやそちらのご令嬢が、君の娘か？」

（やっぱり気が付くよね。私が、このあいだの夜会でレオナルドと居た人間だってこと……）

フランチェスカは父から手を離すと、ドレスの裾を摘んで礼をした。

「先日は、十分なご挨拶が出来ずに申し訳ありませんでした。フランチェスカ・アメリア・カルヴィーノと申します」

この挨拶で、リカルドの父も確証を得ただろう。彼は小さく息をつくと、着座のままこう名乗った。

「──私はジェラルド・カルロ・セラノーヴァだ。カルヴィーノ、これが私の息子で、リカルドという」

「リカルド・ステファノ・セラノーヴァです。カルヴィーノ家のご当主にお目にかかることができ、恐悦至極に存じます」

彼らの向かいに着席した父は、フランチェスカにも促した。

「フランチェスカ。お前も座れ」

「はい、お父さま」

普段とは違う呼び方をすると、父がふっと息を吐き出す。

「そこまで畏まる必要はない。お前はいつも通りにしていろ」

「……？」

そんなことを言われて、ますます会合の意図が掴めなくなった。

フランチェスカがそっとリカルドを見遣れば、目が合ったリカルドは首を小さく横に振る。やはりリカルドも、父たちの目的が分からないままなのだろう。

フランチェスカの後に、リカルドも席に着き直す。するとリカルドの父ジェラルドは、おもむろに口を開いた。

「カルヴィーノ。早速だが……」

「まずは食事にする。文句を言うつもりはないだろう？」

父の言葉に、ジェラルドが口を閉ざした。重苦しい雰囲気が伸し掛かり、フランチェスカは慌てて口を開く。

「わ……わあ嬉しい！　私、すごくお腹が空いていたんです。ねえリカルド、楽しみだね！」

「あ、ああ……」

こうして食事の時間が始まった。

料理が一皿ずつ運ばれてくるあいだも、フランチェスカはなるべく場を和ませるように会話を続ける。しかし、父たちの言葉数は少ないままだ。

「それで、リカルドがうちのグラツィアーノに勉強を教えてくれまして……」

「……」

「…………」

（どうして私がリカルドのことを褒めれば褒めるほど、どんどん微妙な空気になってくの⁉）

リカルドの話題を取り上げたのは、薬物事件に協力しないことへのせめてもの償いのつもりだった。息子の活躍をジェラルドが知れば、犯人捜しが上手くいかない分を挽回できないかと期待したのだ。

だが、なぜか父たちは沈黙している。

最後の皿が下げられたときには、フランチェスカは大分疲れてしまっていた。

（こ……この一時間だけで、一日分のお喋りをしたような気がする……！）

ここまで頑張ってみたというのに、雰囲気が明るくなる兆しすら見えないままだ。もう諦めようとしたところで、リカルドの父が口を開いた。

「――そろそろ話しても構わないだろう？　カルヴィーノ。そちらのお嬢さんも、随分と気を遣ってくれているようだ」

（気遣ってたことを察してたなら、ちょっとくらいは会話に乗ってほしかったんですが‼）

心の中でそう叫びつつ、表面上は大人しくしておく。父は不機嫌そうに溜め息をつき、懐からシガレットケースを取り出した。

上品なデザインの箱の中には、黒い紙巻き煙草が収められている。金色のフィルターを咥えた父は、マッチで火をつけて、フランチェスカに煙がいかないように吐き出した。

（パパが煙草を吸いたがるのは、すっごく機嫌が悪いときと、悲しいとき）

恐らくいまは、機嫌が悪いときの方だろう。フランチェスカは改めて姿勢を正す。

（あれ？　だけど……）

とある違和感を覚えていると、リカルドの父が深呼吸のあとで口を開いた。

「先日の続きだ、カルヴィーノ。是非とも正式に話を進めようじゃないか」

「……」

そしてリカルドの父は、思わぬ言葉を口にする。


「――そちらのお嬢さんと我が息子リカルドの、婚約についての話を」

「……え……」


リカルドの父の言葉に、フランチェスカは目を丸くする。

（婚約？　誰と誰が？　……えっ？　なに⁉）

ぱちぱちと瞬きを繰り返す度に、告げられた言葉が輪郭を帯びてゆく。

（……私と、リカルドが、婚約……）

「父上……」

向かいに座って絶句したリカルドが、ごくりと息を呑む気配がした。

（っ、うえええええええーーーーっ⁉）

この場で絶叫しなかった自分のことを、自分で褒めてあげたいくらいだ。

（待って待って待って、私はいまレオナルドと婚約してるんですが⁉　いやっ、その婚約を破棄しようとはしているんだけど……‼）

はくはくと口を開閉させるフランチェスカの隣で、父はますます冷たい目をした。

「――私はまだ、その話を了承した訳ではない」

「……っ」

地を這うように低い声が、その場の空気を凍り付かせる。父が指に預けた煙草からは、細い煙が静かに上っていた。

「……失礼した、改めて順を追って話そう」

リカルドの父は、短く息を吐き出す。

「貴殿も承知の通り、先日の夜会で妙なことが起きた。参加者たちが突如錯乱し、暴れ始めた一件だ」

リカルドの父がこちらを見たので、ぴゃっと背筋を伸ばす。

あそこに居たのがフランチェスカだと知られていても、スキルを使って関与したことには気付かれていないはずだが、やはり気まずい。

「我がセラノーヴァ家は、この件の調査も行っている。夜会の場に居合わせ、事態の収束にあたった身でもあるからな」

「ふん。ご苦労なことだ」

「だがな、カルヴィーノ。調査をするまでもなく、俺がこの目で見た明白な事実がここある」

リカルドの父は、テーブルの上に組んだ手を乗せて口を開く。

「あの場にはアルディーニの青二才、レオナルド・ヴァレンティーノ・アルディーニが居た」

（……それを言うなら）

フランチェスカは心の中で、そっと考える。

（あそこにはリカルドも居た。私を迎えに来たパパも、グラツィアーノも……）

それは、『ゲームの主人公』フランチェスカの関係者だ。

（この中の誰もが、シナリオ上の黒幕としての条件が揃ってる。レオナルドだけが、特別怪しいわけじゃない。……誰のことも疑いたくないし、信じてるけれど、私がこのことを覚悟していなくちゃいけないのは事実だ）

誰にも気付かれないように、小さく深呼吸をした。けれども父はフランチェスカを見て、気遣わしげに尋ねてくれる。

「大丈夫か？　フランチェスカ」

「パパ……」

すぐに煙草を消した父に、微笑みを向けて頷いた。

「ありがとう、びっくりしただけで平気だよ」

父が心配してくれたことで、動揺していた心が落ち着いてくる。

（──ちゃんと冷静に考えて。正規の法では守られない悪党が、思考力を失ったら全部終わりだもの。落ち着いて振り返れば、この会合イベントの大枠はゲームに沿ってるはず）

この世界でのフランチェスカは、レオナルドと穏便な婚約破棄をするべく悪戦苦闘している。けれど、ゲームではもっと単純なのだ。

なにしろフランチェスカの誘拐から薬物事件、あの夜会の出来事がすべて、『レオナルドの起こしたこと』として明るみになる。

こうなれば、レオナルドはファミリー同士の盟約に背いた存在だ。

だからフランチェスカたちの婚約は、レオナルドに非があるという形で解消されることになるのだった。婚約者が居なくなったフランチェスカは、他のキャラクターたちとの親睦を深めることになる。レオナルドとの婚約破棄は、リカルドの家との『会合』の直前だったはずだ。イベントとして前後してはいるものの、大まかな時期は一致している。

（リカルドとの婚約っていう提案は、その婚約破棄イベントの代わりなのかも。……うん、ちゃんと状況が呑み込めてきた）

こうして落ち着くことが出来たら、先を読むことだって難しくない。フランチェスカは自分に言い聞かせ、口を開いた。

「セラノーヴァ家のご当主さま。僭越ながら、私からお尋ねしてもよろしいですか？」

リカルドの父に呼び掛けると、彼は少々意外そうに目を丸くする。そのあとで、苦笑して口を開いた。

「そのように堅苦しく呼ばなくとも構わない。いずれ君の義理の父親になる可能性もあるんだ、俺のことは親戚のようにでも思っていてくれ」

「おい。セラノーヴァ」

「パパ、落ち着いて！　……では、セラノーヴァのおじさま」

フランチェスカは、改めて彼にこう尋ねる。

「おじさまは、レオナルドを危険視していらっしゃるのですか？」

「その通りだ。アルディーニの持つスキルは秘匿されているが、あの夜会の出来事は奴の所業だとしか思えない」

「レオナルドがいずれ、もっと大きな事件を起こすとお考えに？」

「ああ。そのために我が家とカルヴィーノ家で同盟を結び、対抗するための策を講じていきたい」

リカルドの父は、微笑んでフランチェスカを見遣った。

「君だって、あの若造から逃れたいだろう？」

「……！」

その言葉に、フランチェスカは息を呑む。

「で、ですが私とレオナルドの婚約は、血の署名による婚約なんです。それを一方的に破棄することは、盟約違反に」

「……ひとつだけ、盟約違反を回避できる『伝統』がある」

「リカルド？」

これまでずっと沈黙していたリカルドの言葉に、フランチェスカは目を丸くした。リカルドは手のひらで額を押さえ、疲れたようにこう言った。

「花嫁を奪い合う、『決闘』だ」

「あ……！」

心当たりのあるその言葉に、フランチェスカは声を上げた。

「確か、国王陛下に決闘開催を申請して承認されれば、花嫁は決闘で勝った方の妻になるっていう……」

「その通り。血の署名は我々の中で何よりも強い掟だが、結婚においては当然のごとく、国王陛下による結婚承認の方が強い効力を持つ」

リカルドは、そこで大きな溜め息をつく。

「……そうですね？　父上」

「いまの時代においては行われたことのない、古い伝統だ。だがしかし、それが失われた訳ではないことは、伝統を重んじる我が家の人間であれば承知しているな？」

「ですが……」

リカルドの父が、フランチェスカを見据えた。

「アルディーニは決闘を受けざるを得ないだろう。体裁を重んじる裏社会で、正々堂々たる戦いの中し込みを拒むのは恥だからな。そしてリカルドが勝てば、お嬢さんはアルディーニから逃れられる」

「で、でも、リカルドが勝つとは限りません」

「……」

反論に、リカルドの父が目をすがめた。

「──勝たせるさ。どのような手段を使ってでもな」

「……！」

冷ややかな迫力が放たれて、フランチェスカは押し黙る。リカルドの父はそれを誤魔化すように、柔らかな苦笑を浮かべた。

「もちろん君が望まないならば、その後にリカルドとの婚約も解消して構わない。君は盟約による婚約から逃れ、自由の身になれる」

その言葉を聞き、フランチェスカは思わず隣の父を見上げた。

「パパはこのお話を聞かせるために、私をここに連れて来たの？」

「……」

父は、長い睫毛に縁取られた目を伏せると、ゆっくりと言葉を紡ぐ。

「我が父の結んだ盟約の所為で、お前の意思にそぐわない婚約を強いてきた」

「パパ……」

「それを破棄するためになら、どれほどの犠牲も厭わなかったが……お前は、それすらも望まないだろう？」

やさしくもはっきりとした声音が、フランチェスカに告げた。

「どうしたいか、お前が選びなさい」

「……っ！」

その言葉に、左胸がぎゅうっと締め付けられる。

（レオナルドとの婚約破棄は、私がずっと望んできたこと）

だって今世こそ、普通の人生を送りたい。

普通に生きるには、ファミリー当主との結婚なんてもってのほかだ。この決闘によって解放されれば、裏世界の住人としてではなく、平凡な人間としての人生に近付ける。

（だけど……）

フランチェスカは、自分の感情がよく分からないままに口を開いた。

「……ふたつの家が同盟を組めば、五大ファミリーの力関係が変わってしまいます」

「カルヴィーノのひとり娘とアルディーニの結婚こそ、五大ファミリーの均衡を崩す一因だ」

「本当にレオナルドが悪いことを考えているかどうかなんて、まだ分からないですよね？」

「君はおかしなことを言う」

リカルドの父が、苦笑してフランチェスカを見据えた。

「俺たちはみな、例外なく悪人だよ」

「――……」

その言葉に、心臓の辺りがずきりと痛む。

隣の父が何も言わないのは、フランチェスカに選ばせるためだ。フランチェスカの考えに口出しをしないよう、好きにさせてくれているのがよく分かった。

「アルディーニは抗争に巻き込まれて、当主だった父親と跡継ぎの兄を亡くしている。しかし、それが当時十歳だったアルディーニ自身の策略だったという噂もあるくらいだ」

「父上。それは……」

初めてその話を耳にしたはずのリカルドが、戸惑ったように顔を顰める。けれどもフランチェスカは、真っ直ぐにリカルドの父を見詰め返した。

そして、迷いのない声で言い切る。

「レオナルドは、お父さんやお兄さんを殺したりしていません」

「……！」

そのことだけは、絶対に信じていた。

だってフランチェスカは、レオナルドが父と兄の話をするときに、どんな表情を浮かべるのかをちゃんと知っている。

（レオナルドと婚約破棄をしたくて、そのために動いてきた。……だけど）

フランチェスカは俯いて目を伏せると、静かに深呼吸をする。

（それを選ぶために取れる手段が、レオナルドを敵に回す形での同盟を組むことだっていうのなら……）

そんな提案は受けたくない。そう告げようとした、そのときだった。

「さっきから、随分と面白い話をしているんだな」

「!!」

響き渡ったその声を聞き、テーブルについていた全員が息を呑む。

（まさか……）

いつのまにか入り口に立っていた人影に、フランチェスカは目を丸くした。

「とはいえ不毛な話し合いだ。余興としては興味深いが、これが当主同士の『会合』だって？」

その青年は、襟元を開けた黒いシャツに、赤色のネクタイを緩く締めている。

上着には袖を通さず、肩に引っ掛けるだけで羽織って、両手をスラックスのポケットに入れていた。

一見すれば無防備なはずだ。けれど彼の何処にも隙が無いことは、誰の目に見ても明らかだった。

「こんな話をするためだけに、裏社会の人気店を貸し切るのはあんまりだ。第一に同じ当主の立場、それも当事者にあたる俺を仲間外れにするなんて、ひどいじゃないか」

「くそ……！　一体どこから情報を掴んだんだ」

リカルドの父が、小さく舌打ちした。

「奴の周囲を探らせて、王都不在の日を選んだんだぞ⁉　だというのに……」

その人物は、一歩ずつ悠然と、余裕のある足取りで歩いてくる。

「なあ？　当主の先輩方」

そうして、満月のような金色の瞳を細め、どこか妖艶に輝かせながら微笑んだ。

「――雁首《がんくび》揃えて遊んでるだけなら、どうか俺もそこに交ぜてくれよ」

（……レオナルド……！）

美しい顔立ちを持つ婚約者、レオナルドが、挑むようなまなざしで父たちを見下ろしている。

リカルドの父ジェラルドが、渋面を作ってレオナルドを窘めた。

「……アルディーニ。これは我々の会合だ」

「俺とフランチェスカの話だろ？　こんな風にこそこそ話さなくとも、正面切って来ればいい」

レオナルドの言葉に、父がふんと鼻を鳴らす。

「お前も座につくがいい。いま椅子を運ばせてやる」

「結構です。生憎、長居する気はないもので」

レオナルドが肩を竦め、皮肉っぽく笑った。

「そう警戒しないでほしいな。両家が同盟を結ぶことに、他家の俺が口を出す筋合いはないんだから」

フランチェスカはそんな彼を見上げ、きゅっとくちびるを結ぶ。

（……レオナルド、全然こっちを見ない……）

彼は、フランチェスカの父だけを見遣って口を開いた。

「フランチェスカを、俺から自由にしてやりたいですか？」

（……！）

フランチェスカの肩が跳ねたのを、父もレオナルドも見逃さなかっただろう。

「何をしてでも娘を幸せにすることが、私の責務だ」

「だとしたら、ここで俺から引き離す方がいいでしょうね。何しろ俺は確実に、フランチェスカを不幸にする」

「レオナルド……？」

彼の名前をフランチェスカが呼んでも、レオナルドはやはりこちらを見なかった。

俯き、くちびるをふっと綻ばせて、静かな声で言い放つのだ。

「──これはまた、都合の良い使い道があったものだな」

「なに……？」

レオナルドの言葉に、父が不快そうに眉を動かした。

「カルヴィーノ当主の弱点は、可愛い可愛い愛娘。つまり、いずれフランチェスカの夫になるという俺の立場を利用すれば、あなたより優位に立てるということだ。『娘を幸せにしてほしければ、俺の言うことを聞け』と命じられる」

「……貴様」

（レオナルド……？）

父の瞳に、色の濃い怒りが滲む。

「相応の覚悟はあるのだろうな？」

「あなたこそ慎重になった方が良いのでは？　娘を俺に嫁がせたくないのなら、抗争か俺に頭を垂れるかの二択。それくらいはお分かりのはずだ」

（レオナルド、一体何を言ってるの……⁉）

ここにいるレオナルドは、フランチェスカの知る彼とは別人のようだった。

フランチェスカが彼を呼んでも、一切の反応が返ってこない。視界に入ることすらなく、興味のひとひらも向けられないのだ。

「これはあなたにも好機でしょう？　俺の要求を呑むのなら、カルヴィーノとセラノーヴァがうちを潰すために手を組むのは見逃すし……」

レオナルドが、父だけを見て目をすがめる。

「──フランチェスカとの婚約を解消しても、構わない」

「……！」

フランチェスカは、そこで思わず息を呑んだ。

（レオナルドが、私との婚約解消を受け入れてくれる……？）

フランチェスカにとって、それは望んできたことだ。

けれども妙な胸騒ぎがして、心臓の鼓動が速くなった。レオナルドはあくまで軽い調子のまま、父たちと話を続ける。

「そうだな。カルヴィーノが持つ隣国との商流を、すべて我が家に委譲していただくのはどうです？」

「……」

「そしてセラノーヴァからは、南の縄張りを明け渡してもらう」

「なんだと……!?」

ジェラルドがレオナルドを睨みつける。

「前から欲しかったんだよな、セラノーヴァ家ご自慢のタバコ畑が。いまは単なる宝の持ち腐れだが、俺ならもっと有効活用して利益を上げられる」

「貴様……！」

ジェラルドが怒るのも無理はない。なにしろレオナルドが口にした要求は、関係者にこそ重みが分かるものだった。

（うちとお隣の国との商流は、パパがママとの結婚で得た大切な商流……！　そしてセラノーヴァが管理する南の領地は、上質なタバコの葉を育てられる農地と知識豊富な農家、それに大きな製造所が揃ってる。どっちもそれぞれの家にとって、最大かつ独自の収入源だ……）

父は、レオナルドに重苦しく冷たいまなざしを向けたままだ。

レオナルドは二本の指を立てると、小首をかしげてみせながら笑った。

「これはカルヴィーノ家にとって、俺とフランチェスカの婚約を穏便に解消できる唯一のチャンスだ。そしてセラノーヴァ家にとっては、俺とカルヴィーノ家が婚姻によって深く結びつくのを阻止できる最後の機会でもある」

「く……！」

リカルドの父が、葛藤の滲んだ声を絞り出す。レオナルドはそれを見て楽しそうだ。

「俺を危険視してるんだろ？　国王陛下からの命令で、薬物事件……それから、夜会の一件の犯人も追ってるよな。俺ってことにしたいみたいだけど、セラノーヴァ如きには掴ませないぜ」

「……その発言は、認めたとも受け取れるぞ」

「馬鹿を言えよ、証拠がなきゃどうにもならない。そしてあんたがそれを得るには、力のある他家の協力が必要だ」

そう言って、レオナルドは笑う。

「俺の条件を受け入れれば、フランチェスカが自由になる。セラノーヴァは、カルヴィーノとの結びつきを強くすることで協力体制が出来上がる。すると俺を追い詰められる可能性がゼロではなくなり──俺は、欲しかった領地と商流が手に入る」

レオナルドの挑発するような視線と、フランチェスカの父の冷たい視線が重なった。

だが、父がすぐに言葉を発さないことこそが、レオナルドにとって満足のいく結果だったらしい。

「隣国との商流は、これまであなたが誰にも手出しさせなかった領分です。その委譲について検討を始めてもらっただけでも、今日は大収穫かな」

「──……」

「『たったこれだけ』の犠牲で、娘を不本意な婚約から解放してやるんだ。その上に、あなたがた二家が俺を抑えつけるために同盟を組もうとするのを容認するのだから、破格の条件だと思いますけどね」

そしてレオナルドは、くるりと踵を返す。

「二週間後、三家で話し合いでもしましょうか。それまでに結論を出しておいてもらえると、こっちも面倒が無くて助かります」

「待て、アルディーニ！」

リカルドの父が呼び止めたところで、レオナルドは振り返りもしない。

「参加者は今ここにいる全員。時刻は夜八時、場所は第十七地区の屋敷で」

（……ゲーム一章の最終局面、主人公とリカルドがレオナルドと戦闘になる場所……）

結局のところ、大枠はゲームの通りに動いてしまうのだろうか。

（婚約者のままでも、友達になれても、レオナルドと『フランチェスカ』は敵対するの？）

そんな心境になって、フランチェスカは途方に暮れた。

「くそ……!!　なんという男だ、あの若造」

どんっとテーブルを殴りつける音が響く。ジェラルドは忌々しそうに、レオナルドが出て行った扉を睨み付けた。

「カルヴィーノ。お前の娘はこの先もずっと、青二才の目論見に利用されるだけだぞ！　俺の言った通りだっただろう。奴を潰すために動くなら、一刻も早い方がいい……！」

（レオナルドが、私を利用する）

そんなものは、前世の記憶を取り戻したときから考えていたことだ。

（ここは前世で遊んだゲームの世界で、シナリオ上の黒幕はレオナルド。私は主人公に生まれてきて、レオナルドの策略のために裏社会に巻き込まれる――だからこそそれを回避するために、ずっと頑張ってきたけれど）

「婚約解消をするかどうか娘に選ばせるなどと、悠長に考えない方がいい。これは我々だけでなく、残り二家も巻き込む問題だ！」

（この世界で実際にレオナルドに出会って、ゲームのシナリオには裏があるかもしれないって思い始めた。それに反してさっきのレオナルドは、私を利用して裏社会で有利に動きたいのを、まったく隠しもしない態度で）

そのことを思い出して、フランチェスカは俯く。

（リカルドのお父さんの言う通り、これは五大ファミリーすべてを巻き込みかねない問題。単純に、『私の将来の結婚相手が誰になるか』なんて問題じゃないって、分かってるけど……）

「……おい」

聞こえて来たその声は、フランチェスカを呼ぶものだった。

顔を上げる。フランチェスカを呼んだのは、しばらくのあいだ沈黙していたリカルドだ。

リカルドはいつのまにか自身の席を立ち、フランチェスカの傍らに膝をついて、父たちに聞こえない声で囁いた。

「言いたいことは、はっきりと口にした方がいい」

「……リカルド」

すぐ隣では、父たちの会話が続いている。リカルドはそちらを一瞥したあと、再びフランチェスカを見据えた。

「本来ならば俺たちは、当主たちの話し合いに口を出せる立場ではない。――だが、お前はこの問題においてだけは、発言する権利があるだろう？」

「!!」

そう言われて、フランチェスカはぎゅっと両手を握り締める。

「ごめん、リカルド。……私もリカルドとおんなじで、いまのパパたちに何か言える立場じゃない」

「だが……」

「……私が出来ることは……」

フランチェスカは気合を入れ、勢い良く席を立ちあがった。

「ごめんなさいパパ、おじさま！」

「！」

会話をぴたりと止めた父たちが、驚いてフランチェスカを見上げている。

「私としたことが、淑女の作法を失敗してしまいました!!　これは大変、一大事です！　いますぐ挽回したいので、ちょっとだけ中座させていただきますね!!」

「ま、待ちなさいお嬢さん。一体どこに……」

「それはもちろん！」

フランチェスカはふわふわドレスの裾を掴み、走るための準備をしてから声を上げた。

「レオナルドのお見送りに！　だって私、いまはまだ」

父たちに向け、はっきりと告げる。

「――レオナルドの、婚約者だから!!」

「……！」

そう言い切って、フランチェスカは駆け出した。

微笑んで頷いてくれたリカルドに、心の中でお礼を言う。目指すのは、レオナルドの背中だ。

「レオナルド!!」

外に飛び出したフランチェスカは、大きな声で彼を呼んだ。

ここは王都の一等地で、貴族向けの店などが並んでいる路地だ。人通りはそれなりにあり、身なりの良い通行人たちが、驚いたようにフランチェスカを振り返った。

けれども当のレオナルドは、こちらを振り返ることがないままだ。他人の注目ばかり浴びるけれど、気にしてはいられない。フランチェスカはドレスの裾を掴んだまま、遠ざかる人影を目掛けて走る。

「待ってよ、レオナルド……！」

背の高い彼の後ろ姿でも、人通りに遮られてほとんど見えない。それでも、フランチェスカの声が聞こえていないはずはなかった。

（さっきのレオナルドの言い方は、私との婚約を、自分の利益のために利用しているとしか思えないものだった。……だけど）

通行人たちに謝りながら、ぶつからないよう必死に走る。

（――あんなの、わざとそう振る舞っていたとしか思えない‼）

フランチェスカの中には、そんな確信があったのだ。

「前にも言ったよね⁉　あなたが本当に私を利用して何か企んでいるなら、そんな態度を表に出さない……！　もっと完璧に、誰にも気付かれずに利用してみせるはず！　そうでしょ⁉」

未だに遠いレオナルドの背中は、立ち止まってくれる気配もない。

「分かってるよ！　友達、なんだから……‼」

息を切らしながら、フランチェスカは大きな声で叫んだ。

「私の前では、悪者ぶらないでほしいのに‼　それなのに、レオナルドの、バ――……」

子供じみた悪口を言い放とうとした瞬間に、ぐらっと足元が歪む。

「ひゃ……」

しまった、と思ったときにはもう遅い。足が取られ、バランスを崩してしまう。

「ぎゃんっ‼」

仔犬のような悲鳴を上げて、フランチェスカは盛大に転んだ。

なんとか受け身を取ろうとしたものの、こんなに華奢な靴で石畳の道を走ったことなどない。その結果、べしゃっと崩れ落ちてしまう。

「～～～～……っ!!」

足首に、嫌な痛みが走った。

悲鳴を上げてしまわないよう、ぐっと奥歯を噛み締めて耐える。けれどもその場に蹲り、心の中で盛大に叫んだ。

（いっ、たあ……!!）

周囲に居た人たちも、フランチェスカの転びっぷりに戸惑ったのだろう。声を掛けるか戸惑って、ざわめくような気配がする。

「あの子、大丈夫か？」

「派手に転んだな……あれは痛いだろうに」

（そんなことよりも、レオナルド……！）

フランチェスカは石畳に手を突き、必死に起き上がろうとした。

（早く追いつかなきゃ、いけないのに……）

立ち上がろうとするも、左足にずきりと痛みが走る。

（ちゃんと話さなきゃ。レオナルドがどんな気持ちで、どんな目的を持ってあんなことを言ったのか聞いて……）

項垂れて地面に手をついたまま、ぐっと力を込める。

（それから、レオナルドが何を言ったとしても）

足首の痛みに耐えながら、それでも彼を追い掛けようとした。

(……私は、レオナルドの味方をするって、ちゃんと伝えたい……!!)

それなのに、立ち上がれそうにない。

なにがなんでも抗おうと、フランチェスカは奥歯を噛み締める。

(歩かなきゃ。進まなきゃ。そうじゃないと、レオナルドに届かないんだから……!)

その瞬間に、声が聞こえた。

「……まったく、君は……」

「!!」

痛みに耐えて潤んだ目で、顔を上げる。

「え……」

涙にぼやけた視界の中で、信じられなくて瞬きをした。

明瞭になった世界には、先ほどまではるか遠くにいたはずの人物の姿がある。

「弾丸みたいな女の子だな。真っ直ぐで後ろを顧みなくて、手が付けられない」

「……レオナルド……!!」

先ほどまでの声とは随分と違う、少し呆れたやさしい声音だった。

フランチェスカの眼前に現れたレオナルドが、フランチェスカの前に膝をつく。

(引き返してきてくれるなんて、思わなかった……)

足の痛みなんか一気に忘れ、フランチェスカは彼に縋る。

「レオナルド！　あのね、私ね」

「落ち着け。まずはこっちだ」

「！」

レオナルドはフランチェスカを起こすと、そのままふわりと横抱きに抱き上げた。

フランチェスカの赤いドレスの裾が、金魚の尾びれのように揺らめいて広がる。お姫さま抱っこをされたのなんて、前世も含めて初めての経験だ。

レオナルドのそんな振る舞いは、舞台のワンシーンのように美しかった。周囲を取り巻いていた通行人たちが、思わず見惚れて溜め息を漏らすほどに。

けれども足首がずきりと痛み、フランチェスカは身を竦める。

「……っ！」

声は完璧に殺したけれど、怪我をしているのは知られてしまっただろう。

痛みに呻いてしまいそうで、すぐには口を開くことが出来なかった。レオナルドはフランチェスカを一瞥したあと、人気のない路地まで入っていく。

片隅にぽつんと置かれたベンチまで行くと、フランチェスカをそこに座らせた。

レオナルドは小さく溜め息をついて、フランチェスカの前に跪く。そしてフランチェスカの靴に触れると、上目遣いにこちらを見上げた。

「脱げるか？」

「……く、靴……？」

「靴もそうだが――……」

「うう……」

彼の意図を酌み、恥ずかしさにぐぐっと言葉が詰まった。

それでもレオナルドが目を瞑ってくれたので、フランチェスカは観念し、ドレスの裾をたくしあげる。太ももに取り付けているのは、ストッキングを留めるためのガーターベルトだ。フランチェスカの場合、そこに武器などを隠したりもするけれど、いまはそれに用がある訳ではない。

ベルトに連なる留め具を外し、左足のストッキングをずらした。妙に緊張してしまい、途中で手を止めて息を吐く。レオナルドは瞑目したままで、何も言わない。

（恥ずかしくない、恥ずかしくない……！）

自分に言い聞かせつつ靴を脱ぎ、左のストッキングをつまさきまで下ろす。こうして晒されたフランチェスカの素足は、足首が真っ赤に腫れていた。

「ぬ、脱いだ……」

「……」

報告すると、レオナルドが緩やかに目を開ける。フランチェスカの足首を確かめると、もう一度溜め息をついた。

「本当に何を考えてるんだ。俺なんかを追いかけるために転んで、怪我をして」

呆れたように言われ、すぐさま反論する。

「っ、レオナルドが全然話を聞いてくれないからでしょ！」

「……そうだな」

レオナルドがふっと自嘲めいた笑みを浮かべた。その表情は美しいけれど、どこか危うげだ。

「俺の所為だ」

「……！」

やはり、いつものレオナルドとは雰囲気が違う。

彼はフランチェスカに手を伸ばすと、乱れてしまった赤い髪を梳くように触れてきた。

「これからは、ヒールのある靴であんな風に走らないように。せっかく可愛くしていたんだから」

「……さっきは私のこと、一回も見なかった癖に」

「いまだって、引き返して顔を見るつもりは無かった。――君は、泥だらけでも綺麗だな」

微笑みながらそう言って、フランチェスカのドレスを手で払ってくれる。

フランチェスカはぎゅっとくちびるを結んだあと、レオナルドを見詰めながら口を開いた。

「どうしてあんな風に、わざとパパたちを挑発するような交渉をしたの？」

「……」

「私との婚約をずっと解消してくれなかったのは、レオナルドに何かの目的があったからでしょ？それは絶対に、隣国との商流やタバコ農地を手に入れるためじゃないよね。そもそも、さっきの言い方は……」

フランチェスカは迷いつつも、考えていることを素直に口にした。

「私と自然に婚約解消するために、わざとお金目当てみたいな条件を付けて、悪役を演じただけに思えるの」

「……ははっ」

レオナルドは、いつもの本心が見えない笑い方ではなく、心の底からおかしそうに笑った。

「君には本当に敵わないな」

「レオナルド。教えて、どうしてあなたは」

「別に大したことじゃない。……ただ、心境の変化があっただけ」

大きな手が、フランチェスカの踵をくるむように触れる。ぴくんとつまさきが跳ねてしまうが、痛かったわけではないと通じたらしい。


「――俺から見た君は、ありったけの光を集めて作ったような存在だ」


その低い声は、甘くて少しだけ掠れていた。

「本当に、裏社会で生きるのには向いていない」

「……レオナルド」

「これ以上俺の婚約者を続けさせていたら、いつか取り返しがつかなくなるだろう？　君の夢が表の世界で生きることなら、それは尚更」

彼の指が、フランチェスカの赤く腫れた足首をそっとなぞる。

「俺なんかが、君を捕まえていてはいけない」

「……！」

その瞬間、ふわりと温かな光が生まれる。

レオナルドの指先から零れた光が、蛍のように周囲を舞った。瞬きながら消えたあと、フランチェスカは変化に気が付く。

ずきずきと痛んでいた足首から、すっかり痛みが消えていた。

（まさか、レオナルドのスキル？）

治癒の力だ。隠されていたスキルのうち、ひとつがこれだったのだろうか。

果たしてゲーム中にそんな伏線があったかを考える。それに、気になる点もあった。

（レオナルドが治癒のスキルを持っているなら、お父さんとお兄さんを治そうとしたはずなのに……）

立ち上がったレオナルドは、フランチェスカを見下ろして微笑んだ。

「君の夢が叶うことは、俺の夢が叶うのと同等だ。──『友達』だからな」

「レオナルド……」

彼の手がこちらに伸ばされる。

そしてフランチェスカの前髪に、レオナルドからの口付けが落とされた。

「ん……っ」

この世界では、友人同士でこんな風に親愛のキスをするのだろうか。

そんなことはちっとも知らなかったから、反射的に緊張してしまった。恥ずかしさとくすぐったさに身を竦めると、レオナルドは笑みの交じった吐息を零す。

フランチェスカを抱き締めるように腕を回し、耳の傍にくちびるを近付けて囁いた。

「──お願いだから、今度は追ってくるな」

「……っ！」

そう請《こ》われて、何も言えなくなってしまう。

レオナルドはフランチェスカから離れ、そのままゆっくりと歩き出した。

（……レオナルドが、そんな風に考えていてくれたなんて）

足の痛みは消えたのに、何故だか立ち上がることが出来ない。

彼の姿が見えなくなったあとも、フランチェスカはぽつんとベンチに座ったまま考えていた。けれどもそれは、決してレオナルドの言葉を鵜呑みにしたからではない。

（……ごめんね、レオナルド）

あることを決意し、強い意思で前を向く。

（あなたのお願いは、聞けそうにないや）

そしてフランチェスカは、計画を練り始めるのだった。

5章　守るべき女の子

この世界での六月も、雨季として雨がたくさん降る。けれども会合から一週間後の土曜日は、ちょうど晴れ間が広がっていた。

白いドレスを纏い、陽を透かした麦わら帽子を被ったフランチェスカは、朝からせっせと『畑』を歩き回っている。

みぞおちくらいの高さまで育った植物は、フランチェスカの顔よりも大きな葉を茂らせていた。地面に置かれた籠の中に、その葉が積み上げられている。フランチェスカはそれを見付けると、側にいた男性に声を掛けた。

「おじさーん！　この籠もそろそろいっぱいなので、あっちに運んでおきますね！」

「ああ、ありがとうございますお嬢さん！」

「新しい籠も置いておきます。それと、喉が渇いたら教えてくださいね！」

そう言って、収穫物のたくさん入った籠を持ち上げる。

木陰まで運んで行き、ふうっと額の汗を拭うと、今度は畑にいる同級生の方に駆け寄った。

「リカルド、そっちも手伝うよ！　この葉っぱも収穫できる？」

「……ああ。頃合いだが……」

「よし、じゃあ張り切ってやっちゃおう！　黄色くなって枯れてるように見えるけど、これが熟した合図なんだよね？　うちのパパが吸ってる煙草の葉っぱもこれなのかなあ」

「……以前の会合で吸っていらした煙草は、隣国で作られている銘柄だ。その銘柄の葉は、ここで育てている我が国伝統のタバコとは異なるが」

「へえー隣国！　じゃあもしかしたら、あれはママとの思い出の銘柄なのかも！　それにしても、この葉っぱが煙草になるなんて。煙草の材料が植物なのは分かってたけど、この青々とした畑がタバコ畑なんだって思うと不思議な気持ちが……」

「待て、カルヴィーノ」

「ん？」

「ん？　じゃない」

広大なタバコ農園で、行き交う農業者たちがちらちらとこちらを見ていた。軍手を嵌めたリカルドは胡乱げに顔を顰めつつ、フランチェスカを見て言い放つ。

「お前はどうして当然のような顔で、我が家のタバコ農園の収穫を手伝っているんだ？」

「えーっと、それは――……」

リカルドのそんな問い掛けに、フランチェスカは瞬きをした。

（パパたちがレオナルドに『交渉』のお返事をするまで、あと一週間）

タバコの葉を手でやさしく収穫しながら、会合があった日の出来事を思い出す。レオナルドと別れたあとのフランチェスカは、父たちと食事をした店に戻ったあと、こんな風に宣言をしたのだ。

『ごめんねパパ。私はこんなやり方で、レオナルドとの婚約を解消したくない』

『――……』

父は一度目をみはったあとに、ゆっくりと息をついた。

『……アルディーニとの結婚を、望んでいるということか？』

『そ、そういうことじゃなくて!!　今のままだと、レオナルドが何を考えているかが分からないもの。表に見せている以外にも、なにか目論見があるのかもしれないから！』

慌てて説明すると、父は向こうにいるセラノーヴァ家を一瞥した。

少し離れた場所にいる父子の会話は、こちらにまでは聞こえてこない。しかし、父親と話すリカルドの表情は深刻に見えた。

『パパ。これはセラノーヴァ家にとっても一大事なんだよね？』

『国王陛下はセラノーヴァに対し、薬物を許してこなかった「伝統」を守るようお命じになった。セラノーヴァはあの青二才が犯人だと目星をつけているのだろうが、セラノーヴァ家だけではそれを追い詰めるための力がない』

（つまりリカルドのお父さんは、王さまの命令を守るために、他家との同盟を組む必要がある）

だからこそ、レオナルドと娘の婚姻を望んでいないはずの父に、今回のような申し出をしたのだ。

（それだけじゃない。リカルドが、『セラノーヴァ家は財政難だ』って言ってたもの。私とリカルドが婚約すれば一時的な婚約でも、今後うちとの連携が取りやすくなる）

父だって、もちろんフランチェスカと同じことを考えているだろう。

『とはいえあの青二才の出してきた条件は、セラノーヴァにとって重いものだ。あの家の事業で大きな黒字になっているのは、タバコ農園だけだからな。たとえ当家が今後手を貸そうとも、持ち直す前に家が潰れる可能性もある』

『……うちにだって、すごく重たい条件でしょ？　隣国とのお仕事は、我が家の一番の収入源だもの。それに、パパとママがふたりで築いた思い出の……』

『──そんなものは』

フランチェスカを遮るように、父ははっきりと言い切った。

『お前の幸せのためならば、手放して当然だ』

『……パパ……』

その言葉をぐっと噛み締めながらも、フランチェスカは懇願した。

『お願いパパ。私との婚約解消は呑まなくていいけれど、レオナルドに返事をするのは期日まで待ってほしいの！　レオナルドの本当の目的がなんなのか、頑張って調べる……薬物事件の犯人が誰か分かって、その証拠もはっきりしていれば、セラノーヴァ家だってレオナルドを追い詰めるために悩まなくていいんだよね？』

『……フランチェスカ』

『見付けてみせるから！　……私を待っていて、お願い……!!』

そう約束できるだけの保証なんて、本当は何処にも無い。フランチェスカに出来ることは、父に『信じてほしい』と告げるだけだ。

父は、いつも無表情なそのかんばせを柔らかな微笑みに変えた。

『お前を信じない理由など、私に存在するものか』

『……っ!!』

そしてその日からフランチェスカは、調査を開始したのである。

「この一週間、私なりに色々調べてきた。だけどリカルドは、私より薬物事件に詳しいでしょ？」

リカルドから受け取ったタバコの葉を、やさしく籠に入れてゆく。この葉が熟しているのかどうか、フランチェスカには見極めが難しいのだが、リカルドの作業に迷いはない。

「学院で話すのも危なそうだから、お休みの日にお話が聞けたらなって。そうしたらリカルドが、『土曜日は収穫があるから忙しい』って言うから……」

「だからといって仮にも貴族家の令嬢が、当たり前のような顔で収穫手伝いに来るか……？」

この世界の令嬢なら、普通はそんな感覚なのだろう。けれどもフランチェスカには、前世の小学校で芋掘りをした記憶がしっかり残っている。

(それに前世では、組員のみんなとお庭でミニトマトを育てたもんね。――収穫間際でいきなり枯れちゃったと思ったら、誰かがすぐ傍の土を掘って、警察に見付かるとまずい血判状を隠した所為だったことが発覚したけど……)

枯れてしまったミニトマト、掘り返された地面にビニールに包まれた血判状、その横で泣いている前世の自分と顔面蒼白な組員。そんな光景を思い出し、遠い目をしてしまった。

「こほん、とにかく！　これだけ広かったら、収穫のお手伝いはひとりでも多い方がいいでしょ？　あんまり役に立てないけど……」

「……そうでもない。なにせ最近、雇い人を減らしたばかりだからな」

リカルドの言葉が意味することに、フランチェスカは俯いた。

「やっぱりおうち、苦しいの？」

「育てるタバコの品種も増やし、工夫はしている。だが、すぐには利益に直結しないだろう」

リカルドは、顎を伝う汗をぐっと手の甲で拭う。

「手伝いの礼に情報を渡してやりたいところだが、こちらも進展は無いままだ。──父は今日、国王陛下のお招きで城に馳せ参じている。陛下のご期待に沿えなければ、我が家はいよいよ危ういな」

リカルドから次の葉を受け取りつつ、フランチェスカは口を開いた。

「リカルドも、レオナルドが色々な事件の犯人だって考えてる？」

「……率直な心情としては、疑わしい人間が他にいない。だが、薬物事件の方はともかく、アルディーニが夜会の騒動を起こす理由が不明だ」

「……私は、薬物事件の方も納得できないけれど……」

むにむにとくちびるを閉ざすと、リカルドはこちらを一瞥した。

「随分と、アルディーニのことを信頼している」

「信頼してるというよりも、怒ってるの。この一週間で色々考えたけど、今回のレオナルドは一方的だし、自分ひとりで勝手に決め過ぎだなって」

先週の会合で言われたことを思い出すと、フランチェスカの中では不服が燻るのだ。

「もう追ってくるなって、そう言われたの」

「……カルヴィーノ」

「確かにレオナルドの言う通りかもしれない。いまの私が捕まえたって、レオナルドはそんなの全部無視して、五大ファミリーの均衡を崩しかねない行動を取り続けそうな気がする」

レオナルドがそう振る舞う目的なんて、フランチェスカには分からない。

「だから、何が何でもレオナルドの真意を探るの。それからもう一度レオナルドのところに走って行って、『あなたの考えなんてお見通しなんだから！』って言うんだ」

「……」

「追い詰めて、ひとりで悪者ぶったことを思いっきり怒って。……そのあとは、レオナルドの考えていることの手伝いがしたい」

そして、ぽつりと口にした。

「……私は、レオナルドの友達だから」

「――……」

レオナルドだって同じように、フランチェスカを友達だと呼んでくれた。

「改めて思うが」

リカルドはフランチェスカを眺めながら、しみじみとこう口にした。

「俺はお前との婚約など、頼まれても絶対にしたくないな」

「え、いきなり何!?」

あまりにも率直な物言いだ。こうもはっきり言われると、人間性の問題を指摘されたかのような衝撃を受ける。こちらだって、リカルドとの婚約などまったく考えもしなかったことだ。

「たとえ一瞬、かりそめの婚約であろうとも、その僅かな期間だけで振り回されそうな気がする。俺には台風の中に飛び込むような趣味はない」

「私は至って平凡な人間だよ！　裏社会で生きるつもりもないし、安全だもの！」

「平凡な人間は、五大ファミリー当主を追い詰めるなどと張り切らないし、得体の知れないスキルを持ち合わせてもいない」

「うぐ……」

スキルの事に言及されて、言葉に詰まる。あの夜会でスキルを見せてからも、リカルドは一切それに触れずにいてくれたが、気になっていないはずはないのだ。

（どうしよう。このままスキルについて追及されるのかな……）

身構えたものの、リカルドにはそのつもりはないようだった。ただ、こんな風に話すだけだ。

「お前との婚約をせずに事態が収束するなら、それに越したことは無い」

「……リカルド」

「手伝えることがあれば協力する。……収穫の礼だ」

無愛想な物言いだが、それが妙に頼もしい。フランチェスカはくすっと笑い、彼に「ありがとう」と告げたのだった。

＊＊＊

（とはいえ）

翌日のこと。昨日の晴天は束の間のことで、この日は雨だった。

フランチェスカは降りしきる雨の音を聞きながら、父の書斎にこもり、調べ物を続ける。

（今日はパパが国王陛下に呼ばれてる。私たち貴族の結婚は国王承認が必要だし、それについて報告させられているのかも。……レオナルドに返事をしなきゃいけない期限は来週だ、急がなきゃ）

本を引っ張り出しては目を通し、再び本棚に戻してゆく。

（レオナルドの目的は何？　薬物事件や夜会の事件に関係がある？　それすらも分からないし、取り掛かりの糸口も見当たらない……）

時間を忘れて集中していると、グラツィアーノが声を掛けてくれた。

「……お嬢、オレンジジュース持ってきましたけど」

「ありがとう、グラツィアーノ」

差し出されたグラスを受け取って、一度本から遠い位置に置く。再び本に目を落としたフランチェスカを見て、グラツィアーノは溜め息をついた。

「あれもこれも、裏社会に関する情報や稼業に関する本ばっか。あれだけ避けてたくせに、アルディーニの所為でどっぷりと首を突っ込んじゃって」

「……グラツィアーノ、私に『悪あがきせず、さっさと裏社会の住人になった方が良い』っていつも言ってなかったっけ？」

「思ってますけど。裏社会に抵抗がなくなった原因がアルディーニなら、シンプルにムカつきますね」

それはどういう理由なのだろうか。フランチェスカが首を傾げると、「どうせお嬢には分かりませんよ」と拗ねられる。

「あいつに会う前は、『裏社会になんか関わらない』が口癖だったでしょ？　もっとも実際にはあちこち首を突っ込んで、俺たちクズの世話を焼いてましたけど。なのになんでお嬢があいつの所為で、余計な手間隙かけなきゃいけないんすか」

「余計な手間隙なんかじゃないよ。むしろ、私からパパに頼んでやらせてもらってるの」

「お嬢が庇う必要なんかないでしょ。諸々どうせあいつが犯人ですよ。セラノーヴァ家の計画通りに動いてもらって、アルディーニを追い詰めさせればいい」

「その計画に乗った場合、リカルドに決闘で勝ってもらって、一時的にでもリカルドと婚約しなきゃいけなくなっちゃう」

「…………………」

その瞬間、グラツィアーノはますます不機嫌そうな顔になった。

「グラツィアーノ、最近なんだかずっと拗ねてるね……？　先週の会合のことだって、本当は内容を知ってたくせに、知らないって答えたし。もしかして反抗期⁉」

「別に？　全然？　まっったく？　俺はいつだってお嬢には素直ですけど？」

「その発言はさすがに厚かましすぎる‼」

反抗期のグラツィアーノのために、フランチェスカは本を閉じる。

（グラツィアーノは私の護衛兼お世話係として、仕事中や学院での時間以外はいつも傍に居なきゃいけないし。退屈させちゃってるのは間違いない）

そして、グラツィアーノの持って来てくれたオレンジジュースを飲むことにした。

「ん。……美味しいよグラツィアーノ、ありがとう」

そう言うと、グラツィアーノはふいっとそっぽを向く。

「……最初から、さっさと休憩してくれればいいんですよ。お嬢は短期決戦型で、根を詰めるなんて向いてないんだから」

「そうだね。ふふ、心配かけてごめんね」

こういった反応が返ってくるのは、グラツィアーノが照れているときなのだ。

（よかったあ、反抗期じゃなくて！　……確かに、私が裏社会を徹底的に避けてきたことを知ってるグラツィアーノから見たら、異常事態に映るよね）

机上に目を落とす。広げた紙に書き綴ったのは、読み漁った資料から書き取ったメモだ。

（隣国との商流。煙草の生産と販売。銃の流通ルート……五大ファミリーの稼業について私が調べてるなんて、心配されて当然だ）

グラツィアーノはコーヒーカップに口を付け、もう片方の手はスラックスのポケットに突っ込んだまま、フランチェスカの手元を覗き込んでくる。

「お嬢が調べられる範囲なんて、当主ならとっくに把握してるんじゃないすか？　今更そうやって睨めっこする必要あります？」

「あるよ。パパと私では視点が違うの」

「ふーん。へえー」

疑わしそうな声音だが、フランチェスカには前世とゲームの記憶がある。

（あの夜会の出来事が『黒幕』のスキルによるものなら？　主要キャラクターの中で、私が全スキルを把握できていないのは、入手可能《プレイアブル》キャラとして実装されていないキャラクター……いまの段階だと、

それはレオナルドだけだ）

文献のページを捲りつつ、不安になりながらも思考を進めた。

（レオナルドの行動は、絶対的に怪しい。そのことはちゃんと理解して、考えを進めないと……）

リカルドの父が、レオナルドを黒幕だと判断しているのは無理もない。

前世のフランチェスカや他のプレイヤーたちだって、黒幕として描かれていたレオナルドの姿が真実だという前提でストーリーを読んでいた。

（見ず知らずの『黒幕』のことを想像するより、私の知ってるレオナルドと、ゲーム世界のことを考えた方がいいよね！　シナリオを整理しよう）

あくまで前向きな心境のまま、フランチェスカは考える。

（ゲームの一章後半も会合が行われて、両家の同盟が結ばれる。そこには両家の当主とリカルド、それに主人公が揃っていて……現れるのはレオナルド。両家の同盟を潰すために、強引な手段に出るけれど、みんなで力を合わせて危機を脱する……）

そのとき、不可思議なことに気が付いた。

（……ゲーム一章のクライマックスは、第十七地区の屋敷で事件が起きる。それが解決して、両家の同盟が無事に結ばれる。そしてこの世界でも、レオナルドからは第十七地区の屋敷に呼び出されていて、パパたちはそこでレオナルドの条件を呑むか返事をする。その結果次第では、うちとリカルドの家の同盟が結ばれる。起きる出来事の大枠は近い、だけど）

ぱちぱちと瞬きをして、自分の思考をもう一度さらった。

（——どうして、『起きる出来事の大枠は近い』の？）

それが不自然であることの、決定的な理由があるのだ。

「もしかして……！」

フランチェスカは声を上げ、先ほど書架に戻した本を大急ぎで取りに戻った。

「グラツィアーノ、手伝ってほしいの！　調べたいことがはっきりした、ここからは目を通したい資料が絞り込める‼」

「お嬢？　いったい何を……」

フランチェスカは顔を伏せ、考えた。

（薬物事件の黒幕。もしかしたら、その人は）

少しだけ震える声で、ある人物の名前をぽつりと呼ぶ。

「……リカルド……」

＊＊＊

レオナルドに結論を告げなくてはならないその日も、この町には雨が降っていた。

父に同行するフランチェスカは、前回とは違う赤色のドレスを身に纏っている。先に馬車を降りた父は、屋敷の『管理人』にすべての銃を預けたあと、フランチェスカに傘を差し向けてくれた。

「フランチェスカ。ゆっくりでいいから、濡れないように降りなさい」

「ありがとう、パパ」

ドレスの裾をたくしあげつつ父の傘に入り、管理人の立つ軒下まで一緒に歩く。この管理人はどのファミリーにも属していない、王家に仕える人物だった。

「これはこれは。カルヴィーノ家の美しいご息女にお目にかかることができ、光栄です」

「勿体無いお言葉をありがとうございます。本日はよろしくお願いいたします」

ドレスの裾が地面につかないように一礼した。そこに、父がすかさず口を開く。

「参加者は全員揃っているか？」

「生憎と、アルディーニさまがまだお越しになっておらず……」

その言葉に、心臓の辺りがずきりと痛む。

「ふん。……分かった」

傘を畳んだ父がこちらを見たので、フランチェスカは頷いた。管理人に傘を預けたあと、屋敷の中に入ってゆく。

（『屋敷』に連れて来てもらうのは、今回が初めてだな……）

王都にいくつかある屋敷は、五大ファミリーそれぞれの共同所有だ。

主には当主同士の話し合いに使用されている。話し合いの場所がどちらかのテリトリーにあった場合、心理的な対等性がなくなってしまうため、共有の場所を複数用意してあるのだ。

（この屋敷の中では、攻撃系のスキルが発動できないよう結界が張ってある。その結界や管理人さんの存在も含めて、結構な維持費がかかってるんだよね）

五大ファミリーのうち三家が集まっての交渉は、他の二家にも密かに注目されているに違いない。

廊下を歩きながら、ほんの少しだけ緊張が勝った。

「パパ……」

「心配するな。私は何よりも、お前のことを尊重する」

心強い言葉に頷いてから、意識して胸を張る。

大きな扉の前に着くと、父が両開きの扉を開け放した。据えられた円卓の一席には、リカルドの父ジェラルドが着席している。

「早かったな、カルヴィーノ。……本当にフランチェスカ嬢も連れて来たのか」

「こんにちは、ジェラルドおじさま」

一礼したフランチェスカは、不躾にならない程度に室内を確かめた。

（本来このお屋敷で起こるゲームイベントには、リカルドも同席しているはず。だけど……）

リカルドの姿はここに無い。フランチェスカは、緊張が表に出ないように深呼吸をした。

その隣では、着席した父がつまらなさそうに言い放つ。

「あの青二才《アルディーニ》の指定は、我々と我が娘、それにお前の息子の同席だっただろう」

「それに従う必要があるか？　俺たちの結論は出ている。先日話し合った通りじゃないか」

ジェラルドはテーブルに両肘を置くと、父の方を見据えて口を開いた。

「アルディーニの若造との交渉は、決裂させる」

フランチェスカの父の表情は、ほんの少しも変わらない。

「あの若造の口車に乗り、我々から何かを差し出す必要は無い。元々の計画通りにリカルドとあの若造とを戦わせ、フランチェスカ嬢を解放してやればいい」

「……」

「お前はひとり娘の望まない婚約を解消できる。その代わりに当家はそちらの力を借り、あの若造を追い込んで罪を暴く。……そうすれば、陛下から賜った使命を果たすことが出来る……」

ジェラルドは大きく溜め息をつき、疲れ果てたかのように額を押さえた。

「たったこれだけの話を進めるために、二週間もの時間を失った。この場が終われば、早速リカルドに決闘を申し込ませて――」

「おじさま」

口を開いたのがフランチェスカだったことに、ジェラルドは少なからず驚いたようだ。

「なにかな？　お嬢さん」

「リカルドはどうして今日、ここに居ないのですか？」

尋ねると、ジェラルドは訝しそうにしながらも頷いた。

「己の未熟を恥じ入ってか、薬物事件の方を躍起になって調べているようでね。アルディーニの若造が犯人だと分かり切っているのに、どうにも融通が利かないようだ」

「……そうですか」

フランチェスカは俯いて目を瞑り、大きく静かに呼吸をすると、意を決してから顔を上げた。

「ごめんね、パパ。お願いしていた通り、ちょっとだけ私にお話をさせて」

「もちろんだ。まずはお前の思うようにやってみなさい」

「うん。――ありがとう」

こちらのやりとりを、ジェラルドが怪訝そうに眺めている。フランチェスカはジェラルドに向き直ると、真っ直ぐに告げた。

「私はリカルドと婚約しません。おじさま」

「……」

ジェラルドはその眉根を僅かに寄せると、フランチェスカではなく、隣の父に向かって尋ねた。

「カルヴィーノ。それはファミリーの総意なのか」

「当然だろう。我が娘の決めたことだ」

「……すべて思い通りにさせてやることが、子供を真の幸せに導ける選択だとは限らないぞ」

「そうだとしても」

懐から煙草の箱を取り出した父が、それを円卓の上に置いてから言う。

「――お前の息子に嫁がせる気は、毛頭ない」

「なに……？」

緊張感の増した場の空気に臆さず、フランチェスカは告げた。

「私、おじさまの仰る通りだと思っていたんです。あの夜会の事件で、招待客を混乱状態に陥らせた犯人は、きっと会場にいたはずだって」

「……そうだ。アルディーニの若造があそこに居たことは、君こそがよく知っているだろう」

「あそこにいたのは、レオナルドだけではありません。私を心配して来てくれていたうちの父や、世話係のグラツィアーノ……それに」

フランチェスカが濁した言葉を掬い、ジェラルドは顔をしかめる。

「リカルドもそこに居た、と言いたいのか？」

「……あの会合から二週間、私はずっと調べていました。レオナルドがどうしてあんな振る舞いをしたのか、その理由があるはずだって信じてたから」

あのときレオナルドから聞かされた内容を、父にはもう告げてあった。

「レオナルドは、私との婚約を解消するためだって言ってくれました。レオナルドと結婚すれば、私が不幸になるからって。友達として、私を自由にするために、悪役めいた芝居を打ったんだって」

するると、ジェラルドは肩を竦める。

「お前の娘は純粋だな、カルヴィーノ。実に眩しくて、光のようだ」

「……娘のことを、貴様に言われるまでもない」

父は不快そうに目を眇めた。ジェラルドはそれに構わず、フランチェスカを諭すように語り掛ける。

「いいかいフランチェスカ嬢、悪党のしおらしい言葉を信じてはいけない。君を自由にするためなどと宣っても、本性は違うはずだ。本当の目的は、間違いなく別にあって――……」

「私もそう思います」

言い切ると、ジェラルドの指先がぴくりと動いた。

「レオナルドが本当にやりたいことは、私との婚約解消なんかじゃない。それよりも、気まぐれみたいに口にした要求こそが本題です」

「――まさか」

ジェラルドの目が、はっとしたように見開かれる。

「アルディーニの真の目的は、カルヴィーノが持つ隣国との商流か⁉」

フランチェスカの父は、箱から煙草を出して口に咥えた。けれどもいまだ火は付けず、指に預けて頬杖をつく。

リカルドの父ジェラルドは、少し興奮した様子で続けた。

「なるほどな。アルディーニがあれを手に入れれば、膨大な金が流れ込む。その資金力があれば、五大ファミリーのトップに立つことはおろか、王家に対しても強大な発言力を得てしまう」

「……そうだろうな」

「くそ……!!　そうなれば、この国はアルディーニが裏で牛耳る形に……」

「おじさま」

フランチェスカの声に、ジェラルドがぴたりと言葉を止めた。

「リカルドは、この席に居ませんね」

「……さっきも話しただろう。倅《せがれ》はここに来ていない、往生際が悪くも薬物事件の調査を……」

「レオナルドが本当に欲しいものが何かを、おじさまは察しているのではありませんか？　だって」

ことさら意識してゆっくりと、静かに言葉を紡いだ。

「――この王都に薬物を流しているのは、おじさまだから」

「――……」

フランチェスカの言葉に、ジェラルドは表情を消す。

「……いきなり何を言い出すのかと思えば」

その声はあくまで冷静だ。だから、フランチェスカは淡々と言った。

「おじさまも、あの夜会の会場にいたうちのおひとりですよね」

「だからなんだと言うんだい」

ジェラルドはそう言って、穏やかな笑みすら浮かべてみせる。

「それほどまでにアルディーニを守りたいのかね？　随分とやさしいお嬢さんだ」

「セラノーヴァ。娘を侮辱するのであれば、対話の余地すら設けるつもりはないぞ」

「パパ。大丈夫だから」

いつもの父ならば、有無を言わさずジェラルドと敵対していたはずだ。けれども父は、フランチェスカの願いを聞き入れてくれた。一方で、ジェラルドは不快そうな態度を隠すこともない。

「侮辱というならば、お前の娘の方だろう。事もあろうに、伝統を重んじるセラノーヴァ家の当主を指して、古くより禁じられてきた薬物を王都に流しているだと？　何故そのような真似を」

「動機はすぐに想像できます。セラノーヴァ家は、伝統を重んじる家風の下で、経済的に苦しい状況だとお聞きしました」

「……リカルドか」

ジェラルドが、息子の名を呼んで溜め息をついた。

「確かに我が家の状況は、裕福で余裕があるとは言い難いがね。それでも見縊《みくび》ってもらっては困る」

前髪を後ろに撫で付けているジェラルドは、額を押さえながら肩を竦める。

「我が家の主な収入源として、安定した煙草産業がある。広大なタバコ畑と工場を持ち、熟練の職人を抱えていて、最近は更に手を広げたばかりだ。農地には、君も先日遊びに来たと聞いているよ」

「……パパ」

「ああ」

隣を見上げると、父は上着の内ポケットから一枚の紙を取り出してくれた。フランチェスカはそれを受け取り、ジェラルドの前に差し出す。

ジェラルドは、霧の中で目を凝らすかのように眉根を寄せた。

「これは……」

「レオナルドが欲しがるふりをした、隣国の商流……その中でも煙草の輸入に関する数字だけを抜き出して、年代別に並べたものです」

そのグラフを見れば、状況は一目瞭然だ。

「いまこの国で吸われている煙草の銘柄は、大半が隣国で作られたもの。それはこの輸入額が証明していますし、実際にいくつかのお店を見て回りました。――たとえばうちの父が吸っている煙草も、隣国のものです」

セラノーヴァ家のタバコ農園で、フランチェスカはリカルドと話している。

『うちのパパが吸ってる煙草の葉っぱもこれなのかなあ』

『……以前の会合で吸っていらした煙草は、隣国で作られている銘柄だ。その銘柄の葉は、ここで育てている我が国伝統のタバコとは異なるが』

あのときは隣国という言葉を聞いて、隣国出身の亡き母にまつわる理由なのかもしれないと考えていた。恐らくはそれも間違ってはいないのだろうが、そもそもが現在の主流の煙草は、この国で作られたものではないのだ。

「お隣の国の煙草は、この国で伝統的に育てられてきたタバコの葉とは違うものなんですよね。つまりセラノーヴァ家の農園で育てている葉は、隣国に輸出する需要も少ないはず。そして、この国で作られる国産の煙草も……」

「……」

ジェラルドは、そこで大きく息をついた。

「……参ったな。見栄を張ったことが知られてしまうのは、これほど気恥ずかしいものだったのか」

そして背凭《もた》れに身を預け、これまでより幾分寛《くつろ》いだ雰囲気を滲ませる。

「先ほどついた嘘を詫《わ》びよう。確かに我が家は少しばかり、商売の雲行きが怪しくなっているところだ。事業を広げようとしたのは好成績によるものではなく、損失を少しでも埋めるためだよ」

「……おじさま」

「カルヴィーノ。お前とは学生時代からの付き合いだが、現実主義で面白みの無い男だった。しかし、フランチェスカ嬢はどうやら奥方似のようだな。想像力が豊かで素晴らしい」

父は不快そうに眉根を寄せるだけだ。だから、フランチェスカが代わりに口を開いた。

「父は、私と同じことを疑っていました」

「……何？」

「私が資料を見ていて気付くことなんて、父ならそれより先に見抜くに決まっています。だからあの会合で、わざと煙草を吸ってみせた」

「……機嫌が悪いときに煙草を吸うのは、君の父上の癖だよ」

「おじさまはご存じないですよね」

学生時代からの旧知の間柄であろうと、当主同士で顔を合わせる機会が多かろうと、これまでに知ることはなかっただろう。

「父が、あれほど私の近くにいるときに煙草を吸うなんて、普段なら絶対に有り得ません」

「――――……」

この父は、いつだってフランチェスカを守ろうとする。

雨に濡れないようにすら、殊更に気遣ってくれるのだ。それなのに、あのときばかりはフランチェスカの方へ煙がいかないよう配慮してまで、フランチェスカの隣で煙草に火を付けた。

「あれは、父からおじさまへの遠回しなメッセージです。……そうだよね、パパ」

「……」

父は何も言わなかったが、それは無言の肯定だろう。

「おじさま」

フランチェスカはジェラルドを見据え、ゆっくりと尋ねる。

「おじさまが、タバコ農園の新区画で育てさせているものは、一体なんですか？」

「――……」

その疑問に辿り着いたとき、フランチェスカは再び農園を訪ねた。けれどもその新区画に至っては、近付くことすら許されていない。

『まだ生育が安定していなくて、靴に付いた少しの菌でも全滅してしまうから』と告げられ、見学を断られてしまったのである。

「……それはもちろん、タバコの新品種さ」

微笑みながら告げられて、フランチェスカは顔を顰めた。

「そんな風にお答えになるのは、当然ですよね。私も父も、セラノーヴァ家のその区画をこの目で見たわけではありませんから」

「生憎、うちの人間が説明したことは正しくてね。デリケートな新種がきちんと育ち切るまでは、迂闊に色々な人を近付ける訳にはいかないんだ。あそこには倅のリカルドですら、まだ足を踏み入れていないんだよ」

その言葉に、ゆっくりと深呼吸をする。

「――リカルドは、強い人だと思います」

脈絡もなく切り出したことに、ジェラルドが訝るような表情を向けてきた。

「すごく真面目で、公正で。私が急にお父さんを疑うような話をしたときも、怒らずに最後まで聞いてくれました。その上で、『自分の目で判断する』って」

「……リカルドが？」

「だから、約束したんです。リカルドがおじさまは無実だと判断したら、今日の交渉でおじさまの隣に座っていてって」

リカルドは、フランチェスカの言葉を真摯に聞き入れてくれた。

「けれど結論を出す前に、あることを手伝ってほしいとお願いしました」

「……あること？」

フランチェスカは、そこで父のことを一瞥する。

（パパは私よりも先に、セラノーヴァのおじさまを疑ってた）

けれど、確固たる証拠を掴むことが出来なかったのだ。

（証拠の隠し場所なんて、可能性としてたくさんありすぎる。探っていることを勘付かれたら、すぐさま処分されるはずだもん）

前世の祖父や組員たちも、あらゆるものを色々なところに隠す天才ばかりだった。

飲み物の缶に仕掛けをしてその中に物を入れたり、庭の池の底に秘密の空間が造られていたり。セラノーヴァ家のテリトリーで、何かを探るのは現実的ではない。

けれど、フランチェスカは気が付いてしまった。

「分かってしまったんです。セラノーヴァのおじさまの隠したいものが、一体どこにあるのかが」

「なに……？」

それに辿り着いたのは、ゲームシナリオを知っていたからだ。

（前世の記憶があったから、重ね合わせて気付くことが出来た。……もっともレオナルドは、ゲームの知識なんて持っていなくても、証拠の隠し場所を知っていたみたいだけど）

敵わないなと思いながらも、フランチェスカは目を瞑る。

（ゲームの一章終盤では、我が家とセラノーヴァの同盟が結ばれる。同盟の締結場所に選ばれて、その最中にレオナルドに襲われるのは、紛れもなくこのお屋敷）

最初にレオナルドの言葉を聞いたときは、ゲームの出来事が再現されることへの恐ろしさを感じた。

『参加者は今ここにいる全員。時刻は夜八時、場所は第十七地区の屋敷で』

けれど、この世界に生きる人々が現実である以上、意味もなくゲーム通りになるはずもなかった。

（ましてや、ゲームシナリオでこの屋敷を指定するのは、レオナルドじゃない）

フランチェスカははっきりと思い出せる。

（――ゲームでここを選ぶのは、セラノーヴァ当主であるジェラルドおじさま）

それにはきっと、別の目的が隠されていた。

「五大ファミリーが使うこういった『屋敷』は、公平な会合のため、管理人さんたちによって厳重に監視されています。ファミリー同士の会合にしか使えず、何月何日にどのファミリーが使用したかを記録されていますよね」

「……ああ、そうだな」

「限られた人間しか出入りせず、それ以外は鍵が掛けられ、誰が立ち入ったかは後から照会できる。

――何か大切なものを隠すには、ある意味で最適の場所ではありませんか？」

その瞬間、ジェラルドが口を閉ざした。

「それでいて、誰の出入りした時間帯がいつでどんな順番だったかまでは、それほど重視されません。……管理人さんに質問すれば答えてくれるかもしれませんが、そもそもこの屋敷が怪しいとあたりをつける人は、いなかったかも」

「フランチェスカの言う通りだ。セラノーヴァの私有地ならともかく、全ファミリーが共同管理している上に王家仕えの管理人がいる場所に、わざわざ自分の身を危うくするものは隠さない」

「他にもデメリットがあるよね？　パパ。たとえばいざその証拠を回収したいと思っても、その屋敷を使って当然な理由が無ければ難しいとか。ちょうど、今回みたいな――……」

ゲームシナリオでは両家の同盟を正式に締結するために、ジェラルドがこの屋敷を選ぶ。ゲーム上ではただの舞台装置であり、この屋敷だったことにさしたる理由は無いと見せ掛けられていた。

しかし、ゲームで伏せられていた『真犯人』がジェラルドだったのであれば、シナリオでこの屋敷が選ばれていた伏線も後々回収されていたのだろう。

少なくとも、この世界のジェラルドにとっては意味のある場所だった。

レオナルドはそれが分かっていたから、この屋敷を指定したのだ。ゲームシナリオとこの世界で実際に起きたこと、そのふたつを重ねて共通することが、調べるべき場所を教えてくれた。

「レオナルドがタバコ農園に目を付けたのは、あなたにとって一大事だったはず。レオナルドに奪われるわけにはいきませんから、条件を蹴る方向にうちの父を誘導したかったでしょう」

「……」

「それに、レオナルドが何か気付いているのではないかと怖くなった。そうなれば、この屋敷に隠した証拠品を処分したくなりますよね？　ちょうど会合の場所がこの屋敷だったことを利用して、誰よりも早くやって来たはず。……その上で、おじさまはずっと焦っていらしたのでは？」

フランチェスカは、真っ直ぐにジェラルドを見据える。

「この屋敷に隠しているはずの証拠が、いつのまにか失くなっていたのでしょう？」

「――……」

ジェラルドの表情には、もはや何の感情も浮かんでいない。

（この屋敷に入る前、パパは管理人さんに『参加者は全員揃っているか』って聞いた。返ってきた答えは『レオナルドがまだ』というものだったけれど、レオナルドによってここに招集されたのは、ふたりの当主に私とリカルド）

リカルドがここに来ていなければ、管理人はそのことにも言及しているはずだ。だが、そうは説明されなかった。

「リカルドは私との約束を守り、おじさまより早くこの屋敷に来てくれたはず。そして『証拠』を見付けたあとは、それを基に適切に動いてくれていると信じます」

背筋を伸ばしたまま、静かに口にする。

「――リカルドは伝統と、この国の人を大切にしていますから」

「………」

（それに、レオナルドも）

フランチェスカは、以前レオナルドと話したことを思い出していた。

『王都に出回ってる薬物のこと、レオナルドが何か関わってる？』

『――関わっている、と答えたらどうする？』

レオナルドは思わせぶりな言動を取ったものの、最後まで「自分が関わっている」と明言はしなかった。そして、フランチェスカはこう願ったのだ。

『もちろん、いますぐに止めてほしい』

その言葉に対し、レオナルドは微笑んだ。

『――善処しよう』

あのときの光景を思い浮かべながら、フランチェスカは目を閉じる。

（私を自由にするための婚約解消なんて、それだけが本当じゃない）

レオナルドが、今夜この屋敷を選んだのも。

フランチェスカとの婚約を解消するにあたり、父が持つ隣国との商流を目眩しに、セラノーヴァ家のタバコ農園を指定してくれたことも全部。

（私との約束を、守ってくれた――……）

そのことを、心の底から噛み締めた。

「すべてを白日の下に晒せ、セラノーヴァ」

俯いたフランチェスカの隣で、父が静かにそう告げる。

「せめてお前だけの命で清算できるよう、陛下と他ファミリーに私が掛け合おう。――同窓のよしみだ」

「……」

父がジェラルドに説く中、フランチェスカは内心で思考を巡らせていた。

（ゲームの一章終盤では、両家の同盟が締結した直後に、『レオナルドの襲撃』って言われてるイベントが起こる）

この屋敷内では、攻撃系スキルが使用出来ない。だが、銃の持ち込みを禁じるスキル結界は張られていなかった。それは、この屋敷自体が銃の取り引きなどにも使われることがあるためだ。

（イベントでは、このお屋敷は外から襲撃される。そのあとレオナルドが銃を手に入ってきて――リカルドを撃とうとする）

それが、終盤の大きな危機だった。

（ゲームのリカルドは撃たれない。それは、主人公がリカルドを守って押し倒すことで、なんとか弾を回避できるから）

そのことを思い、いつでも飛び出せるように身構えた。

（この世界で起こることは、ゲームの大枠に沿っている。そうなると、ここで撃たれるのはリカルドじゃなく……）

「セラノーヴァ」

「――もう遅い」

ジェラルドが、ぽつりと呟いた。

「もう遅い、カルヴィーノ。俺にも本当は、分からないんだ」

「……何を言っている？」

「自分がどうしてこんなことをしてしまったのか、分からない」

その言葉に、父は眉根を寄せる。

「……家を潰したくなかった、倅に父としての背中を見せたかった。ファミリーの構成員たちに恥をかかせることも、貧しい思いをさせることも嫌だった!! ただそれだけで、それが！ それなのに、どうして!!」

「落ち着いて話せ。分からないとは、どういうことだ」

「分からないものは分からないんだよ!! ああくそ、どうして俺はこんなにも、取り返しのつかないことを!!」

ジェラルドは一気に捲し立てると、弾かれたかのように立ち上がる。椅子が倒れる音の中、上着の内側に手を突っ込み、何かを探る真似をした。

「悩み、考え、足掻《あが》いて苦しんだ！ 苦しんで、苦しんで、苦しんで……」

「パパ！ おじさまは、やっぱり銃を……!!」

「……っ」

父には懸念を話してあった。

ジェラルドは、何らかの方法で銃を持ち込んでいるかもしれない。追い詰められたときに取り出して、父を狙って引き金を引くかもしれないと。

（銃の管理は厳重なはずの『屋敷』に、こんなに簡単に銃が持ち込めている。管理人さんですら敵側の可能性がある、けどいまはそれより……）

この世界では、ゲームシナリオの大枠を外さない出来事が起きている。だからこそ、不在であるリカルドの代わりに、『撃たれそうになった父を庇う』という出来事が起きると予想していた。

（守らなきゃ、パパを……!!）

ちゃんと予想はしていたのだ。それなのに、この事態は思ってもみなかった。

「え……」

ジェラルドが銃口を向けた先が、彼にとって脅威であるはずの父ではなく、フランチェスカになるという状況を。

「お前は娘を失って苦しめ、カルヴィーノ!!」

「!!」

咄嗟に反撃しようとしても、引き金を引くまでの一秒では間に合わない。

（っ、撃たれる……!!）

乾いているのに重たい銃声が、すぐ眼前で鳴り響いた。

「〜〜〜〜……っ」

お腹にひどい痛みが走って、呼吸が出来なくなる。

（痛い、痛い、痛い……！）

ぐっと奥歯を噛み締めて、フランチェスカは違和感を覚えた。

（――ううん、ちがう）

眩暈がする。焼けるような痛みと共に、名前を呼ぶ『祖父』の声がした。

フランチェスカはそれを受けて、ぶんぶんとかぶりを振る。

（違う。これはいまの私の痛みじゃなくて、前世で死んだときの記憶だ……！）

襲い来る回想に抗って、必死に目を開けた。

（怖くない、痛くない、それよりも‼　……私がいま痛くない、その理由は……‼）

震える体で、現実に広がっている光景を確かめる。

「パパ‼」

「……っ」

腹部を強く手で押さえた父が、浅い呼吸を繰り返しながら口を開いた。

「……無事だな、フランチェスカ……」

「喋っちゃ駄目……‼」

父から流れる血が床に滴って、どんどん染みを広げてゆく。フランチェスカは父にしがみつくと、倒れ込みそうになるその体を支えた。

「嫌‼　パパ、駄目だよしっかりして‼」

「構うな、逃げろ……。あいつはもう、正常な状態では、ない」

「逃げるなら、パパも一緒に決まってるでしょ！」

ジェラルドの目は澱んでいて、ぶつぶつと何かを繰り返している。その様子は、あの夜会の日に錯乱してしまった人々によく似ていた。

「――分からない、何も。分からない、だから俺は……」

「……っ」

「フランチェスカ……！」

再び銃口を向けられた瞬間に、フランチェスカは自らの太ももに手を伸ばした。ドレスの内側、ガーターベルトに隠した銃を抜く。

（あの夜会の日、レオナルドから『借りた』銃……！）

フランチェスカが銃を持っていることを、大人たちの誰も想定していなかった。管理人に預けずに済んだその銃の引き金を、強く引く。

反動と同時の銃声に、思わず顔を顰めてしまった。だが、銃弾はジェラルドに当たったあと、まるで硬いものに弾かれたかのように落下する。

（っ、防御のスキル……⁉）

恐らくは一定時間、味方の防御力を上昇させるものだ。リカルドと同じ性質かつ、それ以上に強力なものなのだろう。

澱んだ目に見下ろされて、フランチェスカはぐっとジェラルドを睨み付けた。

（パパは立つことも出来ない。少しでも残った体力は、生きることに使ってもらわないと……！　怯んじゃ駄目、諦めない、絶対に‼）

けれどももう一度銃口を向けられて、フランチェスカは覚悟を決めた。

（今度こそ、私がパパの盾になってでも――……‼）

その瞬間だ。

「ぐあっ⁉」

「‼」

大きな音と共に、ジェラルドの体が吹き飛んだ。

数々の椅子を巻き込んだあと、壁に衝突して止まる。息を呑んだフランチェスカの目の前に、背の

高い人物の背中が見えた。

「……まったく、本当に無茶をする」

驚いて、すぐに反応することが出来ない。

見上げた彼は、その気怠げで甘ったるい声でもって、呆れたように言うのだ。

「君に跪いて懇願したところで、大人しく守られていてはくれないんだろうな」

「レオナルド……!!」

こちらを振り返ったレオナルドは、やさしいまなざしで困ったように微笑んだ。

思わず涙腺が緩みそうになるが、なんら安心できる状況ではない。ジェラルドはその銃口を、今度は彼に向けている。

「レオナルド、後ろ!!」

「分かってる」

そしてレオナルドは、すぐさま指先をジェラルドに向けた。

「っ、があ……!!」

なんらかのスキルが発動して、ジェラルドが蹲るように身を丸める。レオナルドはゆっくりとした声で、彼に告げた。

「――さあ、俺に従え」

（レオナルドの、他人を操るスキル……！）

この屋敷に張られた結界の中で、攻撃のスキルは発動できない。精神関与のスキルは、攻撃スキルとして判定されなかったということだ。おまけにこれは物理攻撃でもないため、防御力が上がるジェラルドのスキルでも防げない。

「ぐ、う……」

「銃を捨てて、こっちに投げろ」

「……くそ……！」

ジェラルドの手から、弱々しく銃が離れた。レオナルドはそれを黒い革靴で蹴り飛ばし、冷たい目でジェラルドを見下ろす。

「上出来。さあ、頭を垂れて跪け」

「……っ」

レオナルドの声は、決して荒々しいものではない。それなのに、異様な迫力があった。スキルなんて使われていなくたって、思わず無条件に平伏してしまいそうな声音だ。レオナルドはジェラルドから視線を外さず、後ろにいるフランチェスカに尋ねた。

「フランチェスカ。当主を連れて逃げられるか？」

「絶対に出来る、何がなんでも私がパパを抱える！」

父は一気に血を失った所為か、意識が朦朧《もうろう》としているようだ。フランチェスカは父を支え、歩き出そうとして声を掛けた。

「待っててね、パパ……！」

フランチェスカの腕力で、成人男性である父を抱えられるはずがない。それは分かり切っているものの、諦める気もなかった。けれど、そのときのことだ。

「があああっ!!」

「!!」

ジェラルドが立ち上がり、ばちんと爆ぜるような音がする。存在していたはずの見えない鎖が、無惨にも千切れたかのような音だ。

「まさか、レオナルドのスキルを破った!?」

「……へえ」

「くそ。……くそ、くそ、貴様らさえ居なければ……!!」

ジェラルドは、前のめりに転がるような形で部屋を飛び出した。

「追い掛けなきゃ……! おじさまのあの様子じゃ、外に出て何をするか分からない!!」

「上の階に行った。すぐに外に出ないところを見ると、上に持ち逃げしたい何かがあるな」

「……く……」

「パパ!!」

父の唸るような声に、フランチェスカは青褪める。

(パパを助けなきゃ。でもおじさまを追わないと、外で普通に生きている人たちに危害を加えるかもしれない。どっちも一刻を争う、それなのに……!!)

「大丈夫だ。フランチェスカ」

「!」

レオナルドはやさしく笑い、フランチェスカの傍に跪いた。

「お父君は、俺が治せる」

「本当……!?」

レオナルドは頷き、父の腹部に手を翳す。光が滲み、赤く染まった傷口を覆い始めた。

「セラノーヴァ当主も逃さない。あいつは外に出たら、秘密を知った人間をなりふり構わず狙ってくるだろう。君や俺に罪をなすり付けることも、それが出来ないなら殺しに来ることも、容易に想像できる」

「……どうやったって、取り繕えるはずがないのに……」

「それを正常に判断できそうには見えなかった。そうだろ？」

フランチェスカは父の手を握り締める。すると、レオナルドの手から溢れる光が一際強くなった。

「……パパ!!」

「――――……」

乱れていた父の呼吸が穏やかになる。表情から険しさが消えたのを見て、フランチェスカは泣きそうなほどに安心した。

「ありがとう、レオナルド……!!」

「……まだ、早い。お父君を、引っ叩いてでも起こして、君たちはまずこの屋敷から出ろ」

その言葉に、フランチェスカは驚いた。

「まさか、レオナルドひとりでおじさまを追う気なの!?」

「お父君の傷は消えたが、失った血や消耗した体力が戻った訳じゃない。治療は必要だ、分かった？」

「……っ」

「良い子だ。……早く行け」

レオナルドはそう言って、ジェラルドが出ていった扉へと歩き始める。

「血の署名に背いたあの男は、俺が粛清する」

「……！」

冷えて張り詰めたその空気に、フランチェスカは息を呑んだ。

レオナルドはもう一度こちらを振り返ると、いつもの余裕ある軽やかな笑みを浮かべてみせる。

「どうか俺に任せてくれ、フランチェスカ。……君は、君の大切な人を守れ」

「レオナルド……!!」

そう言って部屋を出たレオナルドに、フランチェスカはぐっと両手を握り締めた。

ぼんやりしていられないのは間違いない。レオナルドに言われた通り、フランチェスカは父を揺さぶって起こす。

「パパ！　パパ、起きて！　すぐに治療してもらわないと!!」

「――――……」

親子で同じ水色の目が、フランチェスカを見上げる。

「フランチェスカ……？　無事、なのか」

「私のことはいいの！　早く行こう、立てる!?」

「っ、ああ……」

フランチェスカが手を引くと、父はすぐに立ち上がろうとしてくれた。

しかし次の瞬間、その表情が僅かに歪む。

「っ」

「パパ!?」

痛みを堪えるような声を聞いて、フランチェスカは声が震えた。

「どうして!? お腹の傷はレオナルドが治してくれたのに。まさか失敗して……」

「……そうでは、ない。……痛むのは、腹部ではなく……」

父は顔を顰めたまま、自身の足首に手をやった。

「足首に、まるで捻ったような妙な感覚がある」

「え……?」

「驚いただけだ、それほど強い痛みではない。むしろこの傷は、治り掛けのような」

「え……」

父の足を見ると確かにそこは、どす黒いのを通り越して黄色に変色していた。

内出血をしてから数日は経たないと、こんな色にならない。どうやら、先ほど撃たれた際に捻ったものというわけではないようだ。

（……足の捻挫。左足首。何日も経過したもの……？）

ここ最近で、父がそんな怪我をしたことはない。

父の怪我は、腹を銃で撃たれた傷だけだったはずだ。けれど、それをレオナルドに治癒してもらった今になって、引き換えのように別の負傷が生じている。

（パパはこんな怪我をしてないはず。……だけど私には、心当たりがある）

それは他ならぬフランチェスカ自身が、会合の際に負った傷だ。

レオナルドを追いかけて、慣れない靴の所為で派手に転んだ。痛くて立てなくなったところを、引き返してくれたレオナルドに治療されたのだ。

先ほどの父と同じように、レオナルドのスキルによって。

(違ったのかもしれない)

そのことに気が付いて、息を呑む。

(レオナルドのスキルは、怪我を治療するものじゃない。そうじゃなくて、あれは)

「フランチェスカ?」

フランチェスカは、必死に思考を動かした。


(――レオナルドと、対象の体の傷を、入れ替えるスキルなんだ)


そう考えて、これまでの状況を振り返る。

(無傷のレオナルドと、私が左足首を捻った怪我を入れ替えたの? だから私はどこも痛くなくなった。けれどあのときレオナルドは、私の怪我を引き受けてくれてる?)

そして、頭の中に浮かんだ言葉をぽつりと呟いた。

「それじゃあ、撃たれたパパを治してくれたレオナルドの、いまの状態は……」

＊＊＊

レオナルドはずっと、誰にも許されないことを選びながら生きてきた。

そんな人生を決定付けたのは、七年前のあの日のことだ。

『――レオナルド』

レオナルドは十歳になったばかりで、まだ自分のスキルには目覚めていなかったが、そんな日が永遠に来なければいいとすら思っていた。

力を得ることを疎んでいたのは、跡目争いなんて御免だったからだ。下手に強力なスキルが出現でもすれば、ある人の迷惑になりかねない。

だが、そんなレオナルドの気も知らずに、当の本人はこう口にする。

『本当に、お前がこれから得るスキルを教えなくて良いのか？』

『……兄貴』

『どれもすごく強くて、お前にぴったりの格好良いスキルなのに！』

あの日、別宅のある丘の上でレオナルドに手を差し伸べたのは、七歳年上の兄だった。

レオナルドと同じ黒髪に、同じ金色の瞳。

母似だと言われるレオナルドと違い、一目で父の血を引いているのだと分かる顔立ち。アルディーニ家の後継者たる兄は、いつも眩しく笑っていた。

そんな兄に向けて、レオナルドは淡白に言い放つ。

『いらないって言ってるだろ』

兄のスキルのひとつは、他人を鑑定することだった。兄のその力は、鑑定対象がまだ目覚めさせていないスキルの詳細も分かる。

あの頃の兄は、贈ったプレゼントの箱を早く開けてほしがる贈り主のように、レオナルドのスキルについて話したがっていた。だが、レオナルドはそれをかわし続けていたのだ。

『自分のスキルになんか、なんの興味もない』

そんなレオナルドの心情を、兄は見抜いていただろう。その証拠に、兄はどこか苦笑に近い笑みを浮かべてこう言ったのだ。

『本当に、みんなが驚くようなスキルなのにな』

(そうであれば、尚更)

十七歳になったばかりである兄に、心の中でこう告げる。

(……あんたの未来を脅かすかもしれない力なんて、欲しくもない)

兄は諦めたように肩を竦め、レオナルドに声を掛けた。

『そろそろ行くぞ、父さんが待ってる。今日はセレーナ家との会合だ、俺たちもよく見て駆け引きを勉強しないと』

下った先には馬車が停まっていて、先に父が乗り込んでいるのが見えた。

時間よりもずいぶん先に待ち合わせ場所に向かおうとする父と、楽しみにしているらしい兄の様子に、レオナルドはいささか呆れてしまう。

『会合なんて、対等な接し方をする必要は無いのに。家の力だけならうちが上なんだ、やり方次第で一方的な同盟関係を成立させられる。下手に話し合いなんかしたら、父さんは相手に譲歩する可能性が高い』

『ふーむ、さすがは我が弟。裏社会の立ち回りに関して、十歳ながらに天才的な目を持っている』

『……俺が何を進言しても、父さんと兄貴の方針は変わらないだろ。最悪の場合、セレーナ家に騙される可能性があることを分かった上で』

『ははは!』

そう言うと、兄は笑ってレオナルドの頭を撫でる。

『まず信じる。父さんがいつも言ってるだろう？　我がアルディーニ家の信条は、強さを重んじること』

兄にされるがままになりつつも、レオナルドはその横顔を見上げた。

『強さとは、力じゃなくて心の強さ。――他人を信じることの出来る人間こそが、誰よりも強い』

『……』

そんな風に言い切る兄の横顔は、本当に父によく似ている。

十歳だったレオナルドには、父と兄がとても眩しかった。自分に彼らと同じ血が流れているなんて思えないくらい、圧倒的に真っ直ぐな存在だ。

直視できないと目をすがめる度に、レオナルドはこんなことを考えていた。

（……俺も、この人たちのようなものに生まれて来れていたらよかったのに）

レオナルドには、物心ついたときから当然のように、人の澱んだ部分が見える。

嘘をついている人間、悪事を企む人間、裏切るつもりのある人間。彼らの振る舞いを、意識しなくとも見抜くことが出来るのだった。

スキルの類ではなく、レオナルドという存在が持って生まれた、裏社会で生きる才能のようなものだ。

レオナルドこそ後継者に相応しいのではないかと、そんな囁きが嫌と言うほどに聞こえてきた。だがレオナルドからしてみれば、そんな意見は嘲笑で切り捨てるべきものだ。

（兄貴より俺がふさわしい？　……どいつもこいつも、何も分かっていない。そんなことが有り得るものか）

そんな風に思いながら、兄と一緒に丘を下る。

通り掛かった農民が、こちらに向かって手を振った。女性は腕に赤子を抱き、男性は農作物のいっぱいに入った籠を抱えている。

あの夫婦は、他のファミリーが治める領地で飢え、必死にここに逃げてきた。

けれどもいまでは幸せそうに、小さな命を囲んでいるのだ。

(アルディーニ家の治める領地では、みんな笑って生きている。悪党が、弱い他人を幸せにしている)

すべては父による手腕だ。

そして兄は、そんな父の志をすべて受け継いだ、レオナルドにとっての『眩しいもの』だった。

(……俺は、父さんや兄貴のように生きられなくったって構わない)

そんな風に思いながら、兄の背中を見詰めたことを覚えている。

(俺の持っている力を、この人たちのために使えればいい)

後継者になんてなる気はない。

レオナルドはただ、この眩しい憧れが作り上げる未来を、見てみたかった。

(――……父さんと兄貴を、俺が守る……)

そんな風に、本気で思っていたのだ。

笑った父に出迎えられ、ぐしゃぐしゃに頭を撫でられながら乗り込んだ馬車で、とある会合に向かうまでは。

＊＊＊

辺りは一面、炎に包まれていた。

ひどい痛みに襲われながらも、幼いレオナルドは懸命に手を伸ばす。腹から血が溢れ出す中、目の前の光景を否定するために触れた父は、床に倒れたまま動かない。

（……くそ……）

談話室内のなにもかもが、銃弾と炎によってめちゃくちゃになっている。

レオナルドを庇って撃たれた父も、父を貫通した弾丸によって負傷したレオナルド自身も。

兄の反撃によって死んだセレーナ家当主も、肩で息をしている兄も。

みんな、炎に焼かれて消えようとしていた。

荒い呼吸を繰り返しながら、指先がなんとか父に届く。しかし、それによって事実が明確になった。

（……動かない）

レオナルドは、ぐっと歯を食いしばる。

会合の途中、それまでこちらの顔色を窺うようだったセレーナ家当主が、突然懐に手を突っ込んだ。

取り出された二丁の銃は、それぞれ真っ直ぐに父へと向けられたのである。

（信用に値する相手じゃないと、俺だけは分かっていたはずなのに……）

レオナルドは、咄嗟に父の前に出ようとした。

それこそが愚行だ。本当はそんなことをしなくとも、父ひとりなら避けられたのに。

結果として父は、自分を庇おうとしたレオナルドを庇い返し、抱き込むようにして守ってくれたのだ。

その背中に、十発以上の弾を受けただろう。そのうちの一発が父の体を貫通し、レオナルドにも当たった。

『――父さん、レオナルド!!』

最後に聞こえたのは、兄の声である。

一瞬意識が遠のいた後、目を覚ませば辺りは火の海だ。動かない父に触れたレオナルドは、もう片方の手で、血の溢れる腹部を押さえこむ。

何もかも甘かった。父と兄の信じる世界を守りたいと思うあまりに、肝心なものが守れなかった。

『レオナルド……』

『っ、兄貴』

荒い息をつく兄が、炎の中、掠れた声で言う。

『……お前のスキルを、父さんに使え』

『……!?』

レオナルドは目を丸くする。兄は、苦しげな表情の中にやさしいまなざしを込めて、レオナルドに微笑んだ。

『まだスキルが覚醒してないなんて、嘘だろう？　お前は、俺と後継者争いになるのを避けるために、スキルを使えるようになったことを隠していた。……自分自身でも、自分のスキルが気付けないように』

『……それを、父さんに使えって？』

今更そんなことをして、一体何になるというのだろう。だって父はもう、手遅れなのに。

そう考えた瞬間、一縷の希望が見えた気がした。だって、兄はレオナルドのスキルを知っているのだ。

もしかしたら、死んだ父を救えるものなのかもしれない。

『――っ』

スキルの使い方なんて分からなかった。いままで意識して、絶対に発動させないようにしてきたのだ。けれどもレオナルドは縋るような気持ちで、夥《おびただ》しい量の血を流した父に触れる。

念じるように力を込めた瞬間、父に触れた指先に、ばちんと雷鳴のような痺れが走った。

『……!?』

いまのは一体なんだったのだろうか。スキルが発動出来たのかと思ったのに、目の前の光景は変わらない。それどころか黒煙はどんどん勢いを増して、こちらに迫り来るばかりだ。

頬がぴりぴりと熱く、呼吸をする度に喉が痛んだ。

『駄目だ、兄貴。スキル発動は失敗する……！』

『………それなら』

兄はやっぱりやさしい声音で、レオナルドにこう告げた。

『今度は試しに、父さんじゃなく、俺にスキルを使ってくれるか？』

『────！』

レオナルドは頷いて、兄に触れた。

（せめて、兄貴だけでも）

何かが不自然だということに、本当は気が付いていたはずだ。

レオナルドのスキルが誰かを救えるものならば、兄は絶対にあの場面で、父ではなく自分にスキルを使えなんて命じるはずもなかった。

けれどももはや、レオナルドの守りたいものというのは、兄しか居なかったのだ。

（この人だけは、生かさないと……）

兄が絡めてくれた指を、ぎゅっと握り締める。

てんで子供でしかない十歳の自分と違い、十七歳の兄の手は大人のそれだった。

温かくて大きな兄の手は、アルディーニ家当主として、これから先の未来にたくさんの人を救うことが出来る。

(俺には作れない。だけど人を信じて、救える未来を、兄貴なら)

太陽のように眩しい兄を、炎の中で目をすがめながら見上げた。

『――――……!』

祈りを込めた瞬間に、ばちんと同じような電流が弾ける。

光が生まれ、兄の周りをふわりと舞った。炎の中でもはっきりと見えるそれを見詰め、レオナルドは絶句する。

(なんだ? この光)

目の前の兄は、満足そうに笑った。

(さっきと違う。これは確か、父さんがスキルを使うときと同じ――――……)

『レオナルド』

兄の腕が、レオナルドを抱き寄せる。

『お前は父さんにとって、間違いなく自慢の息子だ。……俺にとっては、自慢の弟』

『……兄貴……?』

『だからな』

いつのまにか、先ほどよりも容易く呼吸が出来るようになっていた。

焼け付くようだった腹部の痛みが、すっかり消えてしまっている。どうしてか胸の辺りが痛むが、先ほどまでよりは随分とマシだ。

けれど、代わりに恐ろしいことが起きていた。

『兄貴、その怪我』

シャツの上に赤色の花が咲くかのように、兄の腹部から血が滲んでいた。

レオナルドがそれに気付いた瞬間、兄はいっそう強い力でレオナルドを抱き締め、こんなふうに笑う。

『父さんや、俺と同じものを目指す必要なんてない。それだけは忘れるな』

『兄……っ』

レオナルドを抱き上げた兄が、窓硝子を蹴破るように叩き割った。

『――お前は、お前がこうあるべきだと思う生き方をしてくれ』

『…………！』

そう言って笑ったあと、そこからレオナルドを優しく落とす。

落下する中、手を伸ばしても届かない。兄は満足そうに微笑んだまま、最後にこれだけを口にした。

『レオナルド。お前のスキルは……』

『兄貴!!』

その直後、崩落の音がする。

周りを囲んでいた構成員たちが、血相を変えてレオナルドに駆け寄ってきた。落下したレオナルドを受け止めると、彼らは青褪めて叫ぶ。

『レオナルドさま!!　ご無事ですか⁉』

『当主と若は……⁉　セレーナめ、裏切りやがって……!!』

『離せ!!』

『レオナルドさま!?』

渾身の力で彼らを振り払い、持っていた銃を奪う。レオナルドはそれを手に、燃える屋敷の中に飛び込んだ。

（くそ……!!）

恐らくは肋骨が折れている。これはレオナルドが負った傷ではなく、恐らく兄のものだった。

（兄貴が、俺を生かすために）

動いた激痛で脂汗が滲む。

それでも、腹に銃弾を受けた痛みに比べれば、なんということもない。

（俺を逃すために、こんなことをした。あのままじゃ、俺と兄貴がふたりで逃げても、俺が助からないと踏んで……!!）

レオナルドの銃創《じゅうそう》が致命傷であることを、兄は見抜いていたのだろう。血を失いすぎてくらくらするが、兄はいまも血を流し続けている。

『おい、まだ餓鬼がいるぞ!!　殺せ!!』

『っ、退け……!!』

襲って来たセレーナの構成員に、迷わず銃を向けて引き金を引いた。

人を殺すのは初めてだったが、一切の恐怖心を感じない。つくづくレオナルドは、あのやさしい父や兄よりも、この家業に向いていた。

死体をいくつも作り出しながら、燃え盛る三階へと向かう。父と兄を、いいや兄だけでも、あそこから助け出さなければならないのだ。

炎の中に飛び込もうとした、そのときだった。

『レオナルドさま‼』

『く……‼』

後ろから、大人の手に肩を掴まれた。

レオナルドの目の前で、轟音を立てて火が上がる。開け放たれた扉の中は、凄まじいほどの炎で埋め尽くされていた。

『お戻りください。……何卒……‼』

『離せ……』

痛みが一気に迫り上がり、吐き気と共に意識が遠のく。

（守れなかった。……俺の所為で死なせた。俺なんかよりも、生きていなきゃいけない人たちを）

レオナルドが、父と兄を殺したようなものだ。

『――レオナルドさま』

目が覚めたとき、病室にはアルディーニ家の幹部たちが全員揃っていた。

正しくは、当主である父と、次期当主だった兄だけがそこに居ない。正装に身を包んだ大人たちは、これまでレオナルドには見せたことのなかった真摯な顔で、こう言い切ったのだ。

『いいえ、新たなアルディーニ家の当主さま。……我々はこれより、あなたの配下に下ります』

『………』

レオナルドはこのとき、心の底からこう感じたのだ。

（俺が奪った。何もかも）

そして、手のひらを見詰める。

（父さんたちの命も、地位も。それから──……）

＊＊＊

階段を、ゆっくりと上り切る。

腹の傷口からどぷりと血の滲む感覚がして、レオナルドは口の端を上げた。

「……あー、くそ……」

いっそのこと、笑えるほどの激痛だ。

自分の腹部を押さえると、それだけでぬるついた感触がある。傷口周辺は熱を帯び、燃えるように熱かった。それなのに、肌には冷たい汗が滲んでいる。

（……フランチェスカには、俺の今の状況を見抜かれた可能性があるな）

父親から銃創が消えた代わりに、足に捻挫のような負傷が生まれたことも。それが先日フランチェスカ自身が捻った箇所であることも、気が付いたかもしれない。

（俺のスキルが『俺と他人の傷を入れ替える』ものだって、そう勘違いしたかもしれない。だが……）

ふ、と息を吐き出した。

（今となっては、どうでもいい）

そして扉を開け放す。

何度も転んだらしく、髪も乱れて無様な姿になったセラノーヴァ家当主ジェラルドが、チェストの引き出しを引っ掻き回していた。

決して呼吸が乱れないようにしながら、レオナルドは微笑む。

「探し物は見付かったか？　セラノーヴァ」

「……っ!!」

ジェラルドの肩が跳ね、必死の形相でこちらを振り返った。

当主の会合では、いつも余裕のある態度を取っていたはずの男だ。けれどもいまは見る影もなく、焦燥と怒りによる揺らぎが見えた。

ジェラルドは銃口をこちらに向けると、激昂して叫ぶ。

「死ね!!」

「おっと」

照準が定まっていない。最小限に身を引くだけで、十分にかわすことが出来る。

無駄に動くことによる出血の方が、いまのレオナルドにはよほど脅威だ。そんなことを思いながら、ふっと笑った。

「仕事が雑だな。そんな有り様だから、俺だけじゃなくフランチェスカにも見破られる」

「うるさい……っ!!」

レオナルドは目を細め、殊更ゆっくりと尋ねる。

「『黒幕』に繋がる証拠は、隠滅できそうか？」

「……っ!!」

再びの銃声と共に、弾丸がレオナルドの顔の横を掠めた。

「なんのことだ……！」

「シラを切るつもりならやめておけよ。あれほど頭の固かったあんたが、こんな大仰な筋書きをひとりで用意出来たはずもない」

レオナルドの知るジェラルドとは、心から『伝統』を重んじる人物だったはずだ。

息子のリカルドは、ある意味で父親によく似ている。親子揃ってそっくりだったはずの考え方が、父親の方だけいつのまにか大きく捻じ曲がってしまっているのだ。

「それだけ様子がおかしくて、誰にも洗脳されてないなんて言い分は通らないぜ。分かったら観念して、俺とゆっくりお話ししようじゃないか」

「貴様……」

レオナルドの足元に伝う血のことを、ジェラルドは確実に気が付いていない。そのことを確信しながら、レオナルドは微笑む。

「この国におかしな動きが出ているのは、今回の薬物事件だけじゃない」

もっと前から、何かが少しずつ歪んでいっている。裏社会が起因なのか、王族をはじめとした表の人間によるものなのか、それすらも今は不透明なままだ。

「あんたの手に握られているその銃も、ある意味で異常の証明だろ？　この屋敷に銃は持ち込めない掟で、それを取り締まる『管理人』は王家の所属だ。家業に関わっていない女の子のフランチェスカならまだしも、当主が銃を所有していることを見逃すなんて、普通に考えれば有り得ない」

「黙れ……」

「何年も前から、この国はどこかおかしくなりつつあった。だからわざわざ、『黒幕』にとって都合のいい動きを取ってやっていたのに――……俺じゃなくてあんたに接触するとは、フラれてしまって残念だ」

「黙れ……!!」

「ああ。そうだな」

軽い口調で答えながらも、気取られないように短く呼吸をした。

(――これ以上時間を稼いでも、それほど意味は無さそうだ)

諦めて、目を伏せるように笑った。

先ほど使用したスキルは、まだ使えるようになっていない。それも当然で、スキルを一度使用したあとは、一定以上の時間が経たなければ再使用出来ないのだ。

(俺が知る限り、短時間で同じスキルを立て続けに使う方法は、ただひとつ……)

ひとりの少女の姿を思い出し、柔らかく自嘲する。

レオナルドは、静かに呼吸をしながら顔を上げ、余裕のある笑みを浮かべたまま告げた。

「……あんたを操る黒幕は、どうやら精神操作系のスキルの中でも、かなり優秀な使い手のようだな」

夜会のホールに居たうちの、大多数を一気に洗脳したのだ。

ジェラルドの様子を見ているだけでも、その技術の高度さが窺える。常に支配するのではなく、普段は本人そのものの言動を取らせておいて、行動原理の根幹だけを操作しているのだろう。

「俺がそれほどの力を持った『黒幕』なら、あんたの頭に罠を仕掛ける」

「罠……?」

「まずは第三者にバレたとき、何よりも『自分と繋がっている証拠を隠滅する』ことを最優先するように仕込むな。たとえば、いまのあんたがそうさせられているように」

ジェラルドが、心底不快そうに顔を歪めた。

「それと、次なる優先事項はこれだ」

「……ぐ……？」

両手で頭を押さえたジェラルドを見て、レオナルドは戦闘態勢に入る。

「──秘密を知った人間を、どんな手段を使ってでも殺させること」

「っ、あああああああああ!!」

目の焦点が合わなくなったジェラルドが、再び構えた銃の引き金を引いた。

それと同時に身を屈め、一気に踏み込む。頭の上を掠めた銃弾が、後ろの扉にあたって弾かれる音がした。

傷の痛みを捻じ伏せて、ジェラルドの懐に飛び込む。銃を取り落とさせるべく、その手首を下から蹴り上げた。

「……へえ」

確かな手応えがあったにもかかわらず、今度のジェラルドは怯みもしない。彼の持つ強力な防御のスキルは、レオナルドの蹴りの威力を完全に殺していた。

「一刻も早く、ここで死ね……!!」

じゃきっと突き付けられた銃の先を、手早く手で弾いて逸らす。天井を向いた銃口が火を噴き、シャンデリアの割れる音がした。

三度の銃声が鳴り響き、レオナルドはそれを数える。先ほどから密かに数えていたのは、ジェラルドが撃った回数だ。だが、これほど惜しみなく撃つ様子から、弾の残数を気にする必要はないらしい。

（屋敷内で攻撃スキルは使えない。物理はセラノーヴァのスキルで弾かれる。精神操作スキルも効かない上に、再使用可能な時間はまだ先だ）

レオナルドが支配できなかったのは、先に『黒幕』によって掛けられているスキルが強力だからだ。

（拘束は……）

ジェラルドの手首を掴み、捻るようにして床に倒す。だが、その手首に体重をかけて押さえ込もうとした瞬間、強い力によって弾かれた。

「ははっ、圧迫も弾くのか。時間切れもまだ先っぽいし、面倒だな」

「殺す。お前を殺す……!!」

「冗談」

レオナルドは浅く息をつき、それでも笑った。

「ここで俺が無様に殺されたら、次はフランチェスカに危害が及ぶ」

それだけは、何があっても阻止しなくてはならないのだ。

たとえ、どれほどの激痛の中であろうとも。

『当主』

あれは、レオナルドが家督を継いでから三年ほどが経った頃だろうか。

『婚約者《フランチェスカ》さまのお誕生日には、今年もありとあらゆる贈り物をご用意なさるので？』

『……ああ。もうそんな時期か』

部下のひとりに尋ねられて、心底どうでもよかったその日取りを思い出した。

生まれたときからの婚約者に出会ったことは、ただの一度も無い。それでもレオナルドは、その少女への贈り物を毎年届けさせていた。

『そうだな。適当に用意しておいてくれ』

『承知いたしました。……しかし毎年のことではありますが、儀礼的なやりとりが続きますね。お会いしたこともない婚約者さまに、これほどの配慮が必要なのでしょうか』

『当面会う気が無いからこそ、儀礼的なやりとりは確実にこなしておくべきだろ？　だってこれは、両家にとって利点しかない婚約なんだからな』

十三歳のレオナルドは、心の中の本心を表には出さずに続ける。

『カルヴィーノとの同盟は、うちのファミリーにとって重要項目じゃない。だけど、婚約の方は別だ。あの家のひとり娘が花嫁として手に入れれば、やり方によっては同盟どころか、もっとアルディーニ家に有利な関係性を築けるだろ』

『当主……』

『他家に媚びへつらうな。――俺たちはいずれ、圧倒的な強さで他家を凌駕《りょうが》する』

『……！』

部下は大きく目をみはったあとに、まるで神さまにでも仕えるかのような恭しさで頭を下げた。

『……当主のご意向のままに。我々は、どこまでもお供いたします』

自分の倍以上も生きている部下を見下ろして、レオナルドは目を細める。

父と兄を亡くしたあと、レオナルドが当主として真っ当に振る舞ったのは、彼らの願いを継ぐためなどではない。

すべては自分の目的のためだ。

（裏切り者のセレーナ家は全員死んだが、確実に『黒幕』が存在する。ファミリー同士で争わせ、両家とも潰すことを目論んだ存在。……炙り出すために、なんでもしてやる）

力を得て、情報を掻き集める。他家を従わせる手段として、自身の婚姻や結婚相手ですら使うことも惜しくない。

（……父さんも、兄貴も）

彼らの顔を思い出し、レオナルドは自嘲した。

（生きていたらきっと、俺を叱った）

けれども彼らが死んで以来、レオナルドのことを叱る人間なんて、この世界にひとりも居なくなってしまったのだった。

レオナルドは上手に本心を隠し、周りを信用させながら生きてきて、十七歳になった。生きる目的はいくつかあって、達成するには偽ることも重要だ。誰にも叱られず、上手く取り入って、野心のために要領良く渡り歩いたのである。

けれど、とある理由のために接触したひとりの女の子だけは、それが通用しなかった。

『私と婚約破棄してほしい』

その彼女は、赤い薔薇のような美しい色の髪と、明るい空を溶かした水色の瞳を持っていた。

彼女の提案を興味深く思いつつ、それでいてそのときは面倒にも感じたのである。けれどもレオナルドは本心を隠し、あくまで楽しそうにこう尋ねた。

『面白いことを言う。じいさん同士の勝手な約束とはいえ、利点しかない結婚なのに？』

すると、初めて会った婚約者フランチェスカは、透き通った瞳で言い切った。

『あなたはそんなこと、思ってないでしょ？』

『――……』

まるで、レオナルドのことを叱るかのように。

七年間、ずっと誰にも見せないようにしていた本心を指摘されたような気がして、一瞬だけ何も取り繕えなくなった。

フランチェスカにとっては、何気ないやりとりだったのかもしれない。だが、レオナルドにとってその瞬間は、紛れもなく得難いものだったのだ。

フランチェスカはそれからも、驚くほどにあっさりとレオナルドの懐に入ってきて、思いも寄らないまなざしを向け続けた。

『生まれた家が理由で、背負わなきゃいけないものが、きっとたくさんあったよね』

そんなものは、殺されてしまった父や兄に比べたらなんでもない。

そう思うのに、すぐにフランチェスカを否定することが出来なかったのは、どうしてだったのだろう。

『あなたがアルディーニの当主だって隠してないのは、みんなを巻き込まないためでもあるのかな』

『――そういう風に振る舞えるのは、すごくやさしいね』

そんなはずはない。

やさしい人間というのは、父や兄のような人物であり、レオナルドからはほど遠い言葉だ。

（俺は親父や兄貴のようなものにはなれない。ふたりは俺が殺したようなものだ。あのふたりを懐か

しむ資格も無い、それなのに）

そんな嘘すらも全部見抜いて、フランチェスカは言った。

『……レオナルドは、お父さんやお兄さんのことだって好きでしょう？』

フランチェスカのあのまなざしは、父と兄を殺したのはレオナルドだという噂を知っていたものに違いない。それなのに、レオナルドの目を真っ直ぐに見て言い切った。

『レオナルド』

いつしか、彼女に名前を呼ばれる度に、胸の奥が締め付けられるような心地がするようになったのは何故だろうか。

いまとなっては、彼女のほかに誰も呼ばなくなったレオナルドの名前を呼んで、フランチェスカはやさしく言う。

『レオナルドは、こう見えて結構さびしがり屋だよね』

「は……っ」

腹に開いた傷口を手で押さえながら、レオナルドは笑みを溢す。

「……俺がさびしさなんて感じるのは、君にだけだ」

あのとき彼女に告げた言葉を、もう一度独白で呟いた。

（君の願いを叶えてやりたい。フランチェスカ）

不快なほどに冷たい汗が、肌の上を滑ってゆくのが分かる。

（君の父親が傷付いたことで泣くのなら、その銃創を俺の身に引き受けることなど厭わない）

銃を握り締めたジェラルドを見下ろして、浅くなりそうな呼吸をなんとか留めた。

（薬物事件を止めたいのであれば、俺が止めてやる。王都で暮らす一般人を、この男に傷付けさせたくないという願いも叶える。……俺や裏社会の人間の誰とも結婚せずに、表の世界で生きたいという望みも、実現させてみせるから……）

顎を伝う汗を、荒々しく手の甲でぐっと拭う。それからレオナルドは、すべての痛みを無視して悠然と笑った。

「さあ。命を懸けてでも、ここで終わらせようか」

ジェラルドが、こちらを睨み付けながら立ち上がる。

「若造が……‼」

（……気取られるな）

呼吸の乱れひとつ取っても、ジェラルドに勘付かせる気はない。レオナルドは余裕の表情を取り繕って、窓の外を一瞥する。

ここからでは死角になっていて、屋敷の入り口は窺えない。それでも、周辺に待機させていた部下たちが、慌てて門へと駆け寄って行くのが見えた。

（フランチェスカは、父親を連れて外に出たな）

それを確かめ、心の底から安堵する。

「……さて。『黒幕』殿の情報を探れるかと期待したが、あんたに期待は出来なさそうだ」

「黙れ……殺す、お前を殺す。カルヴィーノと、あの娘も……‼」

「――させないと、そう言っているだろう？」

冷え切った声に、ジェラルドがぐっと眉根を寄せた。

「こっちの目的は残りひとつだ」

呼吸をすると肺が膨らみ、その所為で腹部の傷が圧迫される。意識しないと呼吸が浅くなり、酸素が足りなくて脳の奥が眩んだ。だが、それすらもおくびには出さない。

「黒幕の命令を最優先にするあんたが、秘密を知ってしまったフランチェスカを傷付けないように。彼女の父や一般人、フランチェスカの守りたがっているものを害さないように……」

短く息を吐いたあと、レオナルドは首をかしげるようにして笑う。

「ここで、あんたを殺さないといけない」

「ふん……!!」

ジェラルドが、洗脳化にある割にはまともな目付きでこちらを睨み付けた。

「先ほど何度も試しただろう！　最上級の防御スキルを発動させている私に、物理攻撃は一切通用しない。続いてお前の持つスキルのうち、ひとつは精神支配だ。これも同様に無駄だった!!」

「……」

「残りのふたつがどれほど優秀なスキルであったとしても、攻撃スキルはこの屋敷で発動出来ない」

引き攣った笑みを浮かべ、ジェラルドはレオナルドを指さした。

「そうだ、残りふたつのうちひとつを当ててやろう!!　お前の父親は、自分の傷と他人の傷を入れ替えるスキルを持っていた。息子であるお前も同様で、カルヴィーノを治療したのではないか？」

「………」

誤魔化しきれない痛みが迫り上がってくるが、レオナルドは一切を表情に出さないままだ。

夥しい量の出血が止まらない。あと少しで、この体はまともに使えなくなるだろう。

とはいえ、少しでも使えれば十分だ。

「ははは、図星だったか!! アルディーニ家の当主が、他家の当主を守って死ぬことを選ぶとはな。父親とは全く似ていないように見えて、本質とスキルは同じものを継いだらしい」

「……セラノーヴァ」

「!」

口元に笑みを宿したまま、レオナルドは尋ねる。

「防御のスキルとは、あくまで物理的な攻撃を弾くだけのものだよな」

それはジェラルドのスキルに限らず、防御スキルの全般に言えることだ。

「たとえ銃弾すら弾けても、無敵の壁で覆われている訳じゃない。空気が通過するから息が出来ているし、暑さも寒さも感じている」

「……いきなり何を」

「別に？ ただ、あんたは防御スキルの強力さに慢心して、日頃から攻撃スキルや銃しか警戒せず生きてきたんだろうなって」

訝るようなジェラルドの視線に構わず、そのまま自由に言葉を続けた。

「――予期してない精神支配系のスキルにあっさりやられて、血の署名にまで背く羽目になった原因が、よく分かる」

「貴様……!!」

ジェラルドが銃を構えた、その瞬間だ。

「な……っ」

レオナルドは、とあるスキルを発動させる。

「物理攻撃、スキル、銃。……人間を殺すための手段は、たったのこれだけか？」

「これは……」

一瞬にして辺りに広がったのは、燃え盛る炎だ。

ただ火を起こすだけの、『攻撃』とは呼べないスキルは、やはりこの屋敷の中でも発動させることが出来た。

スキルによる炎は絨毯を燃やし、床から火の粉を散らして、すぐさま熱風を作り出す。まるで、七年前のあの日のように。

「お前の持つ第三のスキルは、炎を自在に操る能力か……!!」

「――……」

煙を吸わないよう、ジェラルドが咄嗟に口元を押さえる。

洗脳状態で時折錯乱した様子を見せていても、時にはこうして冷静な行動を取るのだ。ジェラルドを支配している人間は、よほど洗脳スキルを使いこなしているらしい。

「確かに、炎も煙も防御スキルで防げるものでは無い。だが……ふふっ、ははは！」

ジェラルドは拳を握りしめると、その一撃を窓へと叩き付けた。

防御スキルで強化されたその腕は、簡単に窓ガラスを砕き割る。室内に吹き込んだ突風によって、炎がますます勢いを増した。

「お前が一息に俺を燃やさないのは、そうしてしまえば屋敷の結界に『攻撃スキル』の判定を下されて、スキルが防がれるからだ。つまりは炎が自然に燃え広がり、それによって『偶然』俺が死ぬのを待つしかない。そうだな？」

「……」

「お前は俺を拘束できない。殺すことも出来ない！　挙句、私はここから飛び降りようとも無傷でいられる……だが、お前はどうかな？」

「………」

「お前の持つ三つのスキルはどれも、私を止めるに足りないのだ!!　残念だったな!!」

ジェラルドが、窓枠に手を掛けようとした。

「待っていろ。すぐに、カルヴィーノとその娘を殺して――……」

「止まれ。セラノーヴァ」

「!!」

ジェラルドの体が、ぎしりと停止した。

そのことが受け入れられないのか、彼は大きく目を見開く。だが、いくらもがこうとも、ジェラルドは逃げるための窓へと辿り着けない。

「馬鹿な。一体何が……」

そしてジェラルドは、自らの足元に視線をやった。

「――氷？」

彼の両足を、分厚い氷が覆っている。

氷で作られた輪のような枷《かせ》は、床と一緒に凍りついて、ジェラルドを文字通り足止めしているのだった。

「なんだ、これは……!!」

ジェラルドが混乱して暴れるも、枷はびくともしなかった。ただし炎に炙られて、氷がすぐさま溶けてゆく。

「強い力で圧迫されなければ、枷での拘束は防御スキルに妨害されないらしいことは読めていた。触れるものをなんでも弾くなら、あんたは椅子に座ることも、地面に足をつけて立っていることも出来ないもんな」

「そんなことを聞いているのではない!! 一体こんな氷をどうやって……」

「あんたの肌に触れない枷は、スキルで弾けない。さあ、追加だ」

レオナルドが指先を動かすと、ぱきぱきと音を立てて氷の範囲が広がる。ジェラルドの両手を凍らせながら、彼の方に一歩ずつ歩いて行った。

「本当はあんたの言うように、一思いに焼き殺してしまいたいんだ。あるいはこの氷で、凍死なり窒息死なりをさせればいい。だが、屋敷の結界に攻撃スキルとみなされて封じられると、しばらくこのスキルが使えなくなるのが痛手だからな」

リスクのある賭けは嫌いではないが、今はそうやって遊ぶ余裕がない。確実な手段を重ねなければ、せっかくの策が無駄になる恐れもある。

「攻撃だと判定されないよう、少しずつ燃やして少しずつ凍らせてやるよ」

「く……来るな」

「確かに時間はかかるかもしれない。だが、最期まで俺が一緒にいてやるから安心してくれ」

「来るな!!　くそ、どうして四つめのスキルが使えている!?　三つめのスキルは、炎と氷の両方を操るものだったのか!?」

ジェラルドの動揺に、レオナルドは目を細める。

(そもそもが、根本的に間違っている)

先ほどのジェラルドの言葉を思い出し、自嘲気味にこんなことを考えた。

恐らくジェラルドは、自分と息子の持つスキルが同じ防御スキルだからこそ、レオナルドも父と同じスキルを受け継いだと考えたのだろう。

だが、それこそが誤りだ。

(俺のような人間が、人を守る類のスキルを継いでいるはずがないのにな)

「ぐあ……っ!!」

氷の範囲をもう一段広げながら、ジェラルドの頭を下げさせる。

(この氷の力を持っていたのは、三年前に死んだイヴァーノ。炎の方は、四年前に殺したラザロ)

血を流しすぎ、思考の隅が朦朧とし始めている所為か、いつかの兄の言葉を思い出す。

『レオナルド。お前のスキルは――……』

崩落直前の部屋の中で、レオナルドを窓から逃した兄はこう言った。

『「死人から、スキルを奪う」能力だ』

(……本当に)

激痛を噛み締めるように堪えながら、ほのかに暗い微笑みを零す。

（都合良くも、俺にふさわしい能力を与えられたものだ）

いまのレオナルドが持つスキルは、常人の上限である三つをゆうに超えている。

十を超えてしまった辺りから、馬鹿馬鹿しくなって数えるのをやめた。兄と父の命を奪い、当主の座もスキルも奪ったレオナルドには、皮肉なほどによく似合う能力だ。

（……だが、そのお陰でフランチェスカを守ることが出来る）

ジェラルドの前に膝をつき、彼の顔を覗き込んで笑った。

「あんたが死ぬまで、俺がこうして傍で見守ろう。──たとえ、俺が一緒に死ぬことになっても」

「く……っ!!」

ジェラルドの表情に、逃げられないことを確信した色が滲む。

その通りで、彼は絶対に逃げられない。レオナルドが今ここで、自分の命と引き換えにしてでも、フランチェスカの邪魔になるこの男を消すからだ。

（……『生前に、面識があった人物の死体』からひとつだけスキルを奪える力。いまの制限下でこの男を殺すのは、この方法しかない）

ジェラルドが身を捩りながら、信じられないものを見るまなざしを向けてきた。

「まさか……本当に、俺を殺すためだけに留まるつもりか⁉」

「そーだよ」

わざと軽薄な笑みを浮かべ、ゆっくりと立ち上がる。

「俺がここにいてあんたを監視してないと、枷が溶けたら逃げるだろ？」

銃創による激痛は、もはや痛みなのか熱さなのかさえ区別が付かなくなっていた。心臓の鼓動に合わせ、腹に開いた穴も脈を打ち、そこから血が溢れてゆくのが分かる。

「くそ……!! 離せ、退け!! 俺はご命令に従って、秘密を知る人間を殺さねばならない……!!」

「……しつこいな。攻撃判定を食らう可能性がなければ、あんたの口元も氷で塞いでいたところだ」

「アルディーニ!! お前はもっと狡猾で、自分を犠牲になどしない人間だったはずだろう⁉」

「仕方ない。守りたいものが出来たから」

こめかみから顎へと汗が伝う。炎の所為ではなく、痛みを堪えることによって浮かんだ汗の珠だ。

「死をもって、その洗脳を解いてやる。――一緒に地獄へ落ちようか、セラノーヴァ」

「……っ!!」

もはや、立っているのも面倒になってきた。

このままここに膝をついて、終わりの時を待つのも良いかもしれない。

(俺が死んだら、フランチェスカは泣くかもしれないな)

そんな考えが揺らめいて、レオナルドは楽しくなってしまう。

(最低な『友人』を許してくれ。――君の心に俺の死という傷が刻まれることを、嬉しく思っている)

そして、ゆっくりと目を瞑った。

(ひとつだけ、心残りがあるとすれば……)

フランチェスカの笑顔を思い浮かべた、そのときだった。

「……?」

炎の轟音とは異なった、騒々しい音が聞こえてくる。

それは、誰かの足音だ。

軽いけれども力強くて、外の廊下を迷わず一直線に進んでくるのが分かる。それこそまるで、弾丸のような勢いで。

「……まさか」

独り言を漏らした、そのときだった。

「――レオナルド!!」

「…………!」

開け放たれた扉から、ひとりの少女が飛び込んでくる。

強い意志が込められた水色の瞳と、赤い薔薇のような長い髪。同じく赤いドレスの裾を翻し、燃え盛る部屋の扉を開いた彼女は、レオナルドを見て泣きそうな顔をした。

「間に合った……!!」

「……フランチェスカ……?」

噴き上がるような炎よりも、彼女のその表情の方がずっと眩しい。

レオナルドにとって、美しい光だけを集めて出来たかのようなその女の子は、何故か全身ずぶ濡れの姿でそこに居た。

「父親を助けるために、一緒に屋敷の外に出たはずじゃ……」

信じられない光景に動揺を隠し切れない声音が滲んでしまう。けれどもフランチェスカはそれに構わず、手に持っていた何かをこちらに構えた。

「レオナルド、ごめん。おじさまもごめんなさい!!」

「――は？」

たとえばそれが銃ならば、レオナルドはすぐさま動けただろう。

けれどもフランチェスカが持っていたのは、想定外のものだった。あれはどう見てもバケツなのだが、あまりの事態に反応が遅れた。

「待て、フランチェスカ。まさか……」

「っ、てえい!!」

「!!」

ばしゃん！　と。

バケツの中に入った大量の水が、レオナルドたちに向けてぶちまけられる。

＊＊＊

重いバケツを抱え、屋敷の外からここまで全力疾走してきたフランチェスカは、荒い呼吸を繰り返しながら泣きそうになっていた。

「やっぱり死ぬ気だった。……よかった、まだ手遅れじゃなかった……！」

フランチェスカの髪からは、ぼたぼたと雫が滴っている。目の前にいるレオナルドも同様で、水たまりが燃え上がる炎を塗り潰し、そこだけ火の勢いが衰えている。

つい先ほど、父を支えて雨の降る外に出たフランチェスカは、黙って見ているだけの管理人をよそにこう叫んだ。

『アルディーニ家の皆さん、手を貸してください!!　誰でもいいからバケツに清潔な水をたくさん、それと包帯を!!』

屋敷の中に入れるのは、事前に申請されていた面々だけだ。けれども外に出さえすれば、レオナルドが残してくれていた構成員たちにも動いてもらえる。

彼らは驚いていたようだが、ひょっとするとレオナルドが何か命じておいてくれたのかもしれない。

フランチェスカの頼んだ通り、すぐさま近場の井戸水を汲んできてくれた。

『お嬢さん、一体なにを……うわ!?』

『フランチェスカ!?』

フランチェスカはバケツを掴み、その水を頭から豪快に被る。ただでさえ雨の降る中、髪もドレスもずぶ濡れだ。父やアルディーニの構成員たちが驚いているが、説明をしている時間は無い。

『お願いです、パパを急いで病院へ！　とあるスキルで傷は塞がっていますが、たくさん血を流したんです……！』

『そ、それは構わないが。君はどこに……』

『屋敷に戻ります！』

フランチェスカならば『申請済み』で、会合の時間内は屋敷にまた入ることが出来る。もうひとつ水の入ったバケツを抱え、そのままもう一度飛び込んだ。

『フランチェスカ！』

（ごめんねパパ。でもパパは、自分の治療を優先して……!!）

バケツの水を用意してもらったのは、ゲームの展開を想定してのことだ。

（いまはゲームシナリオの一章終盤。この世界は、前世で知っているゲーム世界のシナリオと、大枠で近いことが起き続けてる！）

いまはゲームと状況が違う。それでも、フランチェスカがレオナルドと出会ってから積み重ねた知識は、『この世界とゲームでは似た出来事が発生する』ことを予想させた。

（ゲームでは主人公《フランチェスカ》とリカルドが、レオナルドによってこのお屋敷に閉じ込められる。――そこで、屋敷は火事になる）

であればこの世界でも、これから屋敷が炎に包まれる可能性がある。

（それに想像が当たっていれば、レオナルドはうちのパパが撃たれた銃の傷を、そのまま引き受けてしまってる……！）

そんなことを想像して、胸の奥が締め付けられるようだった。

（痛いよね、レオナルド。……苦しいよね、ごめんね……）

重いバケツを持ったまま階段を駆け上がるのは辛かった。けれど、この先にレオナルドがいるはずだ。

レオナルドはフランチェスカの捻挫を代わったときも、父の代わりに銃創を得ても、表情に出すことすらしなかった。

（嫌な予感がする。レオナルドは何か、とんでもない無茶をしようとしているのかもしれない……）

彼に出会ったばかりの頃なら、そんなことを想像すらしなかっただろう。

けれどもいまのフランチェスカは、レオナルドのことをよく知っている。前世のゲームで敵として描かれた彼でもなければ、この世界で若き当主として恐れられているだけの姿でもない。

（私の友達になってくれた。人を助けたいって我が儘を聞いてくれた。私の怪我だけでなく、私の大事なパパの怪我も持って行ってくれた……！）

頭から被った水が冷たく、ドレスが肌に張り付いて動きにくい。屋敷の中を駆け抜けた体は呼吸が乱れ、心臓はどくどくと脈を打っていた。

だが、それでも止まらない。

(レオナルドを、私が助けに行かないと……!!)

二階まで駆け上がったとき、三階のごうごうという音が聞こえてきた。

(やっぱり、炎の音!!)

煙はまだ少ない。普通の火ではなく、レオナルドのスキルか何かによる炎なのだろうか。

こんな燃え方だと、外にはなかなか火事だと気付かれないだろう。急いで扉を開けようとして、燃えるような温度のドアノブに触れる。

『!!』

あまりの熱さに顔を顰めるが、構っていられない。フランチェスカは扉を開け放ち、熱風の中で目を凝らす。そして、炎の中で膝をついたレオナルドを見付けたのだ。

そのままバケツの水をぶちまけて、レオナルドとジェラルドの全身を濡らした。

炎の被害を抑えられたことに安堵するものの、レオナルドから広がった水に濃い赤色が滲んでいるのを見付け、さっと青褪める。

「レオナルド！」

フランチェスカが呼んだ瞬間、レオナルドが我に返ったように目をみはった。

「やっぱり、パパの傷を――……」

「っ、来るな……！」

「!!」

駆け寄ろうとした目の前に、出現した氷の壁が立ちはだかる。フランチェスカの行く手は阻まれ、燃え盛る部屋と分断されてしまった。

（何これ、レオナルドのスキル!? でも、それだとレオナルドは三つ以上のスキルを持っていることに……！ そんなの世界のシステムに反してる、有り得ない！ だけど）

そう考えれば、これまでの違和感にも納得が出来た。

（数多くのスキルを持っているの？ そうだとしたら、反則級のチートだ）

フランチェスカは、前世でのゲームユーザーの『考察』が、まったく外れていたことを実感する。

（こんな強すぎるキャラクター。……ゲームの中に、入手可能《プレイアブル》である操作キャラクターとして実装されるはずがない――……!!）

ゲーム内で最強の黒幕と謳われたレオナルドは、炎の中で佇んだままだ。

彼がどれほど強くても、いまは窮地に違いない。レオナルドをもってしても、この状況を打破する方法が限られているのだろう。

「レオナルド、ここを通して!!」

氷の壁をどんっと叩いて、フランチェスカは声を上げた。

「大体読めたよ！ おじさまの防御スキルで遮断されないよう、物理攻撃じゃなくて炎を使ってるんだね!? 屋敷の結界に攻撃スキル判定されないよう、直接燃やすんじゃなくてじわじわと周りに火を付けてる!! 逃がさないために氷で拘束してるんでしょ!? ……確実に殺せるよう、レオナルド自身も避難しないままで……!!」

「………」

「そんなことさせない。だから、ここを通して!!」

分厚い氷を殴っても、フランチェスカの拳ではびくともしない。けれども声が届いていることは、レオナルドの背中を見ていれば分かった。

「……今ここでセラノーヴァを殺し、止める手段はこれしかない」

「絶対に違うよ!!　レオナルドだって分かってるでしょ!?　私がレオナルドの傍に行けば、そんな手段を取らずに済むって！　お願いだから氷を消して、そっちに行かせて……!!」

「──駄目だ」

「！」

ぽつりと零されたその声は、炎の音に消えそうだった。

「俺のスキルで生んだ炎が、ようやく部屋に燃え移った」

部屋の中に、少しずつ黒い煙が混じり始めている。

「煙を吸えば命は無いし、君が炎に巻かれる可能性もある。……部屋が崩れたら、それで終わりだ」

「レオナルド……！」

淡々と語る口ぶりは、そうやって燃え落ちる部屋を目の当たりにしたことがあるかのようだ。

「危険な場所に近付かないでくれ。──君さえ生きていてくれて、『平凡で普通の人生を過ごす』夢を叶えてやれるなら、後はどうでもいいんだ」

炎の中で、ジェラルドを見下ろしたレオナルドが笑ったような気配がした。

「……あのときの兄貴も、こんな気持ちだったのか」

「……っ‼」

フランチェスカはくちびるを結び、廊下に転がったバケツを引っ掴む。拳ではどうにもならなかった氷の壁を、渾身の力によってバケツで殴った。

「お願い、こっちを見て‼」

がんっと鈍い音がして、削れた氷の欠片が飛ぶ。

「死んじゃ嫌だよ、レオナルド……‼」

けれどもそれは、この壁を壊す亀裂にすらならないものだ。

フランチェスカはバケツを両手で持ち、がんがんと氷を削りながら、ほとんど半ベソでこう叫んだ。

「私もそっちに行く！　おじさまを止める方法は他にちゃんとある、そうでしょ⁉」

「…………」

「私のことを守らなくていい……‼　私の願いを叶えるために、私を遠ざける必要なんて無いの‼」

黒煙の勢いが増してゆく。この屋敷は天井が高い造りだが、煙が充満するまではそうもたない。

「レオナルド‼　お願いだから、ちゃんと私にも手を汚させて‼」

「……フランチェスカ」

「っ、もう……‼　この壁、早く壊れてよ……‼」

バケツをぶつけ続けていた手が痛む。それでも、ここで怯むわけにはいかない。

「俺は外道で、それを忘れたことはない。父さんや、兄貴と同じものを目指せる訳もない」

「レオナルド……！」

「だから、こういう生き方をする」

そのとき、フランチェスカははっとした。

何度も叩いていた氷の壁が、僅かにみしりと軋むかのような、先ほどまでとは違う音を立てたのだ。

(炎に焙《あぶ》られて、溶けた氷が薄くなり始めてる!!)

その希望に縋りついて、もっとも炎に近い箇所に目星をつけた。

レオナルドは多くの血を流してしまっている。フランチェスカがこうして足掻いていることも、もはや彼の意識には入らないのかもしれない。

「俺は、人から奪うことしか知らない悪党だ」

「~~~~……っ」

フランチェスカの声が、彼に届いていない可能性もある。

けれどもフランチェスカは、渾身の力で彼に叫んだ。

「……ばか!!」

いつもなら、世界中のなんでも知っているような顔で笑うくせに。

どうしてこんなことを思い出せないのかと、フランチェスカは涙声で続ける。

「私に『友達』をくれたのが、レオナルドだけだってことを忘れちゃったの!?」

「――――……!」

背中を向けていたレオナルドが、驚いたようにフランチェスカを振り返った。

「レオナルドはたくさん私にくれたよ。初めての友達も、私が無理を言ってねだった銃も、綺麗な薔薇の花も!!　いまは自分の命を懸けてまで、私の願いを叶えてくれようとしている。そんな友達をここで亡くして、私が『平凡で普通の人生』を過ごしていけると思う⁉」

「……フランチェスカ……」

氷の壁から、みしみしという音が大きくなる。

「ううん、友達だからじゃない……！　もしもあのとき、レオナルドが友達になるって言ってくれていなかったとしても、おじさまを止めるためにレオナルドが死ぬなんて絶対に嫌!!」

大きく息をするだけで、煙の焦げ臭さまで肺に入り込むかのようだ。吸ってしまわないように気を付けながら、思いっきりバケツを振りかぶる。

「だから、レオナルド……！」

がんっと強くぶつけると、そこから一気に亀裂が入った。

フランチェスカは足を振り上げ、その一点に狙いをすます。

「悪党なら、私をどう利用してでも一緒に生きて……!!」

「……っ!!」

そうして体重をかけるように勢いをつけ、ハイヒールの踵を、がんっ！　と打ち込んだ。

がらがらと大きな音を立て、氷の壁が砕け落ちる。部屋の中に飛び込んだフランチェスカを、レオナルドの腕が抱き留めた。

「――フランチェスカ」

「レオナルド!!」

ようやく会えた。なんだかそんな風に実感して、泣きそうな顔でレオナルドに微笑む。

「……君は……」

恐らくは無意識であろう声が、囁くように紡がれた。

レオナルドの表情は、大切で仕方がないものを見詰めるようにやさしくて、ほんの少しだけ困ったようなまなざしだ。

「本当に、とんでもない女の子だな」

「……ふへ」

泣き笑いになってしまうのが恥ずかしくて、フランチェスカはわざと悪戯っぽく笑ってみせた。

それでも、悠長にはしていられない。

「アルディーニ。……カルヴィーノの娘……！」

それまで項垂れていたジェラルドが、力を振り絞るようにして立ち上がった。

ジェラルドを拘束していた氷の枷が、壁同様に溶けて脆くなっていたのだ。砕けた氷がばらばらと散らばり、ジェラルドが落ちていた銃を手に取ろうとする。

「死ね、今すぐに……!!」

「レオナルド！」

庇おうとしてくれるレオナルドに、フランチェスカはぎゅうっと抱き付いた。

「……フランチェスカ」

（薬物事件を止めたい。一般人を巻き込みたくない、普通の人生を歩みたい……レオナルドは、私の願いを全部叶えようとしてくれている）

ゲームのレオナルドが、どんな目的を持って動いていたのかは分からない。

けれどもいま目の前にいるレオナルドの考えは、よく分かっていた。フランチェスカの想いを酌んだりなんかしなければ、レオナルドにはもっと選択肢があったはずだ。

「守ろうとしてくれて、ありがとう」

そう告げて、満月の色をした彼の瞳を見上げた。

「正直言うと、この手段を選ぶのは勇気がいる。だけど、それでも」

飛びつくようにして伸ばされたジェラルドの手が、床の銃に届く。

「願ったことの『落とし前』は、私自身でも付けないと――……」

「……分かったよ、フランチェスカ」

やさしく笑ったレオナルドが、フランチェスカの手を取るようにして握った。

「君と一緒に戦う。……我が友、我が婚約者」

「……うん!!」

フランチェスカは微笑んで、自身のスキルを発動させた。

「死ね!!」

「っ!!」

それと同時に、レオナルドの襟を掴んで強く引く。銃弾がレオナルドの背を掠め、燃え上がる炎の中に消えた。

フランチェスカが手を離すと、レオナルドはそのまま身を翻す。夥しい血を流している怪我人だと思えない身の軽さで、一気にジェラルドの間合いへと踏み込んだ。

「が……っ!!」

レオナルドがジェラルドの襟首を掴み、だんっと床に叩き付ける。フランチェスカはそれを確かめ、すぐさま次の行動に移った。

バケツを掴み、溶け残った氷を入れる。そのバケツを燃え盛る火にかけている間、レオナルドは適切な行動を取ってくれた。

「……よくも、フランチェスカのいる場所に向けて引き金を引いてくれたな」

「は……っ!!　何度繰り返しても無駄だ、若造!!」

防御のスキルが発動し、レオナルドの手が弾かれた。ジェラルドは笑い、すぐ傍の銃へと再び手を伸ばす。

「氷のスキルは発動時間切れか？　待っていろ。今度こそお前を殺し、カルヴィーノの娘も殺す！あの方のために……」

「黙れ」

これまでで一番乱暴な口調で、レオナルドは目をすがめる。

「あんたの負けだ。……残念だな、おっさん」

「ははは、何を言う!!　いまの俺には銃も打撃も効かない。お前がどのようなスキルを持っていようと、この屋敷では攻撃スキルも使えない!!　せいぜい炎が早く回ることを祈っていろ、お前では……」

レオナルドが、ジェラルドの眼前に手を翳す。

「お前では、俺に傷ひとつ負わせることは出来な……っ」

「────……」

ジェラルドが、ごほっと咳をして口元を押さえた。

「……なんだ、これは……」

次いでジェラルドは、信じられないという顔で自身の腹を押さえる。

その白いシャツには、真っ赤な色をした鮮血が滲み始め、ジェラルドの指を赤く汚していた。

「なんだ、何故こんな傷が……？　この屋敷の中では、攻撃スキルは使えないはずでは……」

「そうだな。だが」

レオナルドはゆっくり立ち上がると、ふらっと一歩後退りながら言い切った。

「あんたの腹に穴を開けたこのスキルは、『回復』に該当する力を持つ。——屋敷の結界に妨害されないことは、フランチェスカの父親に使って実証済みだ」

「まさか……」

ジェラルドは、その正体に思い至ったらしい。

「お前の父親から継いだ、傷の入れ替えスキル……!?」

だが、彼にとっては信じ難い想像だったようだ。

「馬鹿な!!　そのスキルはつい先ほど、カルヴィーノのために発動したはずだろう!!　お前はそのために腹に穴が開いた、だから弱った!!　その傷が何故、何故俺の腹に……!!」

「——これが最適解だ、セラノーヴァ。物理攻撃が通用せず、攻撃スキルの使えない結界下で、あんたを屋敷の外に逃さず殺す方法」

レオナルドは息を吐き出した。

「元はと言えば、あんたの手による銃創だろう？」

レオナルドの笑みは、大量の血を流したあとだとは思えないほどに不敵で美しい、強者の表情だ。

「……大事に抱えて、死んでくれ」

「くそがあ……っ!!」

ジェラルドは腹部を手で押さえ、苦悶の表情で床をのたうち回った。

「くそっ、なんだこの痛みは……!!　貴様は、これほどの傷で、平然と振る舞っていたというのか……!?」

「……フランチェスカ」

どこか朦朧とした空気を纏い、レオナルドがこちらを振り返る。

「行こう、フランチェスカ。こいつはもう放っておいても出血で死ぬ、それよりも早く君を……」

「レオナルド、これ持って!!」

「!!」

フランチェスカは、氷を溶かしたバケツからハンカチを取り出すと、それをレオナルドに押し付けた。

「口元に当てて!!　煙を吸わないよう、ごほっ、身を低くして……」

「待て、フランチェスカ。君は一体何を……」

「おじさまの応急処置に決まってるでしょ!!」

同じくバケツから取り出したのは、アルディーニ家の構成員に用意してもらった包帯だ。

ジェラルドのシャツを大雑把に開き、真っ赤に染まった傷口に顔を顰める。水に濡らした包帯で、すぐさまジェラルドの腹部を巻いた。

「まさか、そいつを生かすつもりか？」

「そう！　水に濡らしたサラシは、ぎゅっと巻くとコルセットみたいに頑丈になるの!!　防刃にも使えるくらい硬くなるし、少しは止血に役立つはず……げほっ、こほ……!!」

「そんなことをしても意味がない。セラノーヴァはここを出たあとに、掟に背いた責任を取る」

「たとえおじさまが、血の署名に背いた粛清で死ななきゃいけないとしても……!!」

ジェラルドはよほど傷が痛むのか、すぐにぐったりして動かなくなった。フランチェスカはぎゅっと包帯の端を結び、煙が染みてきた目を擦る。

「ここでは死なせない。おじさまが生きてないと、レオナルドが黒幕じゃないって証言をしてもらえない……!!」

「レオナルドは先に行って！　私はおじさまを避難させて……」

「……っ」

「……フランチェスカ……」

レオナルドは顔を顰めたあと、ジェラルドの首根っこを掴んだ。

「こいつをこのまま窓から捨てるぞ」

「!!」

「大丈夫だ、落下の衝撃じゃ死なない。……防御スキルが効いている、セラノーヴァは助かる……」

レオナルドはそう言って、一気にジェラルドを引き上げる。そして、窓の外にジェラルドを投げ落とした。

レオナルドは、そこからどさりと床に座り込む。

「……っ、は……」

「レオナルド!!」

顔色が悪い。平気そうに振る舞ってはいたが、限界が来たのだろう。

たとえ銃創をジェラルドに移したとしても、失われた血は戻っていないのだ。急いで駆け寄ったフランチェスカは、レオナルドの体に腕を回した。

「ごめんね、レオナルド。痛くて、苦しかったよね……!?」

炎が間近に迫ってきて、肌の表面が焼けるように熱い。煙を吸わないように身を低くしたまま、レオナルドの腕を自分の肩に乗せる。

「あとは絶対に、私がレオナルドを守るから。何があっても、助けてみせる……!」

「……君の、その表情」

レオナルドがゆっくりと目を開いて、ふっと柔らかく微笑んだ。

「かわいいな。フランチェスカ」

「え……」

場違いなほどに穏やかで、余裕のあるまなざしだ。

それどころではないはずなのに、フランチェスカは思わず息を呑む。

「俺のために泣きそうになっているその顔が、どうしようもなく愛おしい」

「な……」

「絶対に守ると誓うのは、君ではなくて俺の方だ」

目を丸くしたその瞬間、ふわりとフランチェスカの体が浮いた。

「う、わあああっ⁉」

レオナルドは、先ほどジェラルドを落としたのとは別の場所にある窓へ、フランチェスカを横抱きにして歩いてゆく。

「俺にしっかり掴まってろ。絶対に離すなよ、フランチェスカ」

「駄目!!」

レオナルドは、フランチェスカを抱いたまま飛び降りるつもりなのだ。恐らくは、自分が盾になる気でいる。

「下ろしてレオナルド!! いくら炎が迫っていても……っ」

ここは建物の三階だ。こんな体勢で飛び降りたら、受け身も取れずに死んでしまう。

けれどもレオナルドは、どうしてかフランチェスカの額にキスをしたあと、囁くような言葉を口にするのだ。

「大丈夫だ。……君は、君自身の持つ強い力のことを、もっと信じた方がいい」

「ひゃ……」

直後、落下の感覚が身を襲った。

落ちている。咄嗟に瞑った目が開けないまま、フランチェスカはレオナルドの頭に手を伸ばした。

(せめて、私がレオナルドのための受け身を取らなきゃ……!!)

そう覚悟して、ぎゅうっと彼を抱き締める。耳の傍でくすっと笑う声がした、そのあとのことだ。

「――っ!!」

どすん、という衝撃に息を詰める。

身が竦んだのは、落下の恐怖によるものではない。レオナルドが怪我をしてしまったかもしれない、そのことが恐ろしかったからだ。

「レオナルド……‼」

急いで目を開けたフランチェスカは、目の前の光景に驚いた。

「え……？」

フランチェスカたちが落下したのは、屋敷の庭である芝生だと思っていた。

けれども実際は、そうではなかったのだ。そのことを理解して瞬きをしたフランチェスカは、その人物の名前を呼ぶ。

「……リカルド……？」

「っ、間に合ったな……‼」

防御スキルを発動させたリカルドが、レオナルドとフランチェスカを受け止めてくれている。

雨の降りしきる中、ふたりを受け止めたリカルドは、数秒置いたあとでどしゃりと芝生に崩れた。

レオナルドはそんな瞬間さえも、フランチェスカを大事に守るよう抱き込んでいて、フランチェスカはどこもぶつけることはない。

「どうしてリカルドがここに⁉　それにレオナルド、これが分かってて……」

「こいつの親父を投げ落としたとき、窓の下に姿が見えたんだ。……セラノーヴァの次期当主殿が、この状況でやるべきことが分からないほど馬鹿じゃないことくらい、知っていた」

下ろしてもらったフランチェスカは、まずはレオナルドを助け起こす。続いて泥だらけになったリカルドを起こそうとすると、リカルドは右手でそれを制した。

「大丈夫だ。……俺の防御スキルで、なんとか衝撃を殺すことが出来てよかった」

「セラノーヴァはどうなった？」

「お前が屋敷の右手に落としたのを見て、アルディーニの構成員が父の元に急行した。優秀だな」

「はは。当然」

自力で身を起こしたリカルドは、神妙な面持ちでフランチェスカたちのことを見遣る。

「父が本当にすまなかった。君に示してもらった各種の証拠品は、信頼出来る人間によって国王陛下の元に提出してもらっている」

「リカルド……」

彼の心境を想像して、フランチェスカは胸が締め付けられた。

「リカルド、ごめんなさい。お父さんを……」

「構わない。寧ろ、感謝している。……だからこそ、この屋敷に戻ってきたんだ」

「言っただろ、フランチェスカ」

浅い呼吸を繰り返しながら、レオナルドは笑う。

「これこそが、君自身の持つ強い力だ。──俺たち裏社会の悪党は、君の持つ圧倒的な眩しさに惹き付けられて、君のために動きたくなってしまう」

そんな大袈裟な言いように、フランチェスカは困ってしまった。

「私にそんな力は無いよ。レオナルドもリカルドも、みんながそれぞれ自分の信念とやさしさに基づいて行動してくれたんだってそう思ってる。……それに」

思わず涙が滲んだのを、ぎゅうっとレオナルドに縋り付いて隠した。

「レオナルドが、死なないでくれてよかった……」

「……フランチェスカ」

心臓の音が響いていて、彼が確かに生きている。

そのことを確かめて、泣きたいほどに安堵した。

「あんな無茶なこと、もうしないで。……レオナルドが友達でいてくれるなら、私の願いなんて叶えてくれなくていいから……！」

「……」

彼の黒いシャツに触れたフランチェスカのドレスが、赤黒い汚れにすぐさま染まる。これほどまでの血を流しながら、レオナルドは戦ってくれたのだ。

「約束して。……おねがい、レオナルド」

どうにか抑えたいと思ったのに、どうしても泣き声が滲んでしまう。

「……レオナルドが居なくなると思っただけで、すっごく、すごく怖かった……」

「――――……」

そう告げると、大きな手に頭を撫でられた。

「約束する。フランチェスカ」

そして、柔らかく背中を抱き返される。

「俺は、俺自身がこうあるべきだと思う生き方を選ぼう。――君を泣かせる者は、俺自身を含めて誰も許さない」

これまでで一番真摯であり、恭しい声音が、フランチェスカの耳元で紡がれる。

「君に誓う」

「……う……」

その約束に安心して、フランチェスカはいよいよ泣きじゃくった。

「っ、うわああん……!!」

隣で聞いていたリカルドは、きっと呆れたに違いない。申し訳ないとも思うけれど、どうにも溢れて止まらなかったのだ。

大切な友達を、失わずに済んだ。

こうして泣いてしまうことで、その友達を非常に困らせている自覚はあるのだが、結局のところしばらくは止められなかったのだった。

＊＊＊

「――病院に行って当主に報告をしましょう、シモーネさん」

カルヴィーノ家の最年少構成員であり、愛娘フランチェスカの世話係であるグラツィアーノは、屋敷の外から共に監視していた構成員にそう告げた。

「お嬢は無事。セラノーヴァ当主はアルディーニの構成員のスキルによって拘束。アルディーニも出血多量で衰弱しているように見えるものの、表向きはなんでもなさそうに振る舞ってるって内容で」

「はいよ。やれやれ、お嬢も無茶をする。なんとかなって良かったぜ」

何が良いものかと、グラツィアーノは顔を顰めた。

「うちの当主が撃たれたんですよ？　そんな中アルディーニなんかを助けるために、お嬢が屋敷に戻るなんて。中で何があったか知りませんけど、『未申請の人間が屋敷に立ち入った場合、そのファミリー全員を粛清』なんて掟が無ければ、問答無用で引き摺り戻してました」

「そう言うな。耐えるしかないだろう？　なんせあれもお嬢の信念だ。お嬢は、ご自分の婚約者を守ろうとなさったんだろう」

構成員は、レオナルドに抱き付いてわんわん泣いているフランチェスカを微笑ましそうに見遣る。

「――まったく。強いお人だよ」

「……」

言葉に出して同意するのがあまりにも癪で、グラツィアーノは代わりの悪態をついた。

「……俺は、あんなやつがお嬢の婚約者だなんて、認める気は無いですけどね」

「お。まさかお前が決闘でもして、アルディーニからお嬢を奪うか？　そうなりゃお嬢がお前のお嫁さんだなあ」

「…………」

先輩構成員は冗談めかして笑ったあとに、再びフランチェスカを見遣った。

「危ないことをしたのは褒められねえが、それでも胸を張って誇ろうぜ。……さすがはうちの当主のひとり娘であり、俺たちの自慢のお嬢じゃねえか」

「――――……」

グラツィアーノは溜め息をつき、当主の運び込まれた病院の方向へ歩き始める。

「ま。そうですね」

「おーい。お嬢も連れて行ってやらなくていいのか？」

「やめときましょ。お嬢のことですから、アルディーニも当主と同じ病院に入れるって言い始めて、ここからの見舞い期間が最悪なことになりそうなんで」

「ははっ。違いない」

グラツィアーノはもう一度だけ、フランチェスカたちの方を振り返る。

フランチェスカを抱き寄せ、あやすように触れているレオナルドをじっと見据えたあと、小さな声で呟いた。

「……婚約者を奪うための決闘、ね」

そしてグラツィアーノは、再び歩き始めるのである。

エピローグ　離せない願い

この世界での六月は、やっぱりしみじみと雨天が多い。

屋敷での一件があってからの一週間も、王都には雨が降り続いていた。それでも六月の末に差し掛かり、ようやく空が晴れ渡った土曜日のこと。

少しだけおめかししたフランチェスカは、お菓子の入ったバスケットを手に、とある屋敷を訪れていた。

「レオナルド、こんにちは！」

樫《かし》で出来ている重厚な扉は、ノックをすると良い音が響く。

アルディーニ家のお屋敷は、数年前に建て替えられたばかりだそうで真新しい。屋敷の最上階である四階に位置するここは、レオナルドの過ごしている部屋なのだそうだ。

きっとここは、彼が当主としての仕事をするための書斎か何かなのだろう。そんなことを思いながらも、中にいるはずの彼に声を掛けた。

「フランチェスカです。お見舞いに来たよ、開けてもいい？」

「――……」

そうすると、ややあって扉が内側に開く。

姿を見せたレオナルドは、胸元を開けた黒いシャツ姿だ。少し驚いた顔をしながら、フランチェスカを見詰めている。

「フランチェスカ。……どうしてこの部屋に？」

「『お見舞いをしたいんです』って構成員さんに言ったら、この扉の前まで案内されたの。レオナルドの居る部屋だからって教えてもらって、あとはご自由にって」

「あいつら……」

「？」

額を押さえたレオナルドは、彼にしては珍しく苦い顔をしていた。いつも余裕のある笑みばかり浮かべているから、眉根を寄せた表情は新鮮だ。

「そんなことよりレオナルド、ちゃんと休んでないんじゃない？　寝てなきゃ駄目だよ。うちのパパもそうだけど、いっぱい血を流した後なのに全然ゆっくりしてくれないんだもん」

「はは。君に心配されるのは気分が良い。それは俺へのお土産？」

「そう。クッキー焼いたの、一緒に食べよう！」

するとレオナルドは、フランチェスカを招き入れるように扉を開ける。

「どうぞ中へ。ゆっくりしていってくれ」

「お邪魔します！　ちょっと緊張するなあ。パパ以外の人の書斎に入るのって、初め――……て……」

「『書斎』？」

くすっと笑ったレオナルドは、どこか揶揄うようなまなざしを向けてきた。

フランチェスカは固まってしまう。何の疑問も持たずに入ったその部屋が、どう考えても書斎ではなかったからだ。

「っ、ここは……」

シックな木目の床の上には、紺色のカウチソファーが置かれている。寝転がって寛ぐための物らしく、いくつかのクッションが並べられていて、ソファーと同じ色調が大人っぽい。

たくさんある窓のうち、いくつかはカーテンが閉められたままになっており、室内は落ち着いた薄暗さに保たれていた。ローテーブルへ無造作に置かれているのは、ゲーム用のカードだろう。

そんな中、フランチェスカが息を呑む要因になったのは、その部屋の奥にある寝台だ。

重厚な黒色の天蓋は、今はしっかりと開けられている。結果として、寝乱れたシーツや上掛けが目に入り、フランチェスカの頬がぼっと熱くなった。

「書斎じゃなくて、寝室では⁉」

「っ、ふ」

レオナルドはフランチェスカを見下ろして目をすがめる。レオナルドのその様子に、どうしてか壮絶な色気を感じる羽目になり、フランチェスカは息を呑むのだった。

「俺も、この部屋に他人を入れるのは初めてで緊張する」

(『緊張する』は絶対嘘だ……!!)

友達が相手なのだから、こんな風にどきどきする必要はない。そう自分に言い聞かせ、フランチェスカは急ぎ足で中に入る。

「ここ! 座るね!!」

「ははっ。どうぞゆっくり寛いでくれ」

ふうっと息をつきながら、額の汗を手の甲で拭った。隣に座ったレオナルドを見上げると、その顔色は随分と良さそうだ。

(あれから色々と大変だったけれど、みんなの体調に大きな変化が無くてよかった……)

一週間前、セラノーヴァ家の当主であるジェラルドとの一件が起きたあとに、五大ファミリーは大混乱に陥ることになった。

五つの家の当主のうち、三人が生死に関わる怪我を負って、ひとりは血の署名に背いていたのだ。この状況は前代未聞な上、残り二家がこの隙に他家を潰すような動きに出ていてもおかしくなかった。

そんな事態を防ぐことが出来たのは、王家の介入があったからだと聞いている。

＊＊＊

『各家の当主に向けて、陛下からのお達しがあったんだ』

フランチェスカの父は、病院での治療を終えたあと、入院の病床でこんな風に教えてくれた。

『セラノーヴァが屋敷に銃を持ち込んだのは、やはり管理人が買収されていたからだったと分かったらしい。陛下はひどくお心を痛め、少なくともセラノーヴァの次期当主が就任するまでは、どの家も大きな動きを取らないようにと仰った』

『パパやレオナルドがしっかり休めそうで、本当に良かった。それに、おじさまも』

『セラノーヴァは、拘束スキルを持った人間によって投獄されているそうだ。国王陛下に仕える医者がスキルを使い、生死の境を彷徨うようなことはなくなったらしい。……この先は、奴を洗脳した人間が誰かを暴く段階に入ってくる』

フランチェスカが俯くと、父は小さく息をついた。

『……セラノーヴァは、責任感の強すぎる男だった。それが、得体の知れない人間に付け込まれ洗脳され、血の署名を破ることになるとはな』

父とジェラルドは、学生時代の同級生なのだ。

その話を詳しく聞かせてもらったことはないから、ふたりがどんな学院生活を送っていたのかは分からない。仲が良かったのかもしれないし、悪かったのかもしれない。

けれど、窓の外に目を遣った父の横顔は、どこか寂しそうにも見えたのだった。

『……馬鹿な奴だ』

『……』

掛ける言葉が見付けられないでいると、父はもう普段通りの無表情になり、こう続ける。

『とはいえ、倅の教育には成功したらしい。セラノーヴァは奴の息子が立て直すだろう』

『……私もそう信じてる。リカルドならきっと伝統の信条を守りながら、ファミリーを盛り立てていくことが出来るはずだもん』

先日リカルドに会ったとき、フランチェスカが心配すると、彼ははっきりと言ってみせたのだ。

伝統あるセラノーヴァ家の人間として、父の罪を償いながら、自分に何が出来るかを考えると。

『アルディーニの若造にも、これで借りが出来た。あの若造は私の銃創を自分の身に移した上で、お前を守るためにセラノーヴァと対峙したのだからな』

『……うん……』

あのときはとても怖かった。けれど、そのお陰で父もこうして助かったことを思い、フランチェスカは複雑な気持ちで微笑む。

『私もパパも、レオナルドに助けられちゃったね』

『いささか癪ではあるが。……私も覚悟を決めたから、あいつに伝えておいてくれ』

『覚悟？』

父は、その大きな手でフランチェスカの頭を撫でてくれる。

『──娘を頼む、と』

『……パパ……』

小さな頃は、よくこんな風にしてくれた。

けれども最近では、こうして頭を撫でられることも少なくなっていたのだ。なんだか懐かしくて、泣きそうになってしまった。

『私は大丈夫だよ、パパ。誰に頼らなくても生きていけるように、立派に育ってみせるんだから！』

『そうだな。楽しみにしている』

目元を拭ったフランチェスカを見守るまなざしは、幼いころから変わらない。

そして父は、ふと思い出したように口にした。

『……それにしても。あの若造のスキルが、あいつの父と同じ回復のスキルだとはな』

（そのことなら。きっと、レオナルドのスキルはそうじゃなくて……）

＊＊＊

「──死んだ人間が持っていたスキルのうち、ひとつを奪って俺の物にする力なんだ」

「…………」

彼の寝室のソファーに座って、フランチェスカはぎゅっとくちびるを結ぶ。チョコレートクッキーをかじったレオナルドは、フランチェスカの尋ねたことに対して、いとも呆気なくそう答えた。

「いくつかの条件が存在していて、どんな人間からでも奪えるわけじゃない。『対象は生前に親しかった死人であること』。『奪う際には死体に触れること』と、『誰の死体か、目視で識別できる状態であること』かな」

三本の指を立てた彼が、フランチェスカにも分かるように噛み砕いた説明をしてくれる。

「つまり、その死体の顔が目で見て分かるうちに触っておいて、スキルを発動させないと奪えない」

「……しかも、生前にレオナルドと仲が良かった人じゃないといけないんだね」

「そう。そいつとどれくらい親しかったのかによって、奪えるスキルの強さが変わってくる。親しい相手に使うと、そいつの持つスキルの中で一番強力なものを奪い、最大の威力で発揮できるが……」

レオナルドは、あくまで平然とこう続ける。

「会話を何回かしたことがある程度の人間から奪ってみたスキルなんて、ほとんど役に立たない威力ばかりだったな」

なんでもないことのように語られた言葉に、フランチェスカは胸が痛んだ。

「それじゃあ反対に、すごく強かった炎や氷のスキルは……」

レオナルドとはそれなりに親しかった人のもの、ということになるのだろう。俯いたフランチェスカを見て、レオナルドは仕方なさそうに笑う。

「別に、フランチェスカがそんな顔をする必要はない」

「でも。レオナルドが、仲良しだった人を亡くしたってことなんだよね？」

「それは違うさ。そもそも俺が色んな連中と適当につるんで、それなりの関係をつくっている理由は、いつかそいつが死んだときにスキルを奪えるようにするためだからな」

レオナルドはクッキーを手に取ると、穏やかな微笑みのまま言った。

「……いまの俺にとって、本当に愛すべき人間は、この世界でただひとり君だけだ」

冗談めかした口ぶりでも、本心であることはなんとなく分かる。

レオナルドにとって、フランチェスカが特別な友達であることは嬉しい。けれど、レオナルドがどこか孤独であることに思いを馳せると、とても寂しい気持ちになるのだった。

「そんな顔をしないでくれ、フランチェスカ」

レオナルドがくすっと微笑んだので、フランチェスカは自分の焼いたクッキーをかじる。さくっとした食感と共に、バターの風味と香ばしい甘さが広がった。

顰めっ面をしながらも、さくさくとクッキーを頬張ってゆくと、レオナルドはこう呟く。

「……俺の大切なものは、君だけだが」

愛おしいものを見守るかのような、そんなまなざしだ。

「君の大切なものを守れたことには、存外満足しているんだ」

「……」

そう言ったレオナルドの表情は、本当に機嫌が良さそうなものだった。

フランチェスカはクッキーを呑み込んだあと、相変わらず渋面のままこう続ける。

「いまはまだ、それで納得しておくことにする。だけどね、レオナルド……」

レオナルドの持つ、満月のような金色の瞳を見詰めながら、心の底からの言葉を告げた。

「――レオナルドが自分のことも大切に出来るように。私、これからすっごく頑張るから！」

「！」

そう告げた瞬間の彼は、とても素直に驚いた表情をしている。

「パパが大事な人であるように、レオナルドだって大事な友達だもん。それが分かってもらえたら、レオナルドは今回みたいに自分を犠牲にしようとしなくなるよね？」

ゲームのシナリオは、この先もまだ続いていくはずだ。

レオナルドは真の悪役ではない。薬物事件の主犯はジェラルドだが、彼を洗脳した黒幕がいる。主人公であるフランチェスカは、この先も事件からは逃げられないだろう。

同様に、シナリオで描かれた黒幕であるレオナルドも、きっと深く関わることになる。

「もう二度と、今回みたいな選択はしてほしくない。そのためには私が言葉でお願いするだけじゃなくて、どれだけレオナルドを失いたくないと思っているか分かってもらわなきゃ」

「……フランチェスカ」

「レオナルドは、私の大事な友達。……ううん、友達なんかじゃ足りない」

そう言って、レオナルドの手をぎゅっと握った。

「たったひとりだけの、宝物みたいな大親友だもの」

「――――……」

レオナルドが僅かに目をみはった、次の瞬間だ。

レオナルドの腕に抱き締められて、フランチェスカは目を丸くする。

「ひゃ……っ⁉」

「れ、レオナルド？」

「……君は……」

レオナルドの零した声は、どこか掠れた音にも聞こえた。

「……参ったな。友達だなんて提案をして、ある意味で失敗したかとも思ったんだが」

「え？　も、もしかして友達になりたくなかった……⁉」

「そうじゃない。……君がそんな風に言ってくれるのなら、いくらでも甘んじて構わない」

なんだか不思議な言い回しだ。ぱちぱち瞬きをするものの、レオナルドは一層強くフランチェスカを抱きしめる。

「……俺なんかに欲しがられて、可哀想なフランチェスカ」

「………？」

彼が小さく囁いた声は、ほとんど聞き取ることが出来なかった。

レオナルドは、今度はちゃんと聞かせるように、それどころかフランチェスカの耳元でこう囁く。

「君に心から謝っておく。だが、残念ながら手遅れだ」

「て、手遅れって」

「心残りが、ひとつだけあると思っていた。……そのはずなのに、こうして君の傍にいると、あっという間にひとつでは足りなくなっていく」

一度身を離したレオナルドが、サイドテーブルの花瓶から、棘の処理された黒薔薇を一輪取った。

短く手折ったそれを、フランチェスカの髪に挿す。そして、赤い髪をするりと撫でた。

大事なものにするような触れ方で、心臓がばくばくと音を立てる。

「黒薔薇の花言葉には、いくつかある。君は知っている？」

「え、えと……なんかちょっと怖い奴なら、教えてもらったことがある」

「はは、そうだな。――それと、他にもある」

金色の瞳が、フランチェスカを慈しむように眺める。

「『不滅の愛』。それから、『私のもの』という意味だ」

「！」

もう一度フランチェスカを抱き寄せたレオナルドは、まるで何かに祈るような囁き方で呟いた。

「……もう二度と、絶対に君を離してやれない」

「――……」

それは果たして、懺悔なのだろうか。

それとも何かの誓いだろうか。

どちらでもありながら、その両方ともが違うかのようなレオナルドの言葉は、不思議な響きを持ってフランチェスカに届いた。

(……どうしてなのかな)

レオナルドをぎゅうっと抱き締め返しながら、フランチェスカは考える。

(なんだか、レオナルドが小さな子供みたいだ)

そんな風に感じたから、とんとんと背中をあやすように撫でた。そうするとレオナルドは、もっと強い力で抱き締めてくるのだ。

「っ、ふふ！　そんなにぎゅうっとしたら重いよ、レオナルド」

「そうか。すまない」

フランチェスカは窘めたはずだが、レオナルドは笑ってこう続ける。


「――どうか、俺のことをもっと叱って」

「……？」


その言いようは、やっぱり小さな子供のようだった。友達として甘えられているのかもしれないと、フランチェスカはそう思う。だから、ひとまずは彼の要望に応えた。

「私のことは離さなくていいから、とにかく早く元気になってね。来週は芸術鑑賞の授業があるけど、レオナルドは去年もサボってたってリカルドに聞いたよ？」

「……うん。そうだな」

「来月になったら期末テストだけど、それもちゃんと出ようね」

「分かってる。中間テストのときのように、またふたりで勉強会をしよう」

「やった！　ありがとう、楽しみ！　……ううん、他にレオナルドを叱る内容……」

「っ、はは！」

大真面目にそう考えたら、レオナルドがフランチェスカを抱き締めたまま笑った。

よっぽどおかしかったらしく、その笑いはしばらく止まらない。

フランチェスカは少しだけ恥ずかしくなったものの、レオナルドがとても楽しそうなので、友達として嬉しくもあるのだった。

特別書き下ろし番外編

それはすべてが愛おしく

AKUTOVIKKA NO MANAMUSUME,
TENSEISAKI MO OTOMEGAME NO
GOKUDOUREIJOU DESHITA.

フランチェスカよりも大切なものなどは、この世界にひとつも存在しない。

レオナルドは心からそう考えている。自分自身の命よりも、彼女が笑ってくれているかどうかという、そちらの方がよほど重要だ。


その日の夕刻、レオナルドの屋敷を訪れていた婚約者は、その愛らしい瞳をきらきらと輝かせながらこう言った。

「それでね！　二階の階段を上がったところに、すっごく大きな天使の彫刻があったの！」

ソファの隣に座った彼女は、今日の授業で見たものを懸命に説明してくれている。話に夢中になっているから、目の前のローテーブルに出した茶もすっかり冷えている頃合いだ。

「すぐ後ろに窓があったから、太陽の光が天使の背中に降り注ぐみたいだったんだ。お城にもたくさん国王陛下のコレクションが飾られてるけれど、美術館の展示は全然違って凄かったあ……」

「買い付けたときの『商談』には関わったが、そういえば実物は見たことがないな。そんなに君のお気に召したのか」

「うん！　今まで公の場は避けてたから、美術館って行ったことがなかったの。だけど」

ここまでずっと嬉しそうだった彼女が、そこで表情を曇らせる。

「……レオナルドも出られたら良かったのに。美術鑑賞の課外授業……」

「っ、はは！」

心から残念そうにそう言われて、レオナルドは思わず笑ってしまった。

フランチェスカのこういうところが、たまらなく興味深いのだ。なにしろこの国を裏で統べる五大ファミリーのうち、最も恐れられているのがアルディーニ家である。

その当主に対して「課外授業に出てほしかった」などと言えるのは、間違いなく彼女だけだろう。

「本当に、君には敵わないな」

「？」

不思議そうにこちらを見詰めるフランチェスカは、レオナルドが生まれたときからの婚約者であり、いまは『友人』となる少女だった。

本当はなにも、本気で友人の座に収まろうとした訳ではない。彼女があまりにも友達を欲しがるものだから、思わず「俺がなろうか」と口にしてしまっただけだ。

（もっとも、それがまず異例だったんだが……）

父と兄を亡くして以来、すべての行動を計算尽くで生きてきたレオナルドにとって、想定外のことなど起こり得ないはずだった。

それなのにフランチェスカと一緒にいると、彼女の言葉に振り回されるどころか、自分自身でさえも想像しなかった選択をしているのである。

「そうだな。俺も今年は行きたかった」

フランチェスカの瞳を見詰め、レオナルドは微笑んだ。

「――わくわくしている君の可愛い横顔を、すぐ傍で見守ることが出来ただろうに」

「……それ、展示品を全然見ない前提じゃない……!?」

この婚約者はレオナルドにとって、掛け替えのない存在なのだ。

無邪気な笑顔を浮かべたかと思えば、驚くほどに意志が強く、凛としたまなざしを見せることもある。

彼女のくちびるから紡がれる言葉は、ただのひとつも逃したくない。

史上で最も高価だとされる宝石を見たこともあるが、あんなものはフランチェスカの瞳の美しさに、到底及ばないのだった。

「どんなに精巧に作られた天使像だって、フランチェスカと比べるまでもないさ。間違いなく本物の天使よりも、君の方が綺麗だ」

「レオナルド……。やっぱりまだ、体調が戻りきってないんだね……」

本気で口にした言葉なのに、フランチェスカは心配そうだった。レオナルドは十日前、彼女の父親を救命するためにスキルを使っており、そのときに軽く死にかけている。

(俺自身が決めたことなのに、君はどこまでも責任を感じているんだな)

それこそ見舞いが解禁されて以来、毎日こうして見舞いに訪れ、無防備にレオナルドの寝室で学院での報告をしてくれるほどに。

「レオナルド、ちょっとおでこに触ってもいい？」

「うん？」

フランチェスカが求めることを、レオナルドが拒むはずもない。「どうぞ」と笑って答えると、フランチェスカはレオナルドの額に手を重ねた。

「顔色は良さそうだし、熱も無いみたいだけど……」

「へえ、額で熱を測るのか？　不思議なやり方だな」

「んえっ⁉　ええと、これはあの、前に本で読んだの！」

初めて見た文化について尋ねると、何故か慌て始めるフランチェスカが愛おしい。レオナルドはその時ふと、これまで見え難かったフランチェスカの指先に気が付く。

「俺のことより、君こそその手はどうしたんだ？」

レオナルドはフランチェスカの手を取ると、指同士を淡く絡めるようにして捕まえた。

「人差し指に、切り傷がある」

「これ？」

フランチェスカは傷のことを忘れていたようで、はっとしたあと恥ずかしそうに笑った。

「美術館のパンフレットを読んでたら、紙で指を切っちゃったの。へへ」

「ふうん……」

レオナルドは目を眇《すが》め、小さな傷を見下ろした。

「そのパンフレットは処分したのか？」

「え？　まさか！　大事な今日の思い出だもん。学院で初めての課外授業だったから、パンフレットは記念に取っておくの」

フランチェスカがそう言うので、レオナルドは息を吐く。

「……君の宝物になってしまったのなら仕方がない。その不届き者は見逃そう」

「不届き者？」

「僅かでも君を傷付けたのなら、なんであろうと八つ裂きにしておきたいところだ」

冗談のふりをするために、敢えて笑いながら口にした。フランチェスカは目を丸くするが、そんな顔がもっと見たくなる。

「少し待っていてくれ。すぐにこの傷を……」

「あ‼」

「！」

レオナルドがスキルを使おうとした瞬間、フランチェスカが大きな声を上げた。

「駄目だよレオナルド‼　『傷交換』のスキルを使って、私の怪我を引き取ろうとしたでしょ⁉」

「……」

取ろうとした手段を見抜かれて、レオナルドは僅かに目を見張る。そのあとで、驚きを誤魔化すために微笑んだ。

「フランチェスカはすごいな、俺のことがなんでも分かる」

「レオナルドみたいに分かりにくい人は他にいないってば。だけど今のは流石に分かる、なんだか嫌な予感がしたもん！」

フランチェスカがぱっと手を引き、レオナルドから逃れてしまう。

「私の傷を、レオナルドが治そうとしなくていいんだよ」

「……」

どうやら叱られているようなので、レオナルドは肩を竦めてから言った。

「美術品に傷が出来たら、普通は修復するだろう？」

「……？　うん、そうだね。今日お話ししてくれた美術館の人も、絵画の修復に使えるスキルを持ってるんだって」

「それと同じ」

レオナルドは手を伸ばし、再び彼女の手に触れる。

「俺にとってのフランチェスカは、どんな美術品よりも大切なものだ」

「……レオナルド」

これまでにレオナルドが馴染んだ世界は、あらゆるものが傷付いて壊れ、それが当たり前でもあったのだ。

燃え盛る炎や黒い煙。辺りを埋め尽くすような血の色や、硝煙《しょうえん》の香り。そんなものに満ちているのが当たり前であり、そのことをなんとも思わなかった。

けれどもそこに、フランチェスカが現れた。

彼女だけは折れないし汚れない。血の海の中に立っていようと、光り輝く美しいものであり続けるだろう。

（だからこそ、君が血を流すことには耐えられない）

その想いを言葉にすることはせず、代わりにもうひとつの真意を口にした。

「俺にとっては君だけが、傷付けたくない宝物だよ」

「……！」

ほんの小さな傷であっても、全部引き受けたいと思うほどに。

「こんな些細な怪我くらい、俺が負ってもなんの支障もない。だからフランチェスカ、俺に請け負わせてくれないか？」

レオナルドの持つスキルを使えば、フランチェスカの傷をレオナルドのものに出来る。

それくらいなんでもないのだが、フランチェスカはむっとくちびるを尖らせたあと、今度は両手をこちらに伸ばしてきた。

「あのね、レオナルド！」

「！」

フランチェスカの華奢な手が、レオナルドの頬を包むように触れる。

そして彼女は、空色の瞳にレオナルドの姿を映し込み、迷いのない声で言い切るのだ。

「——私にとってのレオナルドだって、掛け替えのない大事な宝物なの！」

「！」

その言葉に、レオナルドは息を呑んだ。

「レオナルドが怪我したら悲しいし、痛いのは嫌」

「……フランチェスカ」

「あなたが想ってくれるのとおんなじだよ。レオナルド」

真っ直ぐなまなざしが、レオナルドの瞳を見詰めている。

「たったひとり。……他に掛け替えのない友達で、婚約者だもの」

「————……」

レオナルドが瞬きをすると、フランチェスカはふにゃりととろけるように笑った。

「ふへ。……レオナルドがそんな顔するの、珍しいね」

自分が一体どんな表情をしたのか、レオナルドにはまったく分からない。そもそもが、自分の表情をコントロール出来ないこと自体、フランチェスカの前以外では有り得ない。

「分かってくれた？　だからこれからは私が怪我をしても、レオナルドがそれを引き受けたりしないで……」

「……分からない」

「わあ！」

駄々を捏ねるような言い方であるのは、レオナルド自身にも自覚があった。

けれども仕方がないはずだ。フランチェスカを抱き締めたレオナルドは、彼女の首筋に額を押し付けて囁く。

「同じじゃないさ。君が俺に向けてくれる感情よりも、俺の方がずっと厄介だ」

「え……」

何しろレオナルドが抱えるのは、フランチェスカのようにきらきらとした美しいものばかりではない。

それを素直に口にすれば、フランチェスカは怯えるだろうか。そんな想像をしたあとで、自嘲の笑みをくちびるに浮かべる。

「……俺のために君が泣いてくれるなら、その顔も見てみたいしな」

「ちょっと、レオナルド⁉」

「っ、は」

華奢な体を抱き締め直し、フランチェスカの耳元で囁いた。

「……冗談だよ」

「………………」

レオナルドが笑って言ったことを、フランチェスカはどう捉えただろうか。

ひょっとすると、嘘ではないと見抜かれたかもしれない。フランチェスカはレオナルドを暴き、見抜いてしまう天才だ。

体を離したフランチェスカは案の定、疑わしげな視線を向けてくる。

「そういうところ、レオナルドの悪い癖だって思うけれど……」

フランチェスカは仕方が無さそうに言ったあと、にこっと笑った。先ほどの笑顔ともまた違う、屈託のない笑顔だ。


眩しくて美しい、太陽の光のようだった。


「見たい顔があるなら見せてあげる。だってレオナルドは、私の大切な大親友だから」

「……フランチェスカ」

「でも、泣き顔の方は嬉し泣き限定にしてね！　レオナルドが私の怪我を引き受けるのはもちろん、他の理由で怪我をするのも禁止！　いい？」

「…………」

人差し指を鼻先に突き付けられて、レオナルドは苦笑する。フランチェスカにこう言われては、嫌だと素直に言えるはずもない。

「まったく、君には敵わないな」

この世界で大切なものは、やはりフランチェスカだけだった。どんなに価値のある美術品も、彼女に並ぶはずもない。

「休日は美術館に行かないか。俺が出なかった課外授業のやり直しに、君がいてくれると心強い」

「わあ、もちろん行こう！　時間が足りなかった展示もあるんだ、一緒に見られたら嬉しいな」

フランチェスカが瞳を輝かせたので、そこからは再び課外授業の感想を聞かせてもらった。

レオナルドはその間ずっと自分の指と、怪我をしたフランチェスカの指を繋いでいた。

フランチェスカは苦笑しつつ、レオナルドのその子供じみた我が儘を許し、繋いだままでいてくれたのだった。

あとがき

この度は『悪党一家の愛娘』、略称『あくまな』をお手に取っていただきありがとうございます！　雨川透子と申します。

このお話は、前世が極道一家の孫娘・今世も裏社会一家の愛娘に転生してしまったヒロインが、ゲームシナリオの極悪ラスボスに執着されつつ、自分の道を貫くお話です！

素敵なイラストは安野メイジ先生に描いていただきました！　色っぽくダークな雰囲気を纏った格好良いレオナルドと、華やかさ可愛らしさを兼ね備えたフランチェスカをはじめ、魅力的なイラストをありがとうございます。レオナルドのラフを拝見したときは大歓喜でした……！

担当さま、たくさんのご迷惑をお掛けし申し訳ございません。いつも私のやってみたいことに、なんでも挑戦させてくださるのがとても嬉しいです。お世話になっております!!

この本は、轟斗ソラ先生によるコミカライズ1巻と同時発売となります。あくまなコミック版のレオナルドもフランチェスカも麗しく、わくわくハラハラドキドキの世界を描いていただいています！　漫画ならではの表現がものすごく楽しいので、是非是非コミカライズもお楽しみください！

あくまな2巻も発売が決定しております。そちらでもお目に掛かれますように！

お読みいただきありがとうございました。

巻末おまけ

コミカライズ
第1話
試し読み

漫画 轟斗ソラ
原作 雨川透子

自分の運命を恨《うら》んだことなんて
一度もなかったと言い切れる
――平凡な人生を望んでいるだって？
『悪党一家の愛娘《まなむすめ》』がよくもまあ
……
スッ…
――それでもこの状況は想定外

気に入った

婚約破棄《こんやくはき》はしてやらない

な……っ
君を使い捨てるのが惜《お》しくなったからな
――俺《おれ》の可愛い《かわい》婚約者《フランチェスカ》

第1話
自分の運命を恨《うら》んだことなんて一度もなかったと言いきれる
だけど『どうして』という気持ちも拭《ぬぐ》えない
だって前世の私は
『生まれ変わったら平凡《へいぼん》で平穏《へいおん》な人生を送りたい』
そう願っていたから
はあ…はぁ
ダダダ…
はあっ

ハアッ
はぁ
ダダダ
くそっ
どうなっていやがる…!?
!!
ビクッ
強盗《ごうとう》なんてもう二度と計画しないと
約束してくれますか?
……っ!
女のくせになめやがって!

パシッ
ドオッ

どのような理由があっても
人を傷つけて金銭《きんせん》を奪《うば》うなんて許されません！
ひ…っ
このあたりはカルヴィーノ一家の縄張《なわば》りです
部外者が犯罪行為をすれば一家が黙っていませんよ
そんなこと百も承知《しょうち》なんだよ！

もうやめよう…どの道こんなこと無理だったんだ
でもよお！金がなきゃチビどもの薬代も払《はら》えなくなるんだぞ!?
それは…っ
強盗《ごうとう》をしなくては生きていけない人がいる……
ハァ…
それはこの縄張《なわば》りを牛耳《ぎゅうじ》っている我が家の責任ね
お待たせしましたフランチェスカお嬢《じょう》さま
シーモアにて先行配信中!
コミックコロナEXにて順次配信!
続きはWEBにてお楽しみください!

NOVEL
「……決まりっすね」

「いいぜ？ 遊んでやろう番犬」

国王から暗殺騒動の捜査命令がくだり――

原作小説
②巻
2023年
発売！
婚約者《レオナルド》VS.
お世話係《グラツィアーノ》
対決が勃発!?
なんでっ!?
雨川透子 イラスト 安野メイジ キャラクター原案 轟斗ソラ
極道令嬢でした。
最上級ランクの悪役さま、その溺愛は不要です！

comics
「愛している――
だからどうか
退屈させないでくれ」
友達がほしいだけなのに…!!
コミックス
①巻
2023年
5月15日
発売!
コミカライズ
絶賛WEB連載中!
漫画 轟斗ソラ 原作 雨川透子
悪党一家の愛娘、転生先も乙女ゲームの
AKUTOUIKKA NO MANAMUSUME, TENSEISAKI MO OTOMEGAME NO GOKUDOUREIJOU DESHITA.

悪党一家の愛娘、
転生先も乙女ゲームの極道令嬢でした。
～最上級ランクの悪役さま、その溺愛は不要です！～

2023年6月1日　第1刷発行

著　者　雨川透子

発行者　本田武市

発行所　TOブックス
〒150-0002
東京都渋谷区渋谷三丁目1番1号　PMO渋谷Ⅱ　11階
TEL 0120-933-772（営業フリーダイヤル）
FAX 050-3156-0508

印刷・製本　中央精版印刷株式会社

ISBN978-4-86699-841-1